Lyla Sage

Lyla est une vingtenaire terriblement romantique vivant dans l'Ouest américain avec sa loyale compagne – une vieille pitbull adorable et aveugle adoptée dans un refuge. Elle écrit des romans aux ambiances évoquant ce qu'elle préfère au monde : un soleil radieux et un immense ciel bleu. Quand elle n'écrit pas, elle lit.

DONE AND DUSTED

LYLA SAGE

DONE AND DUSTED

REBEL BLUE RANCH – 1

Traduit de l'anglais (États-Unis)
par Ariane Mirbeau

J'AI LU

Titre original
DONE AND DUSTED

Éditeur original
The Dial Press

Cet ouvrage a été publié avec l'aimable collaboration
de Sandra Djikstra Literary Agency,
Del Mar et La Nouvelle Agence, Paris

Pour Leo. Mon « Highwayman »,
mon rayon de soleil et mon unique goutte de pluie.
Tu me manques chaque jour.

Note de l'autrice

En entamant la rédaction de ce roman, j'avais envie de créer un personnage auquel je pourrais m'identifier et auquel d'autres femmes pourraient s'identifier également. J'adore la lecture et, comme vous, j'ai lu beaucoup de livres. Il existe tant de personnages qui sont chers à mon cœur mais dont je ne me sens pas aussi proche que je le voudrais parce que la manière dont les choses s'articulent dans leur cerveau est si différente de celle qui a cours dans le mien.

Le personnage principal de *Done and Dusted* se prénomme Emmy. Emmy et moi n'avons pas grand-chose en commun mais, tout comme moi, Emmy a un TDAH[1]. Les différences que cela induit dans le fonctionnement de notre cerveau peuvent être subtiles, mais cela ne veut pas dire qu'elles n'existent pas ou qu'elles n'ont pas d'incidence sur nos vies.

Je sais qu'un diagnostic de TDAH prend des formes différentes pour chacun de nous, mais

1. Trouble déficit de l'attention avec ou sans hyperactivité. *(Toutes les notes sont de la traductrice.)*

si vous avez déjà eu du mal à expliquer pourquoi vous laissez tout traîner jusqu'à la dernière minute, pourquoi vous avez l'impression de perdre le contrôle de vous-même, pourquoi votre langue ne vous semble pas à sa place dans votre bouche quand la musique est trop forte ou pourquoi vous éprouvez l'une des innombrables sensations propres au TDAH, vous vous reconnaîtrez peut-être dans *Done and Dusted*.

Emmy et moi sommes avec vous.

Bonne lecture,

Lyla

Dusted (argot de l'ouest des États-Unis) : être jeté à terre par un cheval, être désarçonné.

1

Emmy

— Clementine Ryder, je le jure devant Dieu, si tu comptes passer la soirée à broyer du noir, je te ramène à la maison, dit Teddy sur un ton d'avertissement.

— Mais je ne broie pas du noir ! protestai-je, bien qu'elle ait parfaitement raison.

Rentrer chez moi avait cet effet sur moi. Tout comme entendre Teddy employer mon nom complet. Sérieusement, quelle idée de donner le nom d'un fruit à son unique fille ?

Quand il était question de sortir le soir, Teddy ne plaisantait pas, et quand Teddy ne plaisantait pas, ce n'était pas la peine de discuter. En règle générale, cela ne me dérangeait pas. Teddy est ma meilleure amie. Elle me connaît mieux que je ne me connais moi-même et elle a tendance à savoir avant moi ce dont j'ai besoin. Après avoir pris la décision le matin même de faire mes cartons, d'abandonner mon appartement, de rompre avec mon petit ami au moyen d'un Post-it collé sur le frigo et de quitter le circuit du *barrel racing*[1], j'avais roulé sur près de cinq cents bornes tout droit chez elle, dans notre petite ville natale.

Je n'avais même pas encore déchargé mon pick-up – il était garé dans l'allée de la maison de Teddy.

Je reconnus le chemin de terre sur lequel ma meilleure amie nous faisait rouler, et l'envie de retrouver ma voiture me saisit aussitôt.

— Le Devil's Boot ? Tu es sérieuse ? demandai-je.

Je savais que peu de choix s'offraient à nous à Meadowlark, mais s'il y avait un endroit que j'aurais préféré éviter, c'était bien le Devil's Boot. Le risque que je connaisse chacune des personnes présentes sur place était dangereusement élevé.

Mon père et mes frères n'avaient pas encore été informés de mon retour, et ça m'aurait arrangée de les laisser un peu plus longtemps dans l'ignorance.

— Oui, le Devil's Boot. C'est marrant et sans prise de tête, m'expliqua-t-elle. Et quelque chose de « marrant et sans prise de tête », c'est exactement ce dont tu as besoin, Emmy.

En toute franchise, elle n'avait sans doute pas tort mais, par le passé, j'avais pu constater que sa définition du terme « marrant » différait légèrement de la mienne.

— Tu sais ce qui est marrant ? Boire du vin et...

---

1. Dans l'équitation western, épreuve chronométrée dans laquelle un cavalier doit faire tourner sa monture le plus rapidement possible autour de trois tonneaux.

Teddy m'interrompit et termina ma phrase :

— Boire du vin et regarder *Fashion Victime*[1]. Tu as raison, admit-elle. Mais, Emmy… tu es restée dans ton appart à Denver à boire du vin et à regarder *Fashion Victime* pendant un mois. Chaque fois que je t'appelais en FaceTime, j'entendais Patrick Dempsey se faire larguer devant l'autel pendant que l'image de ses yeux bleus noyés de larmes apparaissait dans ma tête – ma tolérance là-dessus a des limites.

— C'est la meilleure scène du film, plaidai-je. Elle te brise le cœur *et* en recolle les morceaux.

Teddy posa sa paume sur son cœur.

— Je ne suis pas en train de remettre en cause les qualités de *Fashion Victime*, précisa-t-elle. Jamais je ne ferais une chose pareille. Tout ce que je dis, c'est qu'il y a une raison pour que tu sois rentrée chez toi plutôt que de visionner ce film une trente-deuxième fois.

Bordel. Je détestais quand elle avait raison.

— Très bien, lui concédai-je. Mais toutes les tournées seront pour ta poche.

Teddy éclata de rire.

— Tu ne vois pas assez grand. Pourquoi devrais-je payer nos consommations – ou même uniquement les miennes – alors que je sais qu'il y a au moins une douzaine de mecs au Devil's Boot qui n'attendent que ça ?

— Tu surestimes mes pouvoirs en matière de persuasion de la gent masculine.

1. Comédie romantique (*Sweet Home Alabama* en version originale) dans laquelle jouent notamment Patrick Dempsey et Reese Witherspoon.

— Et toi, tu sous-estimes les miens, répliqua Teddy en m'adressant un clin d'œil. De plus, ajouta-t-elle, tu es Clementine Ryder, championne de *barrel racing* et membre de la famille la plus appréciée de Meadowlark. Les gens se disputeront probablement pour savoir qui t'offrira – et m'offrira, par association – un verre.

Je lâchai un petit soupir contrarié.

Teddy me lança l'un de ses fameux sourires charmeurs.

— Entre tes études à l'université et tes courses, ça fait presque dix ans que tu es partie, et les rares fois où tu reviens, tu te contentes de nous voir, ta famille et moi, poursuivit-elle. Tu es passée du statut de petite chérie de Meadowlark à celui de grand mystère de Meadowlark. Les gens seront ravis de te voir.

Lorsque le pick-up de Teddy s'immobilisa, je jetai un regard au parking de terre battue si familier. Il était plein. Comment aurait-il pu en être autrement ? Nous étions vendredi soir, à Meadowlark, dans le Wyoming.

Pourquoi la séquence qui m'avait conduite à remballer tout ce qui faisait ma vie à Denver et à rentrer chez moi sans me retourner n'avait-elle pu attendre lundi ?

Le Devil's Boot était l'un des plus anciens bars du Wyoming et il se trouvait quasiment sur la limite du comté de Meadowlark. Il était situé dans un endroit suffisamment reculé pour n'être fréquenté que par des gens du cru ou presque. Vu de l'extérieur, il ne payait pas de mine. Il faut dire que l'intérieur ne payait pas de mine, lui non plus. C'était un vieux bâtiment de bois dans un style classique de saloon. Sa façade affichait diverses retouches de peinture défraîchie, des enseignes lumineuses en trop grand nombre et, suspendu au-dessus de la porte d'entrée, un morceau de contreplaqué représentant une botte de cow-boy peinte à la bombe, ornée de la fourche du diable. Le nom Devil's Boot, la « botte du diable », n'apparaissait nulle part – ni sur la porte, ni sur les verres à bière, ni ailleurs. Rien que cette botte solitaire et cette fourche au-dessus de l'entrée.

Depuis le véhicule, je pouvais déjà entendre le groupe jouer. Les musiciens interprétaient une reprise d'une chanson de Hank Williams. Comme il n'était que 21 heures, les classiques de la musique country continueraient à se succéder jusqu'à ce que la foule exige des morceaux plus récents sur lesquels danser et chanter. Je croisais les doigts pour que Teddy et moi ayons quitté les lieux à ce moment-là.

Mais je ne comptais pas trop là-dessus.

— Hé, lança Teddy d'une voix douce depuis le siège conducteur, si tu n'as vraiment aucune envie d'être ici, nous pouvons repartir, mais il n'y a rien qui me ferait plus plaisir que de célébrer le retour à la maison de ma meilleure amie dans un endroit que nous aimons toutes les deux secrètement.

Je devais reconnaître que j'aimais cet endroit, bien malgré moi.

— On passe toujours de bons moments ici. Il n'y a pas grand-chose à craindre et beaucoup à gagner.

Je lâchai un soupir. Une petite part de moi était… enchantée de se trouver au Devil's Boot. D'être à la maison.

Et une part encore plus infime savait que Teddy avait raison. Nous passerions un bon moment, les gens seraient gentils et nous n'aurions probablement pas à payer nos consos. C'était ça, le truc à propos de Meadowlark – c'était un endroit sans surprise. Rassurant, même. Deux choses dont j'avais besoin en cet instant.

— Que veux-tu faire, Emmy ? me demanda Teddy.

Je tournai le regard vers elle.

— J'ai envie de rester, répondis-je.

Et c'était là la vérité.

Le sourire ultra-étincelant qui se peignit sur le visage de Teddy aurait pu alimenter en électricité Meadowlark et tous les comtés environnants. Elle saisit ma main et la serra dans la sienne.

— Bravo, je te reconnais bien là ! Allez, on y va.

Respire un grand coup, Emmy, me dis-je. Je tirai sur la poignée pour ouvrir la portière côté passager avant de lui imprimer une forte poussée.

Le Ford Ranger 1984 de Teddy possédait quelques particularités – des portières fonctionnant à peine, notamment.

Dès l'instant où mes bottes touchèrent le sol, le nœud dans mon estomac commença à se délier. Le crissement du gravier avait quelque chose de réconfortant. La sensation des cailloux sous mes semelles me rappela que tout allait bien. Ceci m'était familier. Tout me semblait si étrange ces derniers temps, mais pas ça. Pas ma ville natale.

Après avoir consacré tant de temps à préparer ma fuite de Meadowlark, j'ignorais ce que je ressentirais en y retournant. J'étais revenue pour des vacances, des anniversaires et quelques week-ends, mais ce séjour-là s'annonçait plus durable. Je m'attendais à me sentir piégée, comme des années plus tôt.

Mais non. Je me sentais agréablement normale, à l'aise.

J'inspirai profondément l'air frais de la nuit. J'eus l'impression que le souffle qui pénétrait mes poumons commençait à chasser le poids logé au creux de ma poitrine.

Le son des bottes de Teddy venant me rejoindre de mon côté de la voiture me parvint alors que je poussais ma portière avec force pour la refermer.

— Bon sang, Ryder, j'avais presque oublié à quel point tu es canon.

Un sourire se dessina sur mes lèvres. Un sourire authentique.

Les compliments de Teddy étaient mes préférés, parce que je la savais parfaitement sincère. Teddy était honnête, intense et aimante. Elle ne disait jamais rien sans le penser.

— Il est déjà prévu que je rentre avec toi ce soir, Andersen. Inutile de recourir à la flatterie, lui retournai-je en nouant mon bras au sien. On forme un duo de choc toutes les deux.

Aucun doute là-dessus.

Teddy et moi étions inséparables depuis que son père avait commencé à travailler au ranch de ma famille plus de vingt ans plus tôt. Même si nous avions passé les quatre dernières années, après l'université, dans des villes différentes, nous nous parlions presque tous les jours et Teddy s'était coltiné les huit heures de route jusqu'à Denver au moins quatre fois chaque année. C'était une chance d'avoir une amie comme elle. La plupart des gens en rêveraient.

Quand je m'étais pointée dans son allée, plus tôt dans la journée, c'était avec toute ma vie empaquetée dans mon pick-up. Elle n'avait même pas sourcillé. Ne m'avait pas questionnée au sujet de l'appartement, du petit ami ou de la carrière laissés derrière moi. Elle m'avait simplement servi du fromage et du Coca Light et m'avait laissée me morfondre sur son canapé pendant quelques heures. Puis elle avait frappé dans ses mains, son signal pour dire que nous allions passer à autre chose, et m'avait demandé d'aller chercher de quoi m'habiller dans son placard parce que nous sortions.

J'avais fini par opter pour un simple débardeur blanc, actuellement couvert par ma veste en jean à col mouton adorée, et une jupe de satin noir piochés dans son armoire. La jupe était fendue un peu plus haut que ce à quoi j'étais habituée – au-dessus de la mi-cuisse –, mais j'avais aimé ce que j'avais ressenti en l'enfilant. Cette impression d'être sensuelle.

Je portais des santiags noires qui ne devraient jamais approcher un cheval à moins de trois mètres, mais elles étaient parfaites pour une soirée au bar.

Teddy avait revêtu un crop top noir à manches courtes et un jean bleu clair qui semblait avoir été littéralement moulé sur son corps. Ses cheveux cuivrés étaient tirés en une queue-de-cheval haute qui rebondissait à chacun de ses mouvements.

— Prête, ma belle ? demanda-t-elle.

Une autre longue bouffée d'air frais du Wyoming. *Tout va bien, Emmy. Tes bottes ne sont plus dans les étriers. Tu es sur la terre ferme.*

— Prête.

2

Emmy

Franchir l'entrée du Devil's Boot me fit l'effet de me glisser dans mon jean favori. Tout ici me convenait à la perfection. Le lieu était sombre, miteux, et une vieille odeur de cigarette y flottait.

Fumer à l'intérieur était illégal dans le Wyoming depuis 2005, mais personne ici ne disait rien si quelqu'un s'en grillait une de temps à autre.

Il s'agissait d'un véritable boui-boui, après tout, seulement éclairé par une pâle lumière jaune derrière le bar, les projecteurs de la scène et une multitude d'enseignes au néon.

Rien de tel que l'éclat du néon déchirant l'obscurité.

L'enseigne que je préférais représentait un cow-boy chevauchant une bouteille de bière comme s'il s'agissait d'un taureau. Elle était placée pile au-dessus de ma table haute favorite, dans le coin de la salle. Je ne pensais pas avoir jamais vu le Devil's Boot en plein jour et je n'étais pas certaine d'en avoir envie. Tout a l'air plus mystérieux à la lueur des néons.

Et tout le monde a l'air plus séduisant, également. Ce qui ne manquait pas d'attirer des ennuis à celles et ceux qui entraient au Devil's Boot.

Après quelques pas, je sentis mes bottes commencer à coller au sol – probablement en raison de la présence charmante de bourbon renversé par terre trente ans plus tôt – tandis que Teddy et moi nous dirigions vers le coin surmonté de mon cow-boy lumineux.

— Parfait. Alors, on veut de l'alcool clair ou du foncé, ce soir ? s'enquit Teddy.

— Clair, répondis-je en sachant qu'au DB cela nous offrait deux choix : vodka ou tequila.

Et il ne faisait pas le moindre doute dans mon esprit que Teddy opterait pour le second breuvage.

— C'est parti pour la tequila, déclara-t-elle.

Certaines choses ne changeaient pas.

Le sentiment de familiarité que seule procure la présence de gens qu'on aime est sans égal. Or, j'avais de l'amour à revendre pour Teddy.

— Toi, tu restes là et tu continues à avoir l'air sexy et mystérieuse. Moi, je vais chercher notre première tournée, annonça Teddy, suffisamment fort pour se faire entendre malgré la musique.

— Des tequilas sodas, d'accord ?

Je savais que si je ne le précisais pas, elle reviendrait avec deux shots. Chacune.

— Laisse-moi me mettre doucement dans l'ambiance.

Teddy leva les yeux au ciel et commença à s'éloigner.

— Noté. Des tequilas sodas. Pour l'instant.

— Avec un morceau de citron vert en plus, s'il te plaît ! lançai-je dans son dos.

Elle m'adressa un petit signe de la main sans se retourner pour m'informer qu'elle m'avait bien entendue.

Je retirai ma veste en jean et la suspendis au dossier de ma chaise avant de prendre place et de me laisser aller à observer les lieux.

Je reconnus les clients réguliers au bar – George, Fred, Edgar et Harvey. Pour ce que j'en savais, ils venaient ici chaque soir depuis au moins la nuit des temps.

Leur petite clique comptait autrefois un cinquième membre, mais Jimmy Brooks était décédé il y avait de cela quelques années. Personne ne s'était jamais assis à leurs places tout au bout du bar – même celle de Jimmy restait inoccupée. Je me demandais si quiconque aurait assez de cran ou serait assez stupide pour venir s'y installer. Ces hommes avaient un certain âge, mais cela ne voulait pas dire pour autant qu'ils ne flanquaient pas une trouille bleue à tout le monde.

Teddy s'était frayé un chemin jusqu'au bar, elle faisait balancer sa queue-de-cheval sous le nez d'Edgar et tentait, j'en étais certaine, de convaincre le vieil homme de payer nos verres.

Le groupe passa alors à une reprise de « I've Always Been Crazy » de Waylon Jennings.

Un petit attroupement de personnes massé devant la scène chantait le refrain, hurlant à moitié. Leur joie sans réserve fit naître un grand sourire sur mes lèvres.

— Emmy ?

Mon regard quitta le groupe de cow-boys chantants pour se poser sur le détenteur de cette voix grave.

— Salut, Kenny.

J'étais incapable de me souvenir à quand remontait la dernière fois où j'avais vu Kenny Wyatt – la remise des diplômes en fin de terminale, peut-être ? –, mais je le reconnus au premier coup d'œil.

Ses cheveux châtain clair étaient coupés court et il arborait une barbe bien taillée que je ne lui aurais jamais imaginée. Kenny était surtout connu pour avoir été quarterback dans l'équipe du lycée de Meadowlark, mais aussi le cavalier d'Emmy Ryder lors du bal de promo.

— Contente de te revoir, ajoutai-je en quittant ma chaise pour l'étreindre brièvement.

Il noua fermement ses bras autour de ma taille et me pressa contre lui. Après que je me fus écartée, il laissa l'une de ses mains en place et je gardai par conséquent l'une des miennes sur son épaule. Quand on est à Meadowlark, autant faire comme les gens du coin.

— Nom d'un chien, Em ! Ça fait longtemps. J'aurais imaginé que tu serais engagée dans les compétitions de la WPRA en ce moment.

La WPRA, l'association professionnelle féminine de rodéo, l'avait certainement cru, elle aussi.

— Je fais une pause, dis-je, entamant le discours que je m'étais entraînée à répéter durant tout le trajet entre Denver et Meadowlark. J'ai consacré beaucoup de temps aux courses, alors je me suis dit que je viendrais en passer un peu avec ma famille. Et puis, le ranch me manque vraiment.

Il pressa légèrement ma taille. Ce qui ne me déplut pas.

— Ton père et tes frères gèrent une sacrée affaire, là-bas. Je suis sûr qu'ils se réjouissent de ton retour.

Ouais, j'étais certaine que ce serait le cas. Une fois qu'ils auraient appris que j'étais revenue.

— Et combien de temps comptes-tu rester ?

Éternellement, sans doute, dans la mesure où je n'arrive même pas à grimper en selle à l'heure actuelle.

Pour une personne ayant passé sa vie à monter, être incapable de dépasser le blocage psychologique causé par une blessure survenue à cheval était un cauchemar. Je savais que si j'avais envie de remonter en selle, même si ce n'était pas pour m'engager dans des courses, Meadowlark et le ranch Rebel Blue étaient les endroits idéaux pour me lancer.

— Pour quelques mois, au moins, dis-je, essayant de conserver la note d'enthousiasme dans ma voix mais sans l'appuyer trop pour qu'elle ne semble pas forcée. C'est agréable d'être à la maison.

Kenny m'adressa un sourire. Un grand sourire sincère et chaleureux.

— C'est vraiment génial de te voir, Emmy. Et tu as bonne mine. Tu es vraiment superbe.

Je sentis mes joues commencer à prendre une teinte cramoisie. Kenny avait toujours su parler aux femmes. La façon dont il me regardait, comme s'il m'avait attendue depuis tout ce temps, ajoutée à la sincérité qui imprégnait ses mots, tout cela me donna l'envie de m'enfuir pour aller me cacher.

Au lieu de quoi je répondis en souriant à mon tour :

— Je suis ravie de te revoir aussi, Kenny.

— Pendant ton séjour, on devrait en profiter pour se voir plus souv…

La phrase de Kenny fut interrompue quand le groupe stoppa maladroitement son interprétation de « Good Hearted Woman ». Un silence perplexe s'abattit sur le bar, chacun attendant la suite des événements.

Après quelques secondes, le joueur de *steel guitar* fit entendre les premières mesures de… Oh, mon Dieu, non… « Oh My Darlin' Clementine ».

Seules deux personnes estimaient amusant de me torturer au moyen de cette chanson chaque fois que j'entrais dans une pièce. L'une d'elles était le plus âgé de mes frères, Gus, mais je savais qu'il ne se trouvait même pas dans l'État du Wyoming en ce moment précis. Il n'y avait donc qu'une seule autre explication. *Il* était là.

Je parcourus le bar des yeux, furieuse, pour essayer de le trouver. *Cet enfoiré.* Les clients du Devil's Boot commencèrent à chanter et à se balancer, et nombre d'entre eux lancèrent des sourires idiots dans ma direction. Cette chanson était devenue une blague personnelle connue de toute la ville, et à cet instant, trouver le plaisantin qui l'avait lancée était ce qui occupait toute mon attention.

J'échouai à le repérer mais il devait bien être quelque part.

Et pourquoi se trouvait-il au Devil's Boot, d'ailleurs ? N'avait-il pas des tours en canettes de bière à édifier dans son salon ? Des bouteilles de bourbon sur lesquelles tirer ?

S'il était en mesure de convaincre le groupe d'interrompre son set, c'était qu'il se trouvait probablement près de la scène. Sans réfléchir, je m'élançai dans cette direction. Je continuai à balayer le bar du regard tout en avançant. Mauvaise idée pour une fille dont les mouvements ne sont coordonnés que lorsqu'elle se trouve à dos de cheval.

Mes pieds bottés s'emmêlèrent, je trébuchai et percutai quelque chose de dur.

Un torse.

Un torse d'homme.

Le torse d'homme.

Je levai les yeux vers son propriétaire, dont les traits affichaient un petit sourire suffisant.

C'était *lui*.

Luke Brooks.

3

Luke

Je l'aperçus dès l'instant où ses bottes de cow-boy noires franchirent le seuil de mon bar. C'était elle, la coqueluche de Meadowlark, extraordinaire emmerdeuse et petite sœur de mon meilleur ami.

Clementine Ryder.

La dernière fois que je l'avais vue remontait aux fêtes de fin d'année, il y avait de cela presque deux ans, mais à mon arrivée elle était sur le point de quitter le ranch Rebel Blue. Parce que, comme à mon habitude, j'étais en retard.

Gus m'avait expliqué que l'emploi du temps d'Emmy avait été particulièrement chargé ces dernières années. Et sachant combien elle était douée pour les courses, j'étais certain qu'il disait vrai. Néanmoins, les Ryder étant la seule véritable famille que j'aie jamais eue, Emmy restait une présence constante dans mon existence, même si je la voyais plus rarement qu'avant. Parfois, je me trouvais auprès de Gus quand elle lui téléphonait, ou bien j'apprenais dans le journal qu'elle avait remporté un autre titre, mais la voir entrer dans mon bar un vendredi soir, c'était une autre histoire.

Surtout quand elle avait une telle allure.

Nom d'un chien. Avait-elle toujours ressemblé à *ça* ?

Ou était-ce la lueur des néons qui me jouait des tours ?

Ses cheveux étaient un peu en bataille, légèrement ébouriffés. Ils semblaient plus longs que la dernière fois que je l'avais vue et retombaient au milieu de son dos. Elle portait une jupe en tissu brillant ; du satin ou de la soie, sans doute. L'étoffe se mouvait autour de son corps avec la fluidité de l'eau, et je me demandai soudain à quoi elle ressemblerait enroulée dans des draps. Mais pas n'importe lesquels – les miens.

Merde. D'où me venait cette idée, nom d'un chien ? Qu'est-ce qui clochait chez moi ? De toute évidence, ça faisait trop longtemps que je n'avais pas couché avec une fille – je ne voulais même pas savoir combien de temps exactement.

C'est la petite sœur de ton meilleur ami, abruti, me sermonnai-je.

Un mot se mit à résonner dans ma tête comme un signal d'alarme : *interdit*.

Mais bon Dieu. Elle était vraiment belle. J'avais le droit de constater qu'elle était belle, pas vrai ? C'était une adulte. Et pour ma part, j'étais un adulte qui appréciait de regarder les belles femmes, voilà tout. C'était simplement que ça faisait un bon moment que je n'en avais pas vu une.

Du moins, pas une aussi belle. Ce n'était pas comme si quoi que ce soit allait se passer entre nous, de toute façon. Elle ne pouvait pas me supporter.

Joe, qui tenait le bar ce soir-là, m'interpella, m'arrachant à mes pensées inappropriées au sujet d'Emmy Ryder. Bon sang, que faisait-elle donc ici ?

Habituellement, j'étais averti de ses visites parce que Gus ne cessait de jacasser à ce propos les jours précédant l'arrivée de sa sœur, mais je n'avais pas entendu un mot de sa part depuis qu'il était parti pour l'Idaho la veille. De plus, lorsqu'elle rentrait, Emmy ne quittait pas le ranch. Ce n'était pas un secret elle avait toujours voulu partir de Meadowlark.

La seule chose aussi puissante que son désir d'ailleurs était l'amour qu'elle portait à sa famille, et c'était cette unique raison qui l'amenait à revenir quelques fois par an.

— Brooks ! On a besoin de monnaie au bar, mec, cria Joe pour se faire entendre malgré la musique.

Ah oui, c'était la question qui m'occupait pile avant qu'une certaine brune passe la porte et me cloue sur place. Depuis quand la plus jeune représentante de la famille Ryder avait-elle le moindre effet sur moi ?

Depuis cet instant, visiblement.

Ce qui était sacrément ennuyeux.

Je me retournai et adressai un bref signe de tête à Joe pour qu'il sache que je l'avais entendu. C'est à ce moment-là que je remarquai une rousse occupée à flirter avec l'un des piliers de bar. Je reconnus sa queue-de-cheval rebondie avant de voir son visage : Teddy Andersen.

Si j'avais aperçu Teddy en premier, peut-être aurais-je pu me préparer à l'arrivée d'Emmy. Avec ces deux-là, une chose était certaine : si l'une allait quelque part, l'autre suivait. Cela rendait Gus complètement dingue.

Il pensait toujours que Teddy était « trop » – trop bruyante, trop vulgaire et surtout trop synonyme de problèmes.

Je l'aimais bien. Elle avait toujours été une bonne amie pour Emmy et c'était l'une des rares personnes à ne pas reculer face au comportement d'enfoiré que Gus adoptait régulièrement.

En plus, je savais que je pouvais toujours compter sur mes clients pour dépenser un peu plus d'argent et gratifier mes barmans de pourboires légèrement plus généreux quand elle était là. Teddy était bonne pour les affaires, mais Gus estimait qu'elle n'offrait pas un bon exemple à sa petite sœur. Pour ma part, j'étais convaincu qu'Emmy méritait un peu plus de considération. Elle était réservée mais pugnace. C'était ce qui faisait que Teddy et elle formaient un bon duo. Non pas que je me serais aventuré à dire ça à Gus.

Ce qui touchait à Emmy ne me concernait pas.

Teddy capta mon regard et me dévisagea.

J'échouai à interpréter l'expression qui se lisait sur ses traits, mais je la vis ensuite contempler Emmy une seconde avant de revenir à moi. Merde. Je m'étais fait surprendre en train de laisser traîner mes yeux là où je n'aurais pas dû. Je me retournai aussitôt et traversai le bar pour rejoindre mon bureau. Il se situait derrière la scène sur laquelle le groupe du bar, Fiddleback, interprétait un grand nombre de morceaux de Waylon, comme d'habitude.

Le Devil's Boot proposait des concerts depuis aussi loin que remontaient mes souvenirs, mais généralement, ils n'avaient lieu que les vendredis. Depuis que j'avais repris l'affaire, nos musiciens attitrés étaient à l'affiche le vendredi et d'autres artistes locaux se produisaient les mardis, jeudis et samedis. Ils pouvaient jouer quelques morceaux originaux tant qu'ils complétaient leur session avec des classiques.

Mes clients adoraient chanter. Bruyamment.

Les autres jours de la semaine, on passait de vieux morceaux sur le jukebox.

J'essayai, sans succès, de ne pas regarder Emmy alors que je me dirigeai vers mon bureau. Je l'entraperçus au moment où elle faisait glisser sa veste en jean de ses épaules, révélant un haut blanc décolleté qui mettait en valeur ses bras fermes. *Bordel.*

Entre ça et cette foutue jupe, j'avais envie de hurler.

De la monnaie, Brooks. Joe a besoin de monnaie. Va juste chercher la monnaie.

J'irais chercher la monnaie de Joe puis je me glisserais dans la peau du patron de bar le plus occupé du monde. Il fallait seulement survivre à cette nuit, parce qu'au matin l'éclat des néons se serait dissipé et Clementine Ryder ressemblerait de nouveau à la petite sœur de mon meilleur ami.

Du moins, je l'espérais.

Mon bureau était petit mais contenait l'essentiel : une table, un petit canapé et une bouteille de bourbon dans un tiroir. Je ne passais pas énormément de temps dans cet endroit. Pour gérer mes affaires, j'effectuais la plupart des tâches au bar, avant l'ouverture. J'aimais assister à la transformation du lieu entre le jour et la nuit. C'était magique.

Je ne m'étais jamais considéré comme un chef d'entreprise. Personne ne me voyait de cette manière, d'ailleurs. Je n'étais pas précisément connu à Meadowlark pour être une personne responsable, mais ce bar me donnait envie de dépasser l'image que les gens avaient de moi.

J'ignorais si j'étais en bonne voie pour y parvenir.

La pièce où je me tenais était située derrière la scène et je pouvais ressentir le martèlement de la grosse caisse. Les vibrations firent trembler le verre et le bourbon que j'avais sorti du premier tiroir de mon bureau en chêne ancien. Je me versai un shot que je vidai cul sec, espérant que cela atténuerait l'effet déstabilisant que Clementine Ryder avait apparemment désormais sur moi.

Pourquoi cela m'arrivait-il ? J'attendis que la brûlure dans ma gorge s'apaise avant d'attraper une liasse de billets pour le bar. Je ne comptai pas la somme, mais à en juger par la taille du tas, ce devait être plus qu'assez pour qu'ils tiennent toute la soirée. En ce qui me concernait, toutefois, j'aurais probablement besoin de quelques verres de plus, à l'abri des regards, si j'avais Emmy sous les yeux toute la soirée.

Je ne voulais même pas savoir ce que Gus me ferait s'il savait ce que je pensais de sa petite sœur.

Il m'estropierait, au minimum. M'assassinerait, probablement.

Je quittai mon bureau, la monnaie dans ma poche arrière, et verrouillai la porte. En relevant la tête, j'eus une vue imprenable sur Emmy qui flirtait avec ce minable de Kenny Wyatt. Ce petit enfoiré visqueux. Kenny avait beau être l'enfant chéri de la ville, les grands frères d'Emmy et moi n'avions pas oublié qu'il l'avait quittée pour une autre fille lors de leur bal de promo de terminale.

Décrire le frère aîné d'Emmy comme quelqu'un de protecteur était un doux euphémisme. Son autre frère, Wes, n'avait rien à lui envier, mais il se montrait moins véhément. Gus serait celui qui mettrait une raclée à quelqu'un qui aurait blessé Emmy et Wes celui qui s'assurerait qu'elle allait bien.

Je n'avais pas vraiment de famille, mais j'avais les Ryder, et me retrouvais donc généralement entraîné à leur suite quand venait le moment de défendre l'honneur d'Emmy, ce qui se produisait plus souvent qu'on n'aurait pu le croire.

À ce jour, Kenny ne savait probablement pas comment sa précieuse Mustang s'était retrouvée à l'autre bout de la ville avec quatre pneus à plat.

Et maintenant, ce fumier avait l'une de ses mains sur Emmy, et elle lui *souriait*. Je fis donc ce que Gus et Wes auraient voulu que je fasse : je trouvai le moyen que ses sales petites pattes crasseuses ne soient plus sur elle. C'était là l'unique raison de mon intervention. J'agissais pour Gus et Wes. Pas pour moi.

Pas parce que j'étais jaloux.

Je n'étais pas jaloux, bon sang.

L'expression qui apparut sur les traits d'Emmy dès qu'elle entendit les premières notes de la *steel guitar* était désopilante. En prime, sa main quitta dans l'instant le bras de cette tête de nœud. Bien. Mais les doigts de Kenny, eux, restèrent sur sa taille tandis qu'Emmy se mettait à jeter des regards ulcérés à travers le bar – pour me trouver, probablement. Elle devait savoir que Gus participait à cet événement dédié aux ranchers dans l'Idaho et j'étais la seule autre personne qui adorait la faire réagir avec cette plaisanterie.

Je fis de mon mieux pour ne pas m'attarder sur la façon dont Kenny gardait sa main posée sur elle – comme si elle lui appartenait –, sans quoi je serais allé les rejoindre pour la lui casser en deux. J'observai Emmy tandis qu'elle balayait le bar des yeux.

Elle était ultra-concentrée et, d'après ce que je pouvais voir, plus furieuse qu'un frelon. Il y avait quelque chose au fond de ses prunelles qui manquait jusqu'alors, et dont je n'avais pas remarqué l'absence avant cet instant : un feu ardent. Je me mis à marcher vers elle, incapable de m'en empêcher, prêt à me faire brûler par ses flammes.

Emmy

Je sentis les mains de Brooks agripper le haut de mes bras pour me stabiliser après que j'eus percuté violemment sa poitrine – ce qui m'avait donné l'impression de heurter un mur de briques. Son torse était dur comme l'acier. Faisait-il de la musculation en soulevant des voitures ou quelque chose de ce genre ?

Ses paumes me semblèrent un peu rugueuses contre ma peau et je détestai le petit frisson qui me traversa à leur contact.

Peu importait mon âge, dès qu'il était question de Brooks, j'étais de nouveau cette fille de treize ans matant le garçon qu'il était à dix-huit ans, occupé à botteler du foin torse nu. Il était agréable à regarder à l'époque et il était toujours agréable à regarder aujourd'hui. Même si mon béguin d'adolescente pour lui s'était évanoui dès que j'avais été suffisamment maligne pour comprendre combien il était agaçant, il y avait un truc chez lui qui me faisait toujours quelque chose.

Je secouai brusquement les épaules pour me défaire de ses mains, contrariée de constater qu'il produisait encore un quelconque effet sur moi. J'étais grande, je faisais près d'un mètre soixante-quinze, mais il me fallait malgré tout tendre le cou pour fusiller Brooks du regard. Il n'avait pas beaucoup changé au cours des dernières années.

Au contraire, il était seulement devenu plus beau, ce qui ne faisait qu'accroître mon agacement.

Brooks n'était pas simplement grand ; il était aussi doté d'une large carrure. Ses cheveux brun foncé, qu'il portait toujours longs, tombaient au milieu de son cou. Ils avaient une légère ondulation pour laquelle beaucoup de femmes, y compris moi, auraient été prêtes à donner leur vie.

Tout comme ses stupides cils qui bordaient ses stupides yeux couleur chocolat. En plus, ses cheveux étaient suffisamment longs pour qu'il puisse les coincer derrière ses oreilles, ce qui voulait dire que je pouvais voir le stupide contour acéré de sa mâchoire légèrement ombrée par sa stupide barbe naissante.

J'étais sûre qu'il existait un tas de filles qui adoreraient que leurs frères aient un meilleur ami aussi séduisant que Luke Brooks. J'étais l'une d'elles. Enfin, jusqu'à ce qu'il ouvre sa stupide bouche et parle avec sa stupide voix grave.

J'aurais dû être capable de plus de créativité concernant les insultes accompagnant mes descriptions à ce stade, mais Luke Brooks avait pour habitude de m'agacer suffisamment pour que toute pensée cohérente déserte mon esprit.

C'était énervant.

Il était énervant.

— Hé, salut, Clementine, lâcha-t-il d'une voix traînante.

Mon regard dur était impuissant à endiguer l'arrogance qui suintait littéralement de chacun de ses pores. Elle était palpable. Il était toujours comme ça. Si son ego était une entité physique, elle serait plus grosse que tout l'État du Wyoming. Et il faudrait probablement y ajouter le Colorado et l'Utah pour en représenter l'ampleur.

— Fous le camp, Brooks.

Il laissa échapper un petit sifflement qui s'acheva en rire. Je détestais quand il faisait ça.

— Content de voir que ta langue est toujours aussi aiguisée, chérie.

La façon dont il disait « chérie » était presque humiliante.

— Ne. M'appelle. Pas. Comme. Ça.

Je détachai distinctement chacun des mots, laissant mon énervement vis-à-vis de Brooks ponctuer chacune de mes syllabes.

— Ne laisse pas Kenny Wyatt poser ses sales pattes sur toi, répliqua Brooks. Comme ça, je n'aurai pas à te sauver.

Il était sérieux ? Il déclarait à mon encontre une guerre psychologique à l'aide de cette chanson débile parce qu'un garçon rencontré au lycée avait posé sa main sur ma taille ?

C'était probablement le geste le plus innocent de toute l'histoire de ce bar. Sérieusement... je ne voulais même pas savoir quelle proportion de la population de Meadowlark avait été conçue dans les toilettes du Devil's Boot.

— Me sauver ?

Ma voix résonnait plus fort à présent mais heureusement pas plus fort que la musique... pour le moment.

— Arrête de te faire des films, Brooks.

Le groupe en arriva aux paroles évoquant des bulles douces et fines – Dieu merci. C'était presque fini. Quasiment toutes les personnes présentes dans le bar chantaient, mais la plupart d'entre elles avaient oublié ma présence après le premier refrain, par conséquent la blague idiote de Brooks n'avait pas fait long feu.

— Ouais, Clementine. Te sauver. Tes frères deviendraient dingues s'ils te voyaient ici en train de flirter avec Wyatt.

— Je ne flirtais pas avec Kenny. Je lui disais juste bonjour. Et même si ça avait été le cas, ce ne sont pas tes affaires. Tu n'es pas mon gardien, Brooks. Et Gus ou Wes non plus. Je suis capable de prendre soin de moi toute seule.

— En fait, ce que *mes* clients font dans *mon* bar me concerne directement.

Son bar ? Depuis quand ?

— Et je considère que ta famille est ma famille, Emmy, donc même si tu n'étais pas dans mon bar, ce seraient mes affaires. Donc oui, ça me concerne et ça me concernera toujours.

À en juger par le degré d'autorité dans sa voix, il n'avait pas envie que je lui tienne tête sur ce point.

Je m'en fichais pas mal.

Il devait se payer ma tête. Il ne possédait pas le Devil's Boot. Je ne savais pas qui en était le propriétaire, mais il était tout bonnement impossible que cela puisse être Luke Brooks. Il était irréfléchi et irresponsable. J'étais quasiment certaine que les seules choses qu'il ait jamais possédées dans sa vie étaient un pick-up noir Chevy C/K qui pouvait à peine être qualifié de véhicule et un tas de tee-shirts ayant été dépossédés de leurs manches après qu'il les avait mutilés avec une paire de ciseaux.

— Ce n'est pas ton bar, dis-je effrontément.

— Si, c'est mon bar, chérie. Et là, mes barmans ont besoin de monnaie, alors bouge tes fesses de mon chemin.

Il me poussa un peu pour pouvoir passer puis se retourna une fois encore vers moi.

— Et dis à Kenny Wyatt de ne plus poser les mains sur toi parce qu'autrement je vous flanque tous les deux dehors.

4

Luke

Quand je m'éveillai le lendemain, le soleil filtrait déjà à travers la vitre. Il était sans doute un peu plus de 6 heures. Merde, j'étais déjà en retard. En toute franchise, je n'aurais sans doute pas réussi à effectuer mon jogging matinal de toute façon. Il me fallut à peu près trois secondes après que mes yeux se furent ouverts pour que je regrette les verres enquillés avec Joe derrière le bar.

Je ne faisais jamais ça.

Pourquoi diable avais-je fait ça ?

Ah ouais, parce qu'Emmy, avec ses cheveux en bataille et sa foutue jupe en drap de lit, avait quitté mon bar la veille au soir avec Kenny Wyatt. Des images d'elle rejetant la tête en arrière et riant à ses blagues se bousculaient dans mon esprit en un best-of écœurant.

Wyatt n'était pas si drôle que ça, bon sang.

Mais il avait gardé ses vilains petits doigts loin d'elle, principalement grâce à Teddy qui avait entraîné Emmy sur la piste de danse située devant la scène durant la plus grande partie de la soirée. Mais quand ils s'étaient tous apprêtés à regagner la sortie, Wyatt avait enroulé son bras maigrichon autour de la taille d'Emmy et sa main s'était posée un peu trop bas sur son dos à mon goût. J'avais descendu un autre verre avant même que la porte du bar se soit refermée derrière eux.

Ce souvenir me fit grincer des dents.

Bon sang, j'avais mal à la tête. Je ne prenais jamais plus d'un verre au travail, et encore, c'était assez rare.

La veille au soir, j'avais laissé Emmy m'atteindre et je ne savais vraiment pas pourquoi.

Il me fallut dix minutes de plus et beaucoup de grognements de mécontentement pour sortir de mon lit et me glisser sous une douche froide, où j'essayai de me débarrasser de toute pensée me ramenant à elle. Ce fut également à ce moment-là que je me souvins que j'aimais bien tous les membres de mon corps et que je n'avais pas envie de fournir à Gus une raison de m'ôter l'un d'eux.

Je venais d'enfiler un jean usé quand la sonnerie de mon téléphone retentit. Je jetai un coup d'œil à l'écran. En parlant du loup… Gus.

Reste calme, Brooks. Tu n'as rien fait du tout. Tu t'es contenté de baiser sa sœur du regard.

Pas de problème.

Tout va bien.

Je pris l'appel.

— Brooks à l'appareil.

Ma voix venait-elle de monter dans les aigus ?

— Pourquoi réponds-tu au téléphone comme si tu allais passer un entretien d'embauche ?

Qu'étais-je censé répondre à cette question, nom d'un chien ? C'était soit l'accueillir de cette façon soit dire par mégarde à Gus que je trouvais sa petite sœur sacrément sexy.

— Je suis chef d'entreprise. Je dois avoir un ton professionnel.

Ouais, parce que c'est ce que j'étais : un professionnel. Gus resta silencieux un instant.

— Tu es soûl ? demanda-t-il.

— Quoi ? Non ! Il est 6 h 30 et tu sais que je donne des leçons aujourd'hui.

— Je voulais m'en assurer, c'est tout. Tu peux passer prendre Riley chez sa mère en allant au ranch ce matin ?

— Je croyais que c'était Cam qui la déposait puisque tu n'es pas en ville ?

Camille avait été une aventure d'un soir. Cette rencontre qui remontait à cinq ans avait eu pour résultat la naissance de la fille de Gus, Riley. Après la venue au monde de Riley, Camille et Gus avaient un peu fricoté mais ils n'avaient jamais officiellement formé un couple.

Ils étaient en bons termes, se partageant à parts égales la garde de Riley. Gus appréciait même le nouveau fiancé de Camille – enfin, autant que Gus soit capable d'apprécier un gars de la grande ville.

Riley était ce qu'il y avait de plus important au monde pour Gus. Quand elle était entrée dans sa vie, les choses avaient changé pour lui, et elles avaient changé pour moi aussi.

J'avais toujours été une sorte de bon à rien. Pour ma défense, je descendais d'une longue lignée de bons à rien. J'étais le fruit d'une liaison que ma mère avait eue avec mon père. Mon père n'était pas comme Gus. Il avait été incapable d'assumer ses responsabilités. Il n'avait pas été en mesure de s'impliquer alors je m'étais retrouvé à vivre dans une maison avec ma mère, son mari et leurs fils.

On pouvait dire sans se tromper que je n'avais pas été très apprécié là-bas.

Ma mère était toujours en vie, mais je ne l'avais pas vue ni ne lui avais parlé depuis des années. Son mari n'aimait pas qu'elle ait le moindre contact avec moi. Ne pas lui parler ne m'enchantait pas, mais je préférais ça plutôt que d'avoir affaire à mon beau-père. John était un sacré sale type.

Ma mère vivait de l'autre côté de la ville avec lui, et mes frères habitaient près de chez eux. Si j'avais à parier, je dirais que son régime ne devait pas avoir changé : cigarettes au menthol et Coca-Cola.

J'avais passé les sept premières années de ma vie à me demander ce qui clochait chez moi. C'était une question que je me posais toujours, mais tout avait changé quand j'avais rencontré Gus.

Gus ne se montrait pas uniquement protecteur envers Emmy – il l'était de manière générale. Il avait toujours été ainsi, même au moment de notre rencontre, à l'école élémentaire. Avant que j'atteigne ma stature d'adulte, je ressemblais à un poteau téléphonique sur pattes et j'étais plus grand que tous les autres enfants de mon âge. Comme ma mère n'avait pas les moyens de m'acheter de nouveaux vêtements à chaque poussée de croissance, je me retrouvais avec des vêtements qui n'étaient pas du tout à ma taille. Entre ça et mon étiquette de gamin vivant dans un mobile home, autant dire que je ne faisais pas bonne impression auprès de mes camarades.

Et les gamins peuvent être cruels.

Mais lorsque Gus m'avait vu me faire malmener par des élèves de CM2, il était intervenu et leur avait ni plus ni moins dit d'aller se faire voir – du mieux que le pouvait un élève de CM1. J'avais ensuite pris mon déjeuner avec lui. Ou plutôt, il avait dû me donner une partie de son repas, parce que je n'en avais pas. Après l'école, il avait annoncé à Wes que j'étais leur nouvel ami.

C'était tout.

Dès que j'avais rencontré les garçons Ryder, ils m'avaient traité comme si je valais quelque chose. Avant de faire leur connaissance, je ne savais même pas ce que voulait dire le mot « ami ». Jamais je n'en avais eu un seul, et voilà que ce jour-là j'en avais gagné deux.

Donc, quand j'avais vu Gus assumer ses responsabilités et être un père pour sa petite puce, j'avais eu envie de prendre les miennes, moi aussi.

J'étais toujours un bon à rien mais au moins étais-je un bon à rien avec un boulot, un compte épargne et quelques objectifs pour son bar.

— Son fiancé tente de conclure un accord commercial ou quelque chose de ce genre, m'indiqua Gus. Elle a voulu m'expliquer de quoi il s'agissait, mais elle aurait pu tout aussi bien parler une langue étrangère. Tout ce que je sais, c'est que cette chose, quelle qu'elle puisse être, nécessite apparemment de sa part de lécher les bottes de certaines personnes au country club toute la journée.

— Pigé. Pourquoi ne pas demander à Emmy d'aller la chercher ?

— Parce qu'Emmy est à Denver, ducon, répliqua-t-il. Tu es vraiment sûr de ne pas être soûl ?

— Je ne suis pas soûl, mais Emmy l'est peut-être encore, étant donné la quantité de shots de tequila qu'elle a descendus dans mon bar hier soir.

Il n'y eut rien d'autre qu'un lourd silence à l'autre bout de la ligne. J'avais la désagréable impression d'avoir planté à l'instant un couteau dans le dos d'Emmy. Pourquoi n'aurait-elle pas annoncé son retour à sa famille ?

Je réfléchis davantage à la question. Pourquoi reviendrait-elle alors que son père et l'un de ses frères étaient absents ? Non pas que Wes ne serait pas enchanté de la voir, mais il assurait les tâches et responsabilités d'Amos et Gus au sein du ranch. Ce n'était pas le moment idéal pour elle d'y venir, maintenant que j'y pensais.

— Emmy est à Meadowlark ?

La voix de Gus était tendue.

Merde. J'avais bel et bien poignardé Emmy dans le dos.

— Ouais, elle a quitté mon bar avec Kenny Wyatt hier soir.

Re-merde. J'aurais certainement pu omettre ce détail. J'espérais que Gus n'avait pas perçu l'agacement dans ma voix quand j'avais mentionné sa petite sœur et son ex-cavalier du bal de promo.

— Elle est rentrée avec cet abruti ? Et tu ne l'en as pas empêchée ?

Non. J'aurais aimé le faire, mais pas pour la raison qu'il avait à l'esprit.

— Tu sais que ta sœur est on ne peut plus adulte, pas vrai ?

Même si j'aurais préféré qu'Emmy ne parte pas avec Wyatt, de temps à autre, Gus avait encore besoin qu'on lui rappelle qu'elle était capable de se débrouiller toute seule.

— En outre, elle était avec Teddy. Je suis sûr que sa meilleure amie peut veiller sur elle.

— Tu sais pertinemment que Teddy est un aimant à problèmes, répliqua Gus.

Sa colère se renforçait à présent. Je n'aurais sans doute pas dû mentionner Teddy. Ces deux-là ne s'entendaient vraiment pas. J'étais décidément sur une sacrée lancée, ce matin.

— Je n'arrive pas à croire qu'Emmy ne nous ait pas dit qu'elle rentrait.

— Je suis sûr qu'elle comptait le faire, fis-je, agacé de ressentir le besoin de justifier les actions d'Emmy.

Depuis quand j'en avais quelque chose à faire ?

— Elle n'avait probablement pas envie de vous déranger, ton père et toi, pendant que vous êtes dans l'Idaho.

— Je parie que Teddy a quelque chose à voir avec tout ça.

— Tu ne peux pas tout mettre sur le dos de Teddy.

— Je peux, je le fais et je continuerai à le faire.

— Que feras-tu quand Emmy prendra une décision qui te déplaît et que Teddy ne sera nulle part en vue ?

— Ça n'arrivera jamais, trancha-t-il d'un ton catégorique Enfin, bref, tu es d'accord pour passer prendre Riley ? Maintenant que je sais qu'Emmy est ici, je lui demanderai de venir la chercher à la fin du cours et de la ramener à la Grande Maison.

— Oui, bien sûr.

Impossible d'éviter Emmy si elle venait chercher Riley après sa leçon. À tous les coups, elle me ferait passer un sale quart d'heure après avoir découvert que c'était moi qui l'avais balancée à Gus.

— Merci, mec.

— Pas de problème. À plus tard.

— Une chose encore, dit Gus. Garde un œil sur Emmy jusqu'à ce que je sois rentré à la maison, d'accord ?

Emmy

Je ne savais pas ce qu'était ce vrombissement incessant, mais il fallait qu'il prenne fin. Tout de suite. Une douleur pulsait dans ma tête et le vrombissement – bon sang, ce vrombissement… *Faites que ça s'arrête*.

Je devais avoir prononcé ces mots à voix haute car la voix de Teddy s'éleva depuis la salle de bains attenante à sa chambre.

— Emmy, ce vrombissement, c'est ton téléphone qui sonne depuis dix minutes. Ce n'est pas le fracas de l'apocalypse.

Oh. Oups. Je tâtonnai autour de moi, à la recherche de l'appareil. Quand je l'eus retrouvé, retourné par terre près du lit de Teddy, il avait arrêté de sonner.

Je vis que j'avais raté sept appels de Gus.

Merde.

Papa allait-il bien ? Et Wes ? Et Riley ?

Je m'apprêtais à le rappeler mais son nom s'afficha sur l'écran avant que je puisse le faire. Je décrochai aussitôt.

— Salut, tout va bien ?

— À toi de me le dire, Clementine.

Argh, je détestais quand Gus utilisait avec moi sa « voix de papa », mais au moins, l'irritation et l'absence de panique dans son ton m'apprirent que tout le monde dans notre famille était sain et sauf.

Ce qui m'amenait à la question suivante : pourquoi Gus m'avait-il téléphoné à huit reprises à 7 h 30 un samedi ?

— Tout va bien. Pourquoi ?

— Tu es où, là ? questionna Gus.

Merde. Il savait. Il savait forcément. C'était l'unique raison pour laquelle il me poserait une question pareille.

— Tu ferais mieux de ne pas être avec Kenny Wyatt, me prévint-il.

Je réprimai un rire. Il se fichait de moi ou quoi ?

— Je suis sérieux, Emmy.

Oh, je savais bien qu'il était sérieux. C'était justement pour ça que c'était drôle.

— Tout d'abord, l'identité du propriétaire du lit dans lequel je me trouve ne te regarde absolument pas et ensuite, franchement, c'est flippant que tu veuilles obtenir cette information.

— Je ne veux pas obtenir cette information. Je dis juste que j'espère que cet abruti n'est pas dans les parages.

— Détends-toi, grand frère. Je suis dans le lit de Teddy.

J'entendis Gus soupirer à l'autre bout de la ligne. Mais il ne s'agissait pas d'un soupir de soulagement... C'était plutôt de l'agacement, probablement à l'encontre de Teddy.

— Kenny a eu la gentillesse de nous raccompagner à la maison depuis le Devil's Boot hier soir puisqu'il n'avait rien bu. Sacré abruti, pas vrai ?

— Tu sais aussi bien que moi qu'une seule bonne action ne pardonne pas tout.

— Pourquoi le détestes-tu autant ?

— Je ne l'aime pas, c'est tout, OK ?

— C'est à cause du bal de promo ? Parce qu'il est temps de passer à autre chose. C'était il y a presque dix ans et je suis à peu près sûre que c'est ta faute si on a retrouvé la voiture de Kenny dans un fossé le lendemain matin, donc je crois que tu as eu ta vengeance.

— Tu es ma petite sœur, Emmy. Si quelqu'un n'est pas réglo avec toi, c'est comme s'il n'était pas réglo avec moi, argumenta Gus.

Il prenait son rôle de protecteur très au sérieux.

— Tu es comme Maman. Tu es très indulgente, et les gens profiteront de toi.

Oh, mon Dieu. Il était trop tôt et ma gueule de bois était trop carabinée pour que Gus évoque notre défunte mère.

— Et tu peux pardonner aux gens autant que tu voudras, mais c'est mon boulot de ne pas oublier, conclut-il.

— Nom de Dieu, August, il n'est même pas encore 8 heures du matin. Détends-toi.

— Pourquoi es-tu rentrée, Emmy ?

Ne pas permettre à la conversation de s'écarter du sujet trop longtemps. Voilà qui était typique de la part de Gus.

— J'avais juste besoin de faire une pause.

Ce qui, d'un point de vue technique, était vrai.

— J'ai eu la possibilité d'en prendre une, alors je l'ai fait. Et je me suis dit que je la passerais à la maison.

— Et tu comptes rester combien de temps ?

Ma réponse avait semblé satisfaire Gus. Du moins pour le moment.

— Ça reste encore à déterminer, mais au moins quelques semaines.

Au grand minimum.

— Très bien. J'appellerai Wes pour lui dire que tu es rentrée.

— D'accord.

En moins de vingt-quatre heures, ma présence avait cessé d'être secrète, grâce à Luke Brooks et à sa grande bouche.

— Riley a son cours d'équitation au ranch ce matin. Elle aura fini vers 10 heures, et elle adorerait voir sa tata, alors est-ce que tu peux aller la chercher et la ramener à la Grande Maison ?

— Je ferais n'importe quoi pour ma petite chérie, dis-je en toute sincérité.

J'adorais ma nièce.

— Mais pourquoi ce n'est pas Cam qui va la chercher ? Ce n'est pas son week-end ?

— Si, mais elle avait quelque chose de prévu. Écoute, j'ai juste besoin que tu ailles la chercher après son cours. Wes peut la récupérer ou Brooks peut la ramener chez lui en attendant que sa mère vienne la reprendre demain.

— Tu veux dire que tu laisses ton enfant seule avec Brooks ? demandai-je.

Une information qui me laissait médusée.

Durant notre enfance, Brooks était toujours dans les parages lorsque Gus était obligé de me garder. Quand ils ne m'ignoraient pas complètement tous les deux, j'étais leur source de divertissement.

Il s'avère qu'être envoyée au bas de l'escalier vers un sous-sol très sombre et très effrayant dans une corbeille à linge n'a franchement rien d'amusant, peu importe combien votre frère et son meilleur ami essaient de vous convaincre du contraire.

Oh, et une pile de coussins ne suffira pas à amortir votre chute.

Ils m'avaient également laissée sur le toit un jour. Pendant deux heures.

— C'est un oncle sacrément génial, Emmy. Il nous aide tous dès qu'il le peut. Il veillera sur elle. Et sur toi, jusqu'à ce que Papa et moi rentrions à la maison.

Je levai les yeux au ciel. Je n'avais pas besoin que Luke Brooks veille sur moi.

Un jour, mon frère finirait par me traiter en adulte.

Du moins, je l'espérais.

Entendre le nom de Brooks me fit penser à une chose que celui-ci m'avait dite la veille au soir. Je l'avais oubliée dans le brouillard de l'ivresse.

— Puisqu'on parle du mutilateur de tee-shirts, il est vraiment proprio du Devil's Boot ?

— Pourquoi es-tu si opposée à son amour pour les tee-shirts sans manches ?

— Mon problème n'est pas lié à ce genre de tee-shirts en lui-même, mais au type dans ledit tee-shirt qui massacre ses vêtements à coups de ciseaux.

Je n'avais nulle envie de voir les tétons de Luke Brooks.

— Réponds plutôt à ma question, ajoutai-je.

— Oui, c'est vrai, fit-il.

— Depuis quand ?

— Il faudra que tu lui poses la question. C'est une histoire un peu tordue. Je dois y aller, Emmy. On se reparle plus tard.

Tant pis, je ne saurais jamais comment le gars qui aurait pu poser pour une pub pour les bières Coors avait mis la main sur le rade le plus aimé et le plus crade de Meadowlark.

Je ne prévoyais pas de voir beaucoup Brooks pendant mon séjour. Ni même de le voir tout court, à vrai dire.

— Salut, grand frère.

— Salut, Gussy ! cria Teddy depuis la salle de bains.

Il ne répondit pas.

Une fois que j'eus terminé mon appel avec Gus, je découvris deux textos : l'un provenant de Kenny, qui me disait combien il était heureux de m'avoir vue la veille, et l'autre de mon père.

Amos : Content que tu sois rentrée, ma puce. Je t'aime.

5

Emmy

Le ranch Rebel Blue s'élevait au cœur de près de trois mille deux cents hectares des meilleures terres du Wyoming. Cela en faisait le plus grand ranch de Meadowlark et des comtés environnants, ainsi que l'un des plus vastes de l'État.

L'histoire qui unissait ma famille à Rebel Blue remontait aux années 1800, quand celle-ci avait fait route vers le Far West. Le ranch était plus petit alors. La plupart des bâtiments d'origine de Rebel Blue existaient encore aujourd'hui, sous une forme ou une autre.

Quand, après avoir franchi le grand portail de fer, mon pick-up s'engagea sur le chemin de terre principal menant à la Grande Maison, je sentis ma gorge se serrer.

J'étais de retour chez moi et Rebel Blue était exactement tel que je l'avais laissé. Le ranch était principalement dédié à l'élevage bovin, tout comme à ses débuts, mais nous élevions également des moutons et avions des chevaux en pension.

C'était le rêve de Wes de transformer certains des bâtiments que nous n'utilisions plus en un petit ranch hôtelier, mais il s'agissait là d'un projet considérable, et Gus n'était pas complètement partant. Il n'avait pas opposé de refus catégorique à Wes – il était simplement hésitant.

Cela pouvait encore se concrétiser, cependant. Gus faisait beaucoup de choses, mais il n'était pas encore le capitaine du navire.

Quand quelque chose devait changer au ranch, nous soumettions la décision au vote et le résultat devait être unanime. Si le ranch hôtelier devait un jour faire l'objet d'un vote, je donnerais ma voix à Wes. Je ne savais pas vraiment ce que pensait mon père de ce projet mais, une chose était sûre, il n'avait pas peur de rêver grand.

L'âme de Rebel Blue était Amos Ryder. Même si mon père était désormais plus proche de ses soixante-dix ans que de ses soixante, Rebel Blue était toujours dirigé par ses soins et le serait certainement jusqu'à ce qu'il n'en soit plus physiquement capable. Le Wyoming était le cœur de mon père et Rebel Blue était la force qui le faisait battre – le ranch insufflait une véritable énergie vitale en lui.

Peu importait combien j'avais eu envie de m'échapper de Meadowlark, je ne pouvais nier que Rebel Blue me communiquait ce même élan de vitalité. Il était difficile de décrire ce que cet endroit m'inspirait. Quand je me tenais au cœur du ranch et que je levais les yeux vers les cieux azur ou que je les dirigeais droit devant moi, vers les montagnes, je me sentais si petite et insignifiante. Mais pas d'une manière écrasante ; ça me rappelait simplement que mes problèmes n'étaient jamais aussi énormes qu'ils semblaient l'être dans le grand ordre des choses.

Près de deux kilomètres plus loin sur le chemin de terre, la Grande Maison apparut.

Elle était édifiée dans un style « chalet en rondins » et dotée de six chambres : une pour chacun de nous, une chambre d'amis et une qui appartenait de manière non officielle à Brooks.

Quand nous étions devenus adultes, Wes avait décidé d'y rester, probablement pour que quelqu'un se trouve sur place avec mon père, alors que Gus était allé s'installer dans l'un des chalets un peu plus bas sur le chemin.

J'arrêtai ma voiture près d'un pick-up noir Chevrolet K20 que je ne reconnus pas. Je supposai qu'il appartenait à la personne qui dispensait les cours d'équitation ce matin-là, étant donné que Wes garait toujours le sien à l'arrière du bâtiment et que les employés du ranch disposaient de places devant leurs chalets.

Je me penchai vers le siège avant pour récupérer mon téléphone et une paire de lunettes de soleil. Alors que j'avais les yeux baissés, quelqu'un abattit violemment sa main sur le capot de mon véhicule, me faisant faire un tel bond que ma tête percuta le toit de l'habitacle. Bon sang. Comme si la migraine provoquée par ma gueule de bois ne suffisait pas.

Tandis que je frottais le sommet de ma tête, je vis mon frère Wes à travers le pare-brise. Il arborait un sourire démesuré et, malgré le préjudice corporel qu'il venait de me causer, je ne pus m'empêcher de lui sourire en retour.

Wes était l'équivalent humain d'un golden retriever. Contrairement à Gus et moi, il avait hérité des caractéristiques physiques de ma mère. Il n'avait pas les cheveux bruns mais blond-roux. Ses yeux verts étaient plus clairs que les nôtres et il était également doté de deux immenses fossettes souvent bien visibles.

Pour être exacte, Gus avait des fossettes, lui aussi, mais il n'était pas exactement célèbre pour ses sourires.

Wes s'avança jusqu'au côté conducteur de mon pick-up, ouvrit la portière et me tira hors du véhicule pour me serrer vivement dans ses bras.

— Salut, sœurette.

Ses yeux brillaient. J'aurais aimé que tout le monde soit aussi heureux de me voir chaque fois.

— Salut, grand frère. Que fais-tu à la maison si tard dans la matinée ? Tu ne devrais pas être en train de travailler ?

— Ha. Ha. Gus m'a téléphoné ce matin et m'a dit que tu serais là à la fin de la leçon de Riley ; du coup, il fallait que je te souhaite la bienvenue et que je te dise deux choses.

— Je t'écoute.

— Papa s'est mis au yoga.

Un petit ricanement surpris s'échappa de mes lèvres au moment où j'imaginai mon père de soixante-cinq ans exécutant une posture de

« chien tête en bas ». Je pouvais compter sur les doigts d'une seule main le nombre de fois où je l'avais vu porter autre chose qu'un jean et une chemise en flanelle.

— Je sais, je sais, fit Wes en secouant la tête. Mais il commence vraiment à s'intéresser à la santé articulaire. Il mange des légumes et tout, en plus.

Et moi qui me disais que rien ne changeait jamais ici.

— Enfin, bref, le truc c'est que ta chambre est son studio de yoga du moment. Il en change en fonction de l'endroit et de l'heure où le soleil filtre à travers la fenêtre, et comme nous sommes en été, eh bien, c'est ta chambre qui a la préférence du soleil.

— D'accord...

— Donc tu as le choix : tu peux prendre l'ancienne chambre de Gus ou, sinon, le petit chalet est ouvert.

Le petit chalet était bâti environ cinq cents mètres derrière la Grande Maison. Entouré de vieux trembles, il se trouvait tout près du ruisseau qui traversait une partie du ranch. Il était également plus proche des petites écuries, qui abritaient la plupart des chevaux de ma famille. Même s'il était proche de tout, on s'y sentait comme dans un endroit isolé.

Contrairement aux autres chalets, il ne disposait pas d'une chambre séparée. C'était en fait un chalet studio.

Un lieu intime et confortable – voilà qui me semblait parfait.

— Le petit chalet, s'il te plaît.

— Excellent choix.

Wes sourit.

— J'y suis allé après que Gus m'a appelé ce matin et j'ai ouvert quelques fenêtres. Il y a bien longtemps que personne n'y avait mis les pieds. Les draps et serviettes de toilette sont au lavage pour toi, aussi.

Alors que Gus était un protecteur féroce, Wes, lui, veillait au bien-être d'autrui avec dévouement. Sans doute était-ce la raison pour laquelle l'idée d'un ranch hôtelier l'attirait.

Prendre soin des autres était ce qui rendait Weston Ryder heureux, et il n'attendait jamais rien en échange. Il n'y songeait même pas.

Je le serrai une nouvelle fois contre moi.

— Je t'aiderai à emporter tes affaires là-bas après le dîner, d'accord ?

— D'accord, approuvai-je. Et il y a de la place pour Maple dans les écuries, n'est-ce pas ? Elle devrait arriver demain.

Étant donné la rapidité avec laquelle j'avais quitté Denver, je n'avais pas eu le temps de prendre ma petite remorque à chevaux et je n'étais pas allée chercher Maple dans l'écurie où elle était en pension – mais j'avais appelé les gérants durant mon trajet jusqu'ici afin d'organiser son transport.

— Bien sûr, Emmy. Il y a bien trente stalles dans l'écurie Ryder. Tu peux la mettre à côté de Moonshine. Je suis sûr qu'elles seront heureuses de se voir.

Moonshine m'appartenait, elle aussi. Elle commençait à se faire vieille – elle avait vingt-trois ans – et elle passait sa retraite en mangeant des tas de carottes et de pommes.

— Excellente idée. Y a-t-il un quad dans le coin que je peux prendre pour aller chercher Riley ?

— Ouais, il y en a un dans le garage. Les clés sont sur le contact. Je dois partir. Les employés du ranch vont déclencher une émeute s'ils croient que je glande pendant que les grands chefs sont absents. Il y a des clôtures à réparer, des génisses à rassembler. Enfin, tu connais la chanson. À plus tard, Emmy.

Il m'embrassa sur la joue et commença à s'éloigner.

— Wes ? l'appelai-je.

— Oui ?

— Tu ne m'as pas demandé pourquoi j'étais revenue.

— Peu m'importe la raison, tout ce qui compte, c'est que tu sois là.

Ces mots m'allèrent droit au cœur. Il avait fallu qu'il m'arrive un tas de trucs pourris pour que je sois finalement contrainte de revenir à Meadowlark, mais je pensais avoir fait le bon choix en rentrant à la maison.

— Bienvenue chez toi, Clementine, dit Wes.

Il inclina son chapeau en guise de salut, tourna les talons et prit la direction des écuries.

Je parcourus le sentier qui menait au petit corral que le ranch utilisait pour les leçons durant l'été. Mes cheveux fouettaient l'air derrière moi et il n'y avait rien d'autre que des terres et du ciel bleu face à moi. Mon Dieu, je ne m'en lasserais jamais.

J'avais adoré vivre dans le Colorado. J'étais heureuse partout où il y avait des montagnes, mais le Wyoming avait quelque chose de spécial.

En approchant du corral, j'aperçus quelques silhouettes à l'extérieur de la clôture, sans doute des parents occupés à regarder leurs enfants, et cinq de nos Shetland avec de minuscules humains sur le dos.

Les cours d'équitation étaient à la fois une tradition et une nouveauté à Rebel Blue. C'était ma mère qui les dispensait autrefois, et ils avaient cessé à sa mort.

Ce n'était qu'au moment de la naissance de Riley que Gus avait décidé qu'il voulait les réinstaurer, pas uniquement pour sa fille, mais pour les autres enfants de Meadowlark, se référant aux principes de ma mère selon lesquels l'équitation enseignait aux plus jeunes la patience, l'empathie et la discipline.

J'étais trop jeune à l'époque pour me souvenir de ma mère donnant des leçons, et au moment où Gus les avait remises au programme, j'avais déjà quitté Meadowlark. Par conséquent, c'était la première fois que j'assistais à l'une d'entre elles.

J'immobilisai le quad à dix bons mètres du corral. Les poneys avaient beau être calmes et doux, on ne prenait jamais assez de précautions pour éviter de les effaroucher quand ils étaient montés par des enfants de quatre ans.

Les cheveux noirs bouclés de Riley n'étaient pas durs à repérer. C'était un miracle que les gènes de Camille aient tenu tête à ceux de Gus. Cela avait donné une enfant sacrément mignonne : cheveux noirs, yeux verts et deux fossettes géantes. Elle montait son poney favori : une demoiselle à la robe couleur noisette nommée Cheerio. En approchant du corral, je reconnus quelques-uns des parents et allai me placer près d'eux.

L'une des mères murmurait à l'oreille de sa voisine que les fesses du moniteur étaient « faites pour ce jean » et je réprimai un rire.

Gus avait apparemment embauché un beau mec pour ce rôle. Un battement de cœur me fut nécessaire pour repérer l'homme dont elles parlaient.

Il me tournait le dos mais je n'eus aucun mal à identifier à qui appartenaient ces larges épaules, ces cheveux bruns s'échappant d'une casquette de base-ball élimée et, oui, ces fesses.

J'avais du mal à croire que Luke Brooks puisse être moniteur pour enfants.

Et que les enfants en question respirent encore.

Brooks ne m'avait pas encore repérée, alors je fis quelque chose que je ne m'autorisais jamais : je l'admirai. Il était en train d'aider une petite fille à ajuster la position de ses mains sur les rênes et il lui ébouriffa les cheveux quand elle y parvint. En voyant le sourire que la fillette lui décocha, on aurait pu penser qu'elle venait de gagner un voyage à Disneyland.

— Emmy, c'est toi ?

La mère qui chuchotait au sujet des fesses de Brooks m'arracha à mon état de contemplation. Je la connaissais. Je remettais son visage, mais je ne parvenais pas à me souvenir de son nom malgré tous mes efforts. Il me semblait qu'elle avait un frère de mon âge.

— La seule et l'unique, dis-je.

Je lui adressai un sourire qui se voulait chaleureux, essayant de faire appel à ma Teddy Andersen intérieure. Elle ouvrit la bouche pour dire autre chose, mais fut interrompue par une voix d'enfant hurlant « Tata ! ».

Je pivotai vers le corral pour voir Riley, Cheerio et maintenant Brooks qui avaient la tête tournée dans ma direction. L'expression de Riley aurait pu faire fondre un iceberg. Mon Dieu, que cette gamine m'avait manqué !

Brooks me sourit, lui aussi, mais... il ne s'agissait pas de son habituel sourire prétentieux. À en juger par la façon dont il me regardait, j'aurais pu croire qu'il était réellement content de me voir.

Ce qui était nouveau.

— Salut, Emmy, lança-t-il à mon adresse.

De mes doigts pointés, je braquai deux pistolets imaginaires vers lui.

Je ne craignais pas le ridicule, visiblement.

Je me tançai intérieurement, mais le geste sembla laisser Brooks de marbre. Répondant à une question de Riley, il se pencha pour lui indiquer qu'elle pouvait descendre de sa monture – « prudemment », précisa-t-il – étant donné qu'il était presque l'heure de desseller les bêtes. Une main sous le pommeau de sa selle et l'autre tenant ses rênes, Riley retira l'un de ses pieds des étriers et lança précautionneusement sa jambe au-dessus de la croupe de Cheerio avant de retrouver la terre ferme.

C'était une cavalière-née.

Regarder ma nièce avec son poney me rendait ivre de fierté mais propulsait également une batte de base-ball droit vers mon estomac.

Cela faisait maintenant un mois que j'étais incapable de monter Maple. Je la préparais et la guidais jusqu'au manège, mais quand arrivait le moment de grimper en selle, j'étais prise de panique.

Chaque fois.

J'avais déjà été blessée en pratiquant l'équitation, mais jamais je n'avais connu ce qui s'était passé à Denver le mois précédent. Ce n'était pas la première fois que je mordais la poussière à cause d'un cheval qui se cabrait, mais c'était la première fois de ma vie que je perdais complètement le contrôle en selle et que j'étais incapable d'en récupérer la moindre parcelle. Peu importaient les efforts que je déployais pour y parvenir.

Dès le début de cet entraînement, j'avais senti que quelque chose n'allait pas. Le cheval que je dressais était agité et craintif, mais je l'avais monté malgré tout. Je savais qu'il aurait mieux valu m'abstenir, mais je m'étais entêtée.

Le souvenir me fit frémir et je sentis les battements de mon cœur venir progressivement résonner à mes oreilles. Je gardai toutefois mon regard rivé sur Riley, me raccrochant à ma nièce pour détourner mon attention du déferlement d'angoisse qui me submergeait dès que je pensais à ce jour.

Pas maintenant, Emmy. Tu ne peux pas faire ça maintenant.

Je pris une profonde inspiration, le même type de respiration que j'avais prise devant le Devil's Boot la veille, l'air du matin me rappelant que j'avais devant moi une toute nouvelle journée.

Et que j'étais chez moi.

Riley tendit ses rênes à Brooks, qui les prit consciencieusement. Elle courut vers moi, appuyant les pieds sur les barreaux de la clôture du corral pour l'escalader et se jeter dans mes bras avant que j'aie eu le temps d'inspirer de nouveau. Je reculai d'un pas en titubant mais réussis à ne pas atterrir sur mon arrière-train malgré ma gueule de bois.

— Tata ! Tu es là !

Riley plaqua ses petites mains sur mes joues.

— Je suis là, ma grande, dis-je en souriant à ma petite fille de quatre ans préférée.

— Tu m'as vue monter ? Tu nous as vus, Cheerio et moi ?

— Oui, bien sûr ! Il se pourrait bien que tu montes mieux à cheval que ton père, tu sais ? fis-je en plaisantant.

Le sourire de Riley s'épanouit davantage.

— Il dit que je devrais essayer de te ressembler parce que tu es la meilleure cavalière du monde.

La batte de base-ball métaphorique mit un autre coup dans mon estomac.

Ouais, j'étais une excellente cavalière. Une excellente cavalière qui n'était même plus capable de monter sur un cheval. Il devait y avoir une plaisanterie cachée quelque part dans cette histoire. Après tout, mon nom de famille était littéralement Ryder[1].

Riley se pencha vers moi et inspira profondément.

— Tata. Tu sens la cigarette.

Arriver à un cours d'équitation avec une gueule de bois et imprégnée de l'odeur du Devil's Boot ? Oh, mon Dieu, c'était typiquement le genre de choses que pourrait faire Brooks.

Merde.

— Riles ! appela Brooks. Il est l'heure de desseller les chevaux. Lâche un peu Emmy, s'il te plaît.

Je serrai Riley plus fort entre mes bras et elle se mit à glousser.

— Tata ne veut pas me laisser partir, Brooks !

— Pas besoin de me balancer pour autant, chipie, marmonnai-je tout en la reposant.

Elle se débrouilla pour passer entre les barreaux de l'enclos et rejoignit Cheerio. Brooks lui tendit de nouveau ses rênes et me décocha un regard.

Le sourire avec lequel il m'avait accueillie avait disparu. Désormais, il paraissait irrité.

Était-il sérieusement contrarié que j'aie interrompu la toute fin de sa leçon d'équitation, après le coup qu'il m'avait fait au bar ?

Et d'ailleurs, pourquoi donnait-il des cours d'équitation ? On parlait du gars qui s'amusait à une époque à tirer sur des pigeons en argile depuis le plateau du pick-up – *en mouvement* – de mon frère.

---

1. Homophone de *rider,* qui signifie « cavalier ».

Brooks quitta le centre du corral pour ouvrir la barrière. Tandis qu'il faisait sortir les enfants puis les guidait sur le chemin menant à nos écuries, ses yeux se posèrent de nouveau sur moi.

J'espérais qu'il ne pouvait pas voir à travers les verres de mes lunettes de soleil que je l'observais, moi aussi.

Luke

Bon sang. Emmy Ryder était aussi belle à la lumière du jour qu'à la lueur des néons. C'est-à-dire sacrément belle, soit dit en passant.

Quand j'avais entendu le quad s'arrêter près du corral, j'avais tout de suite su que ce devait être elle, et je m'en étais voulu de me sentir si impatient de la voir.

Et voilà qu'elle était là. Avec un jean bleu délavé et un tee-shirt George Strait élimé coupé court, elle était un fantasme ambulant pour tout cow-boy.

Je dus me faire violence pour réussir à détacher les yeux d'elle alors qu'elle se plaçait près du groupe de mères, qui s'imaginaient que je ne les entendais pas parler de mon postérieur depuis trois quarts d'heure.

Il y avait un autre gars qui donnait des leçons au ranch de temps à autre, mais j'étais presque certain que Gus l'avait délibérément affecté aux cours destinés aux adultes. J'avais obtenu les cours des enfants parce que Gus pensait que j'étais un « aimant à MILF ».

Mais je n'étais intéressé par aucune des femmes alignées le long de la barrière – jusqu'à cet instant. Emmy se tenait près d'elles sans paraître à sa place. Je l'observais du coin de l'œil. Elle salua poliment tout le monde, mais je savais qu'elle n'était pas là pour échanger des banalités. Elle était là pour voir Riley.

La gamine était folle d'Emmy. Elle ne cessait jamais de parler de sa tante, même quand Emmy n'était pas là. En temps normal, j'aurais attendu que la leçon soit terminée et que les chevaux soient dessellés et de retour dans leurs enclos pour laisser le petit trublion rejoindre sa tante.

Malheureusement, j'étais tellement gaga de Riley que dès qu'elle demanda à aller voir Emmy, je cédai.

Assister à leurs retrouvailles était franchement quelque chose de spécial. Je ne savais pas trop définir l'étrange sensation qui avait étreint ma poitrine en voyant ce sourire immense s'épanouir sur les traits d'Emmy pendant qu'elle serrait Riley dans ses bras.

Enfin bref, peu importe, c'était sans doute la faute à ma gueule de bois.

Mon regard se posa de nouveau sur Emmy. Tout ce que j'avais ressenti à son sujet la veille au soir était encore là.

Je trouvais toujours qu'elle était belle.

Je me demandais toujours à quoi elle ressemblerait enroulée dans mes draps.

J'étais toujours contrarié qu'elle soit partie avec Wyatt et je regrettais toujours qu'elle ne soit pas plutôt rentrée avec moi.

J'espérais qu'elle ne pouvait pas lire tout cela sur ma figure.

Merde, j'étais sur un terrain glissant.

Contre toute attente, Emmy Ryder s'était frayé un chemin en moi et maintenant je l'avais dans la peau.

Qu'étais-je censé faire, bon sang ?

6

Luke

Après mon dernier cours collectif de la journée, je pris le chemin qui me ramenait vers la Grande Maison. C'était une belle journée de fin d'été. Le genre de journée qui faisait souffler une légère brise sur le ranch.

Le ranch Rebel Blue était le meilleur endroit qui soit sur cette planète, et je ne me lassais pas d'emprunter le sentier qui longeait le ruisseau à travers un bosquet de trembles avant de monter vers l'éminence où s'élevait la maison. Elle était placée un peu plus haut que tout le reste, gardant un œil sur tout et sur chacun – à l'image d'Amos Ryder.

Les trajets à pied pour rejoindre et quitter mon pick-up étaient généralement mes moments préférés de la journée, mais pas cette fois. Aujourd'hui, j'avais vu la seule chose à m'avoir jamais paru plus belle que Rebel Blue, et c'était Emmy.

Qu'est-ce qui clochait chez moi ?

Emmy avait toujours été mignonne, mais je ne l'avais jamais considérée autrement que comme la petite sœur de mon meilleur ami.

La femme qui était entrée dans mon bar la veille au soir marchait avec un aplomb que je ne lui avais jamais vu. D'ordinaire, elle n'affichait jamais pareille assurance en présence de qui que ce soit, et encore moins d'un gars. J'avais peut-être détesté voir cette facette de sa personnalité s'exprimer avec Wyatt, mais j'avais réellement apprécié d'être témoin de son existence.

Amos disait qu'Emmy manquait de confiance en elle mais, d'après ce que j'avais sous les yeux, je pouvais affirmer que ce n'était désormais plus le cas.

C'était comme si Meadowlark avait agi comme un plafond de verre qui la restreignait et qu'elle avait enfin pu s'épanouir en fichant le camp d'ici.

Alors pourquoi diable était-elle de retour ? C'était la question que j'avais en tête au moment où je tournai au coin du petit chalet. Le pick-up d'Emmy – un GMC Syclone de 1991 bleu layette – était garé devant. Je me souvenais du moment où elle l'avait acheté. Son père avait offert à Gus et Wes leur première voiture, mais pas à Emmy. Elle lui avait demandé de ne pas le faire. Qui donc refusait une voiture gratuite ?

Elle avait travaillé au ranch et comme serveuse au *diner* du coin pour économiser afin de se l'offrir. Elle avait aimé cet affreux pick-up au premier regard. Ça me plaisait qu'elle l'ait encore, mais j'étais surpris qu'il soit toujours en état de rouler.

La porte du chalet était ouverte et les notes d'un morceau de Cheap Trick s'en échappaient. Alors que je m'approchais, Emmy sortit. Elle avait troqué son jean pour un short de sport noir moulant.

Nom d'un chien.

Ses jambes bronzées semblaient faire un kilomètre de long.

Elle alla chercher un carton à l'arrière de son pick-up. Il semblait lourd. Gus me tuerait s'il savait comment je regardais sa sœur, mais il me tuerait aussi si je ne lui proposais pas mon aide.

Quoi qu'il se passe, je finirais mort, donc autant essayer d'évacuer cette attirance pour Emmy une bonne fois pour toutes.

— Emmy, je m'en occupe, proposai-je en trottinant vers son pick-up.

Sans même me regarder, elle dit :

— Je n'ai pas besoin de l'aide d'un homme grand et fort pour déplacer un carton.

Elle lâcha un souffle pour chasser une mèche de cheveux qui était tombée en travers de son visage.

— Alors tu me trouves grand et fort ?

— La ferme, Brooks.

Ah, je comprends mieux. Maintenant que j'étais plus près de sa voiture, je pouvais voir qu'elle était remplie à ras bord. Elle n'aurait pas emporté tout ça si elle avait eu l'intention de rester ici seulement une semaine ou deux.

— Vas-tu..., commençai-je, sans savoir vraiment comment formuler ce que j'avais en tête. Vas-tu revenir t'installer ici ?

Emmy cessa de se débattre avec le carton que je lui avais proposé de porter. Il resta sur le siège du pick-up. Quelque chose avait changé en elle quand j'avais posé ma question. Elle laissa échapper un soupir et leva les yeux vers le ciel. Puis les ferma.

— Ouais, dit-elle, paupières toujours closes. C'est ce que je vais faire.

— Et la compétition ? demandai-je, curieux tout autant que préoccupé.

Emmy se figea. Je pouvais voir des murs se dresser tout autour d'elle.

— Quoi, la compétition ? répliqua-t-elle, sur la défensive.

— Tu en as fini avec ça ?

C'était là l'unique explication possible. Elle ne pouvait pas participer à des compétitions, ainsi qu'elle l'avait fait durant les dix dernières années, depuis Meadowlark.

Emmy soupira de nouveau. Un soupir qui en disait long, et qui ne pouvait s'expliquer que par le poids d'un fardeau qui vous accablait. J'en connaissais un rayon là-dessus.

— Je ne sais pas.

Elle avait toujours les yeux fermés et le nez pointé vers le ciel.

— D'accord...

Je ne savais quoi répondre à cela. *Ce ne sont pas tes affaires, Luke.*

Le silence s'étira entre nous durant quelques instants.

— Je vais t'aider à décharger tes affaires. Si on s'y met à deux, ça fera moitié moins de travail.

J'essayais de donner l'impression de faire une proposition pragmatique et non de vouloir passer plus de temps avec elle ou je ne sais quoi.

Elle me regarda et, après quelques secondes, accepta d'un hochement de tête. J'attrapai le carton à l'origine de tout cela.

— Je vais commencer par celui-là.

Nom d'un chien. Il pesait son poids. Je m'imaginai Emmy empaqueter toute sa vie à Denver. Avait-elle dû se débrouiller seule ? Ou l'avait-on aidée ? Un petit ami, peut-être ? Mes doigts agrippèrent plus fort le paquet à cette pensée.

Même si je connaissais Emmy, je ne la connaissais pas *vraiment* ni ne savais à quoi ressemblait désormais sa vie.

Mais j'avais envie que cela change.

Emmy attrapa un carton plus petit et ouvrit le chemin pour remonter au chalet.

À l'intérieur, le logement n'avait pas changé depuis la dernière fois que j'y avais mis les pieds. Gus, Wes et moi avions pour habitude d'y traîner, en général avec des bières et un joint. C'était suffisamment éloigné de la Grande Maison pour qu'Amos ne nous surprenne pas, mais suffisamment près pour que nous ne nous retrouvions pas à tituber à travers tout le ranch.

J'étais quasi certain que Gus avait perdu sa virginité dans ce chalet. Je notai mentalement de garder cette information pour moi.

Emmy se pencha pour déposer son carton par terre, près du lit, et je ne pus m'empêcher de jeter un regard à ses fesses en forme de cœur dans ce foutu short minuscule.

Aucun doute, j'irais droit en enfer.

— Tu n'as qu'à mettre ça où tu veux, dit Emmy, qui ne se doutait pas que je matais son postérieur une demi-seconde plus tôt.

— Qu'y a-t-il là-dedans, bon sang ? demandai-je, plaçant mon chargement par terre une fois la porte franchie. Des pierres ?

Emmy laissa entrevoir malgré elle un infime sourire et j'eus l'impression d'avoir gagné à la loterie.

Que m'arrivait-il, bordel ?

— Presque. Des livres. Tu en as déjà lu un ?

— Très drôle.

— Désolée, je sais que ton illettrisme est un sujet douloureux pour toi.

Son sourire se fit plus franc. Si me chercher des poux la faisait sourire de cette façon, je n'aurais pas d'autre choix que de la laisser me provoquer aussi souvent qu'elle en avait envie.

— L'enseignement public du Wyoming m'a laissé sur le bord de la route, comme tant d'autres.

— Tu ne peux rien reprocher à l'école si tu n'y as jamais mis les pieds, tu sais.

— Je suis allé à l'école, protestai-je, même si ce n'était pas vraiment le cas.

— Jouer au foot et boire des coups sur le parking ne compte pas.

Mon Dieu, quel sourire. *Prends ça, Kenny*, pensai-je en me souvenant de celui qu'elle lui avait adressé au bar. *Regarde un peu à qui elle sourit maintenant, crétin.*

— Bon sang. Tu m'as eu, concédai-je.

Il fallait reconnaître qu'elle n'avait pas tort. Mais j'avais obtenu mon diplôme, cela dit.

— Merci de m'avoir balancée à Gus, au fait.

Comme son ton était toujours léger, elle ne devait pas trop m'en vouloir, même si je me sentais vraiment mal d'avoir gaffé.

Je savais à quoi elle ressemblait lorsqu'elle était furieuse et ce n'était pas l'apparence qu'elle affichait en cet instant. Elle avait l'air calme. À son aise.

J'aimais bien qu'elle soit ainsi quand elle était avec moi.

— Tu aurais pu laisser de côté le détail concernant Kenny, toutefois, poursuivit-elle. Mon retour à l'improviste aurait déjà suffi pour faire apparaître la célèbre veine sur son front.

Je l'emmerde, Kenny.

— Vous vous...

Une fois encore, j'ignorais comment formuler ma question correctement. Emmy me rendait sacrément nerveux.

— Vous vous êtes bien amusés après avoir quitté le bar hier soir ?

Très subtil.

Emmy éclata de rire.

— Je n'en reviens pas que Gus essaie de t'utiliser pour m'interroger.

Ouais, voilà. C'était Gus qui avait envie de savoir.

— Kenny nous a ramenées toutes les deux en voiture chez Teddy parce que, je ne sais pas si tu l'as remarqué, nous étions torchées.

Il n'avait fait que les reconduire chez Teddy ? Elle n'était pas rentrée avec Kenny ? Rien ne s'était passé ?

Une vague de soulagement déferla sur moi. Je me répétai que c'était parce que je n'avais pas envie de voir la petite sœur de mon meilleur ami souffrir de nouveau, ce qui était vrai. Seulement il ne s'agissait pas de l'entière vérité.

— Ton interprétation très sonore et passionnée de « Islands in the Stream » t'a peut-être trahie, effectivement, reconnus-je.

Le souvenir de Teddy écartant de son chemin le chanteur du groupe et tirant sur le bras d'Emmy pour la faire monter sur scène repassa dans mon esprit.

Il était un peu flou toutefois, à cause des shots que j'avais bus derrière le bar.

— Oh, mon Dieu.

Emmy passa une main sur son visage.

— J'avais complètement oublié cet épisode.

— Tu n'étais franchement pas mauvaise. Prends quelques leçons de chant et je vous offrirai un créneau à Teddy et toi, dis-je en plaisantant.

Emmy reprit le chemin de son pick-up pour récupérer d'autres affaires et je la suivis.

— Alors c'est vrai ? lança-t-elle par-dessus son épaule.

— Qu'est-ce qui est vrai ?

— Que tu possèdes le Devil's Boot.

— C'est vrai, ouais.

— Comment est-ce arrivé ?

Il était impossible d'évoquer la façon dont le Devil's Boot avait atterri entre mes mains sans parler de Jimmy. Je gardai le silence un instant, me préparant à ressentir la douleur familière qui se logeait dans ma poitrine chaque fois que le sujet était abordé.

— Tu te souviens de Jimmy le soûlard ?

— Ton père ? Oui, je me souviens de lui.

Emmy avait l'air perplexe et je ne pouvais pas lui en vouloir.

— Il s'est avéré qu'il en était propriétaire durant tout ce temps. Il me l'a légué à sa mort.

Je n'aimais pas vraiment parler de mon père. Ce n'était pas que je pensais qu'il était un mauvais bougre, mais je savais qu'il était un mauvais père. Ce que je ressentais à propos de Jimmy n'était toutefois plus une plaie béante. Celle-ci était recouverte d'une cicatrice. Mais cela ne voulait pas dire qu'il n'y avait pas de douleur qui persistait sous la surface.

Peu importait le nombre d'années écoulées, je ne pourrais jamais complètement oublier que mon père ne voulait pas de moi.

Il avait vécu dans la même ville que moi durant toute ma vie et je l'avais croisé peut-être une fois par an jusqu'à ce que je sois suffisamment vieux pour produire de faux papiers d'identité et entrer au Devil's Boot. Dès lors, je ne l'avais jamais vu qu'installé à sa place habituelle, au comptoir. Parfois, il m'adressait la parole. Parfois, non.

Je ne savais même pas pourquoi il m'avait laissé le bar et tout ce qui allait avec.

— En toute franchise, je ne pensais pas que quelqu'un possédait véritablement le Devil's Boot, avoua Emmy en se tournant pour attraper un autre carton.

J'étais derrière elle.

— Enfin, je savais bien que quelqu'un avait dû en être propriétaire à un moment donné, mais je pensais que le bar était là depuis si longtemps que, d'une certaine façon, sa situation transcendait toute question de propriété.

— Pour ne rien te cacher, les livres de comptes donnaient effectivement l'impression qu'il n'y avait pas de propriétaire quand j'ai repris l'affaire. La situation était catastrophique.

Jimmy avait fait péricliter le bar. J'avais du mal à l'admettre, mais quand j'avais vu l'ampleur des dommages qu'il avait causés au fil des ans, j'avais trouvé une forme de réconfort à découvrir que je n'étais pas la seule chose dont mon père ne s'était pas occupé. Toutefois, il me semblait qu'il tenait au bar plus qu'il n'avait jamais tenu à moi.

Emmy et moi déposâmes nos cartons sur le sol du chalet.

Celui-ci commençait à se remplir de ses affaires.

— Je ne crois pas te l'avoir déjà dit, commença Emmy, mais je suis désolée que ton père soit mort. Pleurer quelqu'un qu'on n'a jamais véritablement connu, c'est difficile et déroutant.

La même sensation étrange me serra de nouveau la poitrine. Je savais que les paroles d'Emmy étaient sincères. Sa mère était morte avant qu'elle souffle sa première bougie. Chute de cheval.

— C'est gentil de ta part, Emmy. Jimmy m'a laissé les seules choses qui aient jamais compté à ses yeux et j'imagine que cela vaut quelque chose.

Jamais je ne parlais ainsi de mon père. J'ignorais pour quelle raison j'étais en train de le faire. J'avais envie qu'Emmy me connaisse, j'imagine. Et j'avais envie de la connaître, aussi.

Nous continuâmes les allers-retours depuis le pick-up d'Emmy jusqu'à ce que Cheap Trick cède la place à Bruce Springsteen et que tous les cartons d'Emmy aient été transférés à l'intérieur du chalet. Après notre conversation, nous travaillâmes la plus grande partie du temps dans un agréable silence, à l'exception des moments où Emmy m'indiquait où poser quelque chose ou de ceux où elle se mettait à chanter distraitement les paroles des chansons passant à la radio.

— Je crois qu'on a fini, dit-elle au moment où j'entrai en portant le dernier carton, qui devait contenir encore des livres à en juger par son poids.

Mais que lisait donc cette femme ?

Je le déposai par terre près des autres.

— Merci pour ton aide.

— À ton service.

Et je le pensais du fond du cœur. Depuis la veille, j'étais prêt à faire n'importe quoi, n'importe où, n'importe quand pour Emmy Ryder.

— Tu as besoin d'autre chose avant que je m'en aille ?

J'aurais pu tout aussi bien me mettre à genoux et la supplier de me laisser rester un peu plus longtemps. Nom d'un chien, mais qu'est-ce qui clochait chez moi ?

Elle essaya de s'extraire de l'empilement de cartons au milieu duquel elle se retrouvait coincée. Avant qu'elle puisse me répondre, son pied buta contre l'un des cartons et elle chuta lourdement. Je tendis instinctivement la main pour la retenir mais ne pus la rattraper.

Fichus cartons.

— Emmy !

Je contournai les obstacles sur mon chemin aussi vite que possible et m'accroupis près d'elle. Elle avait du sang sur le bras. *Merde.*

— Emmy, tout va bien ?

La note de panique dans ma voix me surprit.

— Oui, ça va. J'ai tendu le bras pour stopper ma chute et j'ai percuté un carton. Rien de grave.

— Laisse-moi regarder, s'il te plaît.

— Tout va bien, grommela-t-elle.

Quelle tête de mule. Elle avait toujours été plus entêtée qu'un cheval.

— Emmy, tu saignes partout sur ton carton de chaussures.

Elle baissa les yeux vers son bras. Je crois qu'elle ne savait pas jusqu'alors qu'elle saignait. Elle parut stupéfiée.

— Merde, lâcha-t-elle dans un souffle.

— Viens par là.

Je plaçai l'une de mes mains sur sa taille et l'autre sous son coude du côté du bras qui ne saignait pas pour l'aider à se relever.

— Il y a une trousse de secours sous l'évier. Gus et moi les avons toutes réapprovisionnées il y a quelques mois.

— Bon Dieu, je déteste le sang, avoua Emmy.

— Alors ne regarde pas, Clementine.

— Waouh. Excellent conseil, Luke. Tu devrais être médecin. Merci.

Luke. Elle m'avait appelé Luke. Elle saignait sous mes yeux *et* jouait les petites malignes au moment de le dire, mais j'aimais la façon dont mon prénom sonnait dans sa bouche.

— Je ne plaisante pas, ne regarde pas, insistai-je. Viens, assieds-toi.

Une petite table de cuisine munie de deux chaises était placée près de la fenêtre du fond de la pièce. Je l'y menai, la fis asseoir et attrapai la trousse de secours avant de m'agenouiller devant elle.

— Je peux pas supporter la vue du sang, Brooks. Je peux pas, balbutia Emmy.

Sa voix semblait vidée de toute énergie. Je levai le visage vers elle. Elle était toute pâle. Son attention était entièrement dédiée au sang qui s'écoulait de son bras.

— Hé, dis-je, tentant de garder une voix douce. Emmy, écoute-moi.

Elle avait toujours les yeux rivés sur la coupure, mais son regard était vide. Elle semblait à deux doigts de s'évanouir. Je ne me rappelais pas d'une telle aversion pour le sang. Les coupures n'étaient pas rares sur un ranch. En outre, j'étais arrivé plus d'une fois chez les Ryder dans un sale état après une bagarre. Si la réaction d'Emmy à la vue de l'hémoglobine avait été si viscérale, je m'en serais forcément souvenu.

Je levai les mains pour encadrer son visage et l'inclinai vers le haut. Ce geste la força à détacher ses yeux de son bras amoché.

— Regarde-moi, ordonnai-je d'un ton ferme.

Les yeux verts d'Emmy rencontrèrent les miens. Elle était donc *capable* d'écouter – qui l'eût cru ?

— Garde tes yeux sur moi, d'accord ? Je vais prendre soin de toi, Emmy.

Elle ne répondit pas mais m'adressa un petit hochement de tête. Je laissai mes paumes sur son visage plus longtemps que je n'aurais dû, m'imprégnant de la sensation de son contact.

Nom d'un chien. Tu es vraiment pathétique, pensai-je. *Elle saigne, bordel.*

Mes doigts quittèrent son visage et je me mis à m'occuper de son bras. Je lui avais fait poser la main sur mon biceps pour pouvoir voir ce que je faisais. Après avoir nettoyé l'entaille, je constatai avec joie qu'elle n'était pas profonde du tout. C'était seulement l'une de ces coupures qui pissaient le sang jusqu'à ce qu'on les prenne en charge.

Je pris le désinfectant dans la trousse.

— Ça va peut-être piquer, la prévins-je tout en approchant le coton imbibé de son avant-bras.

Elle bloqua sa respiration et la main sur mon biceps serra. Fort.

— Merde. Ça fait vraiment mal.

— J'ai presque terminé, annonçai-je.

Je tapotai sa peau avec de la gaze pour la sécher et collai le plus gros pansement disponible sur la coupure.

— Et voilà.

Je plaçai mes bras de part et d'autre de ses jambes et les laissai là, contrevenant à tous mes principes. Je levai les yeux vers elle. Elle n'avait plus l'air d'être prête à tomber dans les pommes – nous étions tirés d'affaire.

Emmy avait les yeux rivés sur moi et je portai instinctivement mes mains sur la peau nue de ses cuisses, en dessous de l'ourlet de son short serré. Je la vis déglutir. La façon dont sa gorge ondula me donna envie de refermer ma main dessus pour attirer ses lèvres vers les miennes.

J'essayais de me remémorer la dernière fois où j'avais ressenti cette sorte d'attirance pour quelqu'un. Je n'étais pas certain que cela me soit déjà arrivé.

— Merci, dit-elle.

Était-elle essoufflée ? Ou était-ce le fruit de mon imagination ?

Je fis glisser mes mains un peu plus haut puis les ramenai à leur emplacement initial pour frotter le côté de ses jambes. Je me dis que c'était simplement pour la réconforter après sa blessure. Son souffle se coupa, mais elle ne fit pas mine d'arrêter mon geste.

Son regard se porta subitement sur ma bouche avant de revenir à mes yeux.

Merde. J'avais envie de l'embrasser. Et à en juger par la façon dont elle me regardait, elle en avait envie aussi. Je savais à quoi ressemblait une femme prête à s'abandonner mais, bon sang, ce n'était pas n'importe quelle femme qui me faisait face. C'était Emmy.

Nul ne dit mot – nous étions figés là.

Je posai les yeux sur sa bouche.

Un baiser, ce ne serait pas si grave, pas vrai ? Elle et moi étions deux adultes.

J'allais le faire. J'allais embrasser la petite sœur de mon meilleur a...

— Emmy !

La voix de Wes fit voler en éclats l'état de transe qui s'était emparé d'Emmy et moi.

— Je t'apporte tes draps.

D'un bond, je me remis debout et, au moment où Wes franchit le seuil du chalet, Emmy se tenait pile derrière moi.

— Oh, salut, Brooks, me salua-t-il. Je me demandais pourquoi ton pick-up était encore garé devant la Grande Maison.

— Salut, mec.

J'essayai de garder une voix neutre afin de ne pas trahir que j'avais failli poser mes lèvres sur celles de sa petite sœur.

— Il m'aidait juste avec mes cartons, s'empressa d'ajouter Emmy.

À l'entendre, on aurait dit une gamine surprise en train de voler un cookie.

Wes la regarda en levant un sourcil étonné, avant de reporter son attention sur moi.

— C'est gentil de sa part, finit-il par dire.

Cette discussion était étrange.

Notre comportement, à Emmy et moi, était étrange.

Il fallait qu'on se ressaisisse.

Rien n'était arrivé.

Mais ce serait arrivé.

— Ouais. J'ai vu son pick-up en rentrant à pied des écuries. Je me suis dit que j'allais lui filer un coup de main.

Wes me considéra une seconde encore avant de se tourner vers Emmy et de reprendre la parole.

— Le dîner sera prêt dans trente minutes. Riley avait envie de poulet au barbecue. Brooks, tu restes ce soir ?

— Merci, mais je dois retourner au bar. Ils se demandent certainement où je suis, d'ailleurs.

Ce qui n'était pas un mensonge. Le soleil commençait à se coucher, ce qui signifiait que les gens commenceraient sous peu à arriver au Devil's Boot, mais Joe avait la situation en main.

— Tu en es sûr ?

C'était Emmy qui venait de poser la question. Voulait-elle... que je reste pour le dîner ? Il y a une première fois à tout, j'imagine.

— Ouais, lui assurai-je. Bon retour chez toi, Emmy. Wes, je reviens demain pour le match.

Je jouais toujours au football les dimanches chez les Ryder.

Je me dirigeai vers la porte et tous deux m'adressèrent un signe de la main. Je les saluai à mon tour en espérant ne pas avoir l'air aussi embarrassé que je l'étais.

Je courus pratiquement jusqu'à mon pick-up. Je n'en revenais pas : j'avais failli l'embrasser. Si Wes n'avait pas débarqué, je l'aurais fait.

Si son cri ne nous avait pas prévenus de son arrivée, il serait entré et m'aurait surpris en train d'embrasser sa sœur, et je serais mort à cette heure. Je laissai ma tête retomber sur mon volant.

Impossible que cela se reproduise.

7

Emmy

Presque une semaine s'était écoulée depuis mon installation dans le petit chalet et ce qui s'était passé, ou avait failli se passer, avec Brooks lors de cette première soirée sur place.

J'essayais de ne pas y songer mais, chaque fois que je laissais mes pensées vagabonder, je revenais à ce que j'avais éprouvé en sentant son bras sous mes doigts et ses mains sur mes cuisses. Il m'avait regardée comme s'il avait envie de me dévorer.

Brooks avait toujours été un bourreau des cœurs. Il avait suffi qu'il me consacre toute son attention pendant une minute à peine pour que je comprenne pourquoi.

Il était envoûtant.

Je n'arrivais pas à croire que j'avais été à deux doigts de laisser Luke Brooks – l'homme qui avait certainement couché avec plus de la moitié des femmes de Meadowlark dans sa tranche d'âge – m'embrasser. Dieu merci, Wes avait surgi au moment opportun car, autrement, j'aurais sans doute franchi le pas.

Beurk.

J'avais vu son pick-up quelques fois sur le ranch depuis ce moment-là, mais lui, jamais. Je passais la plus grande partie de mon temps dans mon chalet, où j'étais à l'heure actuelle à mi-parcours du déballage de mes vêtements. Wes ne voyait pas d'inconvénient à ce que je m'isole dans mon coin tant que je venais à la Grande Maison pour partager le dîner avec lui, mais ce ne serait pas le cas de Gus à son retour.

J'aurais dû me sentir soulagée de ne pas croiser le chemin de Brooks. Je ne l'appréciais même pas.

Alors pourquoi me sentais-je déçue ?

Reprends-toi, Emmy. Tu te souviens que tu as rompu avec ton petit ami avec un Post-it le week-end dernier ? Tu n'as pas besoin d'embrasser qui que ce soit.

Et surtout pas Luke Brooks.

Cette pensée me ramenant à mon ex me prit au dépourvu.

Stockton et moi n'étions pas restés ensemble très longtemps – quelques mois à peine. Il vivait dans le même immeuble que moi. Au début, je l'appréciais parce qu'il était différent de tous les hommes qui s'étaient jusqu'alors intéressés à moi. Il venait d'une grande ville, travaillait dans la tech et ce n'était pas un cow-boy.

Il n'était même jamais monté à cheval. Il était gentil mais, depuis un mois et demi environ, il avait commencé à faire des choses qui me déplaisaient. Il surveillait constamment mes faits et gestes et se montrait irritable chaque fois que Teddy appelait, ce qui faisait que je finissais par ne pas décrocher. Il y avait de cela quelques semaines, nous étions allés au restaurant et il avait essayé de choisir mes plats à ma place. Non seulement cela, mais il avait voulu me commander un steak.

Je ne mangeais même pas de viande rouge.

Quand je le lui avais dit, il m'avait répondu : « Allez, goûte pour voir. »

Je n'avais pas besoin de « goûter ». J'avais littéralement grandi dans une ferme d'élevage bovin. Mais nous n'en étions pas à un stade de notre relation où j'avais le sentiment de pouvoir lui parler de mes troubles sensoriels – surtout s'il était du genre à me sortir de « goûter pour voir ».

Sincèrement, j'aurais fini par rompre avec lui, de toute façon.

Mon accident et la spirale qui en avait découlé n'avaient fait qu'accélérer le processus.

On frappa à la porte du chalet. Avant que je puisse ouvrir, Teddy déboula à la manière d'une véritable tornade, chargée de sacs de courses.

— Salut, chérie ! J'arrive avec des cadeaux !

— Mais pourquoi ? demandai-je.

Mon intention n'était pas de paraître agacée, mais c'est pourtant l'impression qui en ressortit.

— Parce que tu ne répondais pas à mes textos et qu'il fallait donc que je m'assure que tu n'avais pas régressé au stade du visionnage de *Fashion Victime* en boucle. Et au cas où tu aurais rechuté, j'ai ce qu'il te faut : des cadeaux.

Elle leva ses sacs devant elle.

Teddy adorait les cadeaux – en offrir ou en recevoir, cela n'avait pas d'importance.

— Je t'aime, tu le sais ?

— Évidemment. Et je t'aime aussi, ce qui est la raison pour laquelle je ne vais rien dire à propos de l'accueil que tu m'as réservé il y a quelques secondes.

— Je suis désolée, dis-je sincèrement.

— Excuses acceptées. Tu veux voir tes cadeaux ?

— Tu sais bien que oui.

Teddy lâcha un petit cri enthousiaste et battit des mains. Elle se mit à avancer vers la scène où s'était déroulé « l'incident avec Brooks », lieu connu également sous le nom de « table de la cuisine », et je la suivis.

— Commençons par le commencement.

Teddy plongea la main dans le plus gros des sacs.

— Du linge de lit tout neuf ! Je suppose que tu es mal lunée parce que tu n'as pas bien dormi. Je sais que Wes t'a probablement apporté la parure de lit standard du ranch.

Elle avait raison.

— Ces cochonneries grattent la peau et nous savons toutes les deux ce que tu éprouves au contact des textures rêches.

Le linge de lit apporté par Teddy était couleur crème et très, très doux. Parfois, j'oubliais à quel point Teddy me connaissait bien, mais la boule dans ma gorge en constituait un bon rappel.

— Je l'adore, Ted. Merci.

— Et ce n'est que le début. J'ai également apporté une mini-cafetière, ton café Folgers habituel, beaucoup de chips saveur cornichons à l'aneth et ce nouveau legging. Je crois que tu vas l'aimer à la folie. On a véritablement l'impression de se promener toute nue avec ça.

Teddy et moi n'avions pas vécu au même endroit depuis la fac. Même si je n'aurais jamais pu oublier ce que ça faisait d'être aimée de Teddy, j'avais bel et bien oublié ce que ça faisait de la côtoyer.

— Tu n'avais pas à faire tout ça.

— Bla-bla-bla.

Teddy était très douée pour adresser compliments et louanges, mais pas trop pour ce qui était d'en accepter.

— Je suis heureuse que tu sois là même quand tu ne réponds pas à mes textos et je veux juste que tu saches que je suis là pour toi, Em. Peu importe ce dont tu as besoin.

Teddy était ma meilleure amie. Je pouvais tout lui dire. C'était tout l'intérêt d'avoir une meilleure amie. En outre, il fallait que je le raconte à quelqu'un, sans quoi je risquais d'exploser.

— J'ai eu envie d'embrasser Luke Brooks, lâchai-je.

Teddy se figea entièrement. Je ne savais même pas qu'elle en était capable.

— QUOI ?

Les yeux de Teddy faillirent jaillir de leurs orbites.

— Parle. Tout de suite.

Merde.

— C'est difficile à expliquer mais je me suis blessée, et j'ai eu une poussée d'adrénaline et ses biceps sont tellement... Tu sais, et son visage n'est pas mal non plus et...

Teddy m'interrompit.

— Où cela s'est-il passé ?

— Là où tu es assise.

— La vache !

Teddy se renfonça dans son siège et garda ses yeux rivés sur moi.

— Alors comme ça, tu as eu envie de... l'embrasser ?

Je déglutis difficilement.

— Sur le moment... un peu, je crois ?

— Et qu'en est-il maintenant ? Je veux dire, maintenant que le moment est passé ?

— Bien sûr que non.

C'était un mensonge. J'étais une sale petite menteuse.

— D'accord. D'accord.

Teddy secoua la tête, incrédule.

Pour la première fois de nos vies, Teddy était sans voix.

— Enfin, je veux dire, je ne peux pas t'en vouloir, reprit-elle. Il dégage ce truc de cow-boy mauvais garçon et tu viens à peine de rompre avec quelqu'un, donc quelque part, c'est logique.

— Vraiment ?

— Non, mais faisons comme si c'était le cas. Ça t'aidera à te sentir mieux.

Argh... J'enfouis mon visage dans mes mains.

— Et donc il... euh... te plaît ?

— Non ! répondis-je rapidement.

Trop rapidement.

Teddy m'adressa un regard qui disait qu'elle n'était pas dupe.

Je ne trompais personne, pas même moi.

On frappa de nouveau à la porte – enfin, contre son encadrement, étant donné que Teddy l'avait laissée ouverte.

— Emmy, combien de fois t'ai-je dit de ne pas laisser la porte des chalets ouverte ?

Gus entra sans que je l'y invite dans le logement, qui était bien trop petit pour trois personnes, en particulier quand deux d'entre elles étaient Teddy Andersen et August Ryder.

— Désolée, Gussy, intervint Teddy. C'est ma faute.

Gus s'arrêta net et fusilla Teddy du regard.

Si Gus avait eu quelques années de moins – et avait souri davantage –, nous aurions pu être jumeaux. Mais mes yeux n'étaient pas dotés de cette capacité à lancer des éclairs.

Mon frère arborait ce jour-là une barbe soigneusement taillée qui le faisait *vraiment* ressembler à une version plus jeune de notre père.

Il ne l'avait pas, la dernière fois que je l'avais vu.

— Theodora, je croyais t'avoir bannie de Rebel Blue, lança-t-il sans cacher son agacement.

— Et moi, je croyais t'avoir dit que si tu m'appelais comme ça, je t'enfoncerais un piquet de clôture au fond de la gorge, répliqua Teddy d'une voix mielleuse. Et c'est bien la dernière chose dont tu aurais besoin étant donné que tu as déjà une sale tête, ces derniers temps.

Teddy battit des cils pour faire bonne mesure, histoire de rajouter une couche de condescendance.

— Si je te trouve une bride, tu la fermeras ? cingla Gus.

— Une bride ? Oooh, August Ryder a donc un petit côté pervers !

— D'accord, les interrompis-je. Il n'est même pas encore 10 heures du matin, alors peut-être qu'on pourrait calmer le jeu niveau joute verbale.

Teddy et Gus me jetèrent un regard surpris, comme s'ils venaient de se souvenir de ma présence.

Quand ils entamaient ce genre d'échange, ils pouvaient continuer ainsi toute la journée.

— Ouais, je ne voudrais pas tailler un costard à Gus si tôt dans la matinée, fit Teddy.

Elle rejeta ses cheveux cuivrés par-dessus son épaule.

— Je suis seulement venue pour voir comment va Maverick.

Maverick appartenait autrefois au père de Teddy mais, ce dernier ne pouvant plus monter, elle prenait soin du cheval.

— Je t'appelle plus tard, Emmy.

— Salut, Ted. Je t'aime.

— Et moi encore plus.

Au moment de gagner la sortie du chalet, Teddy s'arrêta face à Gus.

— C'est quoi, ça ?

Elle pointa un doigt vers sa chemise et, comme un idiot, il baissa la tête.

Elle fit brusquement remonter son doigt et lui donna une pichenette sur le nez.

Gus lâcha un grognement. Un vrai grognement de bête.

J'entendis résonner le rire de Teddy jusqu'à ce qu'elle referme la portière de son pick-up.

— Je ne peux vraiment pas la supporter, grommela Gus.

— Eh bien, elle ne peut pas te supporter non plus.

Je l'observai un instant avant de me précipiter vers lui et de le serrer fort entre mes bras.

— Ça me fait plaisir de te voir, grand frère.

Gus me pressa contre lui un instant.

— Moi aussi, petite sœur, dit-il en m'ébouriffant les cheveux.

Gus jouait les gros durs à la perfection mais, sous ses airs de brute, c'était un gentil, même s'il refuserait toujours de l'admettre. Si je le lui disais, il redoublerait d'efforts pour jouer les enfoirés afin de me prouver que je faisais erreur.

— C'était comment, l'Idaho ? Je croyais que vous deviez rentrer plus tard, tous les deux ?

J'étais heureuse de le voir, sincèrement. Mais je pensais disposer d'un peu plus de temps pour me préparer mentalement avant de me retrouver en présence de lui et de mon père.

— Nous avons pu prendre un avion qui décollait plus tôt. Papa meurt d'impatience de te voir.

Leur retour précoce signifiait que j'aurais la possibilité de serrer mon père dans mes bras plus tôt que prévu, et j'en avais bien besoin. Il n'existait rien qu'un câlin et un repas maison d'Amos Ryder ne puissent arranger.

— Où est-il ?

— À la maison, en train de préparer le meilleur petit déjeuner au monde pour nous. Il m'a demandé de venir te chercher. Tu es prête ?

J'acquiesçai et nous empruntâmes le chemin de la Grande Maison. Pour faire plaisir à Gus, je pris soin de faire tout un spectacle de la fermeture et du verrouillage de ma porte.

Pendant que Gus et moi remontions à pied vers la maison, il me parla de la conférence à laquelle il avait assisté avec mon père dans l'Idaho. Manifestement, il y avait glané une foule d'informations à propos des ranchs hôteliers et des refuges pour chevaux. À en juger par sa façon d'en parler, il semblait être assez motivé par ces deux types de projets. Rebel Blue disposait de l'espace nécessaire pour accueillir chacun d'eux en même temps.

Wes allait être ravi de ce potentiel changement d'avis à propos du ranch hôtelier.

— Riley est là ? demandai-je.

— Non, elle est avec Cam. J'irai la chercher demain.

— J'ai assisté à la fin de son cours samedi. C'est une cavalière-née, dis-je en repensant à quel point elle avait l'air vaillante et pleine d'assurance en montant Cheerio.

Son attitude m'évoquait ce que je ressentais autrefois quand j'étais à cheval.

Y songer me causa un pincement au cœur. Je me demandais si l'équitation était désormais de l'histoire ancienne pour moi, mais la réponse de Gus me tira de mes pensées avant que je puisse me laisser entraîner trop loin dans cette spirale.

— Ouais, elle est douée. Brooks est un bon prof, également.

Bien sûr, Gus mentionnait Brooks. J'avais abordé la question du cours d'équitation et j'admettais que parler du moniteur était une progression naturelle de notre conversation, mais cela me dérangeait malgré tout.

Luke Brooks prenait déjà suffisamment de place dans mon espace mental. Je n'avais pas besoin qu'il s'incruste également dans mes conversations.

— Je n'arrive toujours pas à faire concorder l'image du Brooks moniteur d'équitation avec celle du Brooks connu pour un autre genre de chevauchées, commentai-je, presque sans réfléchir.

Gus me regarda comme s'il venait de me pousser une deuxième tête.

C'était la deuxième personne à m'adresser ce genre de regard au cours de cette journée, et les deux fois cela avait un rapport avec Luke Brooks.

— C'est dégoûtant, Emmy. Je n'ai pas envie d'entendre de telles paroles sortir de la bouche de ma sœur.

— Je croyais qu'on en était là, étant donné que c'est toi qui m'as demandé dans quel *lit* je me trouvais la semaine dernière, rétorquai-je.

— Un point pour toi.

Gus changea de sujet.

— Wes m'a dit que tu restais faire la tête dans ton chalet.

Ce n'était pas une question.

— Pourquoi tout le monde pense toujours que je fais la tête ?

— Tu es une boudeuse, Emmy. C'est ton truc, dit-il d'une voix neutre.

— Tu peux parler, raillai-je.

N'empêche qu'il avait raison et que ça m'ulcérait qu'il ait mis le doigt dessus. J'étais une boudeuse. C'était simplement plus facile pour moi de me renfermer sur moi-même. C'était la voie de la moindre résistance – du moins pendant un moment.

— Mais oui, tu as raison, j'ai passé beaucoup de temps au chalet. Simplement pour prendre mes quartiers. C'est un grand changement pour moi, tu sais.

— Alors comme ça, tu te réinstalles ici pour de bon ? Ce n'est pas juste une « pause » comme tu l'as dit au téléphone ?

— C'est toujours une pause, techniquement, insistai-je. Mais oui. Je pense m'installer de nouveau ici. Du moins pendant un certain temps.

Je savais déjà que je resterais quand je lui avais parlé au téléphone, mais il n'avait pas besoin de le savoir.

— Tu sais que je vais te mettre au travail, alors, pas vrai ?

Je lâchai un soupir. Bien sûr qu'il allait le faire.

— Oui, je le sais.

— Il nous manque un garçon de ranch, alors Brooks et toi pouvez vous partager la tâche et le remplacer jusqu'à ce qu'on trouve quelqu'un. Ça t'irait ?

Je n'appréciais pas des masses que Brooks et moi formions un duo dans cette situation, mais j'acquiesçai malgré tout. Si j'acceptais de travailler, Gus serait content.

— Très bien. Je suis heureux que tu sois revenue, déclara Gus.

Comme c'est prévisible. Le travail arrivait toujours en tête des préoccupations de Gus. La seule chose qui l'emportait sur le ranch dans son esprit était Riley.

Nous rejoignîmes la Grande Maison, et Gus poussa la porte arrière pour que je puisse entrer. Et pour la deuxième fois depuis mon retour, je percutai de plein fouet un torse d'homme dur comme la pierre.

Ma chance venait de tourner pour ce qui était d'éviter Brooks.

Je levai les yeux vers lui. Son regard était parfaitement impassible tandis qu'il m'aidait à retrouver mon équilibre, tout comme il l'avait fait à la suite de la première collision.

Regard impassible ou non, j'aurais pu me noyer dans ses yeux d'un brun profond.

Quel enfer.

— Salut, Emmy, dit-il.

Un ton froid. Neutre. Agaçant.

J'aurais sincèrement préféré qu'il use de sa voix arrogante. Cette indifférence était horripilante, étant donné qu'il occupait sans relâche mes pensées depuis des jours. Et ça craignait vraiment qu'il soit si beau. Cela n'aurait pas dû être permis.

— Salut.

On pouvait être deux à jouer les indifférents.

— Ma puce ? C'est toi ?

J'entendis la voix rauque de mon père s'élever depuis la cuisine. C'était l'unique chose capable de me tirer de mon face-à-face avec Brooks. Je courus le rejoindre et, dès que je le vis, je me jetai dans ses bras, le gratifiant de la plus chaleureuse étreinte dont j'étais capable.

Ses bras m'encerclèrent et il me souleva du sol. Ses soixante-cinq ans ne le diminuaient en rien. Amos Ryder était solide comme un roc.

Peut-être était-ce dû au yoga ?

Sa peau était burinée et ses yeux verts, sombres. Il portait son habituelle chemise à carreaux en flanelle avec les manches retroussées. Une hirondelle ornait chacun de ses avant-bras. Après une vie entière passée sous le soleil, ses tatouages étaient décolorés. Je les adorais.

Même si j'étais rentrée depuis une semaine, la sensation d'être revenue chez moi n'avait pas été complète tant que je n'avais pas revu mon père. À présent, j'étais réellement à la maison. Il rit dans mes cheveux. Un son chaleureux et rauque.

— Tu m'as manqué aussi, ma puce.

Je serrai mes bras plus fort autour de lui un instant avant de relâcher mon étreinte.

Il me reposa au sol.

Il paraissait plus vieux que la dernière fois que je l'avais vu – quelques rides supplémentaires étaient apparues autour de ses yeux et, du côté de ses cheveux poivre et sel, on pouvait dire que le sel avait à présent gagné la partie.

— Le retour de Maple s'est bien passé ? demanda-t-il.

— Oui, elle est dans la stalle à côté de Moonshine.

Maple était revenue à Rebel Blue quelques jours plus tôt. Son voyage avait pris un peu plus de temps que prévu, mais elle était arrivée à bon port.

Je montais Maple depuis le début de ma carrière professionnelle. Avant elle, j'avais Moonshine. J'avais testé quelques chevaux entre ces deux-là parce que j'attendais que Maple soit prête à être montée, mais aucun d'eux ne m'avait parfaitement convenu. La plupart de ces montures se trouvaient encore au ranch, comme celle de Gus, Scout.

Tous les chevaux n'étaient pas faits pour le *barrel racing*, mais c'était le cas de Maple. C'était un cheval expressif et quand nous étions engagées dans une course, je pouvais sentir qu'elle éprouvait la même chose que moi.

Enfin, ce que j'éprouvais avant, en tout cas.

— Je suis sûr qu'elles sont contentes d'être réunies, nota mon père.

Il avait vu juste. Moonshine était faite pour être mère et elle aimait Maple comme si elle lui avait donné la vie.

En toute franchise, les voir de nouveau ensemble dans le pré me donnait presque envie de monter.

Presque.

— C'est le cas. Je les ai laissées pâturer ensemble.

— Il faudra qu'on les sorte pour une randonnée bientôt. Je suis sûr que Moonshine préférerait se promener avec Maple qu'avec Cobalt.

Cobalt était le cheval de mon père. C'était un American Paint Horse noir et blanc – de loin la plus belle bête du ranch. Cobalt et Moonshine avaient une relation amour-haine. Tous deux croyaient être l'animal dominant à Rebel Blue.

Je me trouvais dans l'incapacité de répondre à la proposition de randonnée formulée par mon père. C'était ce que nous préférions faire ensemble – du moins, ça l'était autrefois. Aussi me contentai-je de hocher vaguement la tête.

La porte d'entrée s'ouvrit de nouveau. Wes apparut, vêtu de sa tenue de travail. Ce moment de la journée correspondait généralement au déjeuner des garçons étant donné qu'ils se levaient aux premières lueurs de l'aube.

— Weston, tu tombes à pic. Le repas est prêt.

Je m'assis à ma place habituelle à table. J'avais oublié qu'ainsi je me retrouvais pile en face de Brooks.

Génial.

8

Luke

Je commençais à penser qu'Emmy avait été mise sur cette terre pour me torturer. Après le petit déjeuner à la Grande Maison la veille, j'en étais persuadé, en tout cas.

Je n'avais pas entendu un mot de ce que Gus et Amos avaient dit de la conférence à laquelle ils avaient assisté et je me fichais complètement d'avoir accepté d'aider Gus sur tout un tas de tâches supplémentaires.

Je concentrais tous mes efforts à ne pas regarder Emmy et à ne pas songer à la sensation de sa peau sous mes mains.

Elle s'était montrée très douée pour m'ignorer et cela me tapait sur les nerfs.

Je l'avais ignorée, moi aussi, mais tout de même...

J'avais dû me contenter de lancer discrètement quelques coups d'œil vers elle quand il me semblait qu'elle ne regardait pas. Ses cheveux étaient en bataille, comme toujours.

J'avais envie d'être celui qui les décoiffait ainsi.

C'était ce à quoi je pensais en nettoyant les stalles, l'une des tâches dont j'avais accepté de me charger la veille.

Les Ryder détenaient trois écuries sur leur propriété, mais seules deux d'entre elles étaient utilisées à l'heure actuelle. Celle-ci, qui accueillait les chevaux de la famille, abritait également les chevaux et poneys que nous utilisions pour les leçons – environ quinze au total. L'autre écurie se trouvait un peu plus loin ; c'était l'endroit où les employés du ranch pouvaient laisser leurs chevaux dans le cas où ils amenaient leur propre monture. Cette écurie étant la plus vaste, elle accueillait les chevaux en pension, dans des stalles louées par leurs propriétaires. J'étais ravi de ne pas avoir à nettoyer celles-ci.

Je commençai par le box de Friday. Friday m'appartenait. C'était un Morgan à la robe dorée et aux crins blancs, un cheval rescapé arrivé au ranch quand j'avais dix-sept ans. La première fois que je l'avais vu, j'étais en train d'écouter « Friday, I'm in Love » des Cure dans mon pick-up. C'était de cette anecdote qu'il tirait son nom.

Friday était installé près de Moonshine et Maple, les chevaux d'Emmy. Même si elle était rentrée depuis presque une semaine, je ne l'avais pas vue une seule fois aux écuries. Je savais qu'elle avait dû venir pour faire sortir tous les chevaux dans le pré afin qu'ils pâturent avant de les ramener à l'intérieur, mais sa selle était restée à sa place.

Ce qui signifiait qu'elle n'avait pas monté.

Ce qui ne lui ressemblait pas. Pas du tout.

Par le passé, Amos devait généralement se battre pour faire descendre Emmy de cheval. Mais il n'y avait jamais eu aucun problème pour qu'elle monte sur l'un d'eux. Amos était sacrément doué pour le dressage des chevaux, mais Emmy n'était pas loin de le surpasser dans ce domaine.

Je repensai à sa chute dans le chalet, à son regard horrifié à la vue du sang. Je me demandais si cela avait un quelconque rapport avec son retour inattendu au ranch.

La veille, il était apparu sans l'ombre d'un doute qu'Amos était formidablement heureux de l'avoir de nouveau à la maison. Peu lui importait la raison de ce retour. C'était le cas de Wes, également. Mais je pouvais sentir que Gus était inquiet. Tout comme moi. Non pas que j'aie le moindre droit de l'être.

J'entendis la porte de l'écurie s'ouvrir et Emmy fit son entrée.

Bien sûr, elle arrivait pile à l'instant où je pensais à elle. Ça m'apprendrait à convoiter la petite sœur de mon meilleur ami.

Elle portait ses bottes, un legging noir et un débardeur blanc. Ses cheveux pendaient en tresse dans son dos et elle portait une casquette de base-ball élimée. Pourquoi fallait-il toujours qu'elle soit si canon ? Elle se dirigea vers le box de Maple mais s'arrêta quand elle me vit.

— Salut, parvins-je à articuler.

— Salut. De corvée de nettoyage de stalles ?

— Ouais. Moonshine pâture dans le pré avec Friday, si jamais tu la cherches.

— Je suis là pour Maple. Ne t'inquiète pas pour la stalle de Moonshine. Je peux m'en charger.

— Ça marche. Tu es là pour monter ?

Il y eut un long moment de silence. Emmy avait l'air presque effrayée. Avait-elle peur de Maple ? Peur de monter ?

— Oui, je suis là pour ça, répondit-elle enfin.

Elle ne semblait pas si certaine que cela de sa réponse. Je continuai à nettoyer la stalle de Friday, mais je ne pouvais m'empêcher de jeter des regards à la dérobée à Emmy. J'essayais de rester discret. Elle prit le licol de Maple dans son box. Et quand elle s'apprêta à en ouvrir la porte, je vis que ses mains tremblaient.

C'était quoi, ce bordel ?

Elle sortit Maple pour l'attacher dans la zone de pansage et attrapa les accessoires sur le mur. Je pouvais toujours voir ses mains trembler quand elle se mit à brosser Maple.

Emmy savait mieux que quiconque que s'occuper tout seul d'un cheval quand on se sentait nerveux ou apeuré n'était pas une bonne idée.

Elle me tournait le dos. Plus elle maniait la brosse, moins sa main tremblait, mais elle était toujours plus tendue qu'un arc.

— Emmy ? dis-je doucement tout en m'approchant d'elle.

Elle ne me répondit pas, se contentant de continuer à brosser son cheval. Je remarquai que ses épaules tremblaient légèrement.

— Emmy, répétai-je avec plus de fermeté.

Elle ne me répondait toujours pas. J'étais derrière elle à présent. Je tendis le bras et plaçai ma paume sur ses doigts pour stopper le mouvement de la brosse. Ses mains et ses épaules demeurèrent parcourues de tremblements, mais le reste de son corps se figea complètement.

Je lui pris la brosse, nouai mes doigts autour des siens et l'entraînai loin de Maple. J'obtins enfin qu'elle me regarde en face au moment où je posai mes mains sur ses épaules. Des larmes brillaient dans ses yeux.

Merde.

Je n'avais pas envie de la voir pleurer.

— Parle-moi, Emmy. Que se passe-t-il ?

— Tout va bien.

Une larme coula sur sa joue. Je l'essuyai machinalement.

— Non, visiblement, tout ne va pas bien.

Jamais je ne l'avais vue ainsi. Je détestais ça.

— Qu'est-ce qui cloche ?

Elle resta figée un instant, puis hocha ensuite lentement la tête. Je frictionnai ses bras de mes paumes pour tenter de la calmer.

— Tu peux me le dire, Emmy.

— Je vais bien.

Elle pleurait toujours, mais sa voix était empreinte de colère à présent.

— Emmy...

— Ne dis rien. Laisse-moi tranquille.

Là-dessus, elle pouvait toujours courir, mais je décidai de ne pas insister pour l'instant. Je restai près d'elle, la laissant pleurer encore un peu.

Regarder les larmes couler sur son visage me faisait l'effet d'un coup de poing en pleine gorge.

Quelque chose avait dû lui arriver. Elle était rentrée chez elle comme ça, sans prévenir. Gus m'avait indiqué qu'elle n'avait pas vraiment quitté son chalet depuis et voilà que, par-dessus le marché, elle ne montait plus.

Que lui était-il arrivé à Denver, bon sang ?

J'étais décidé à le découvrir.

— Emmy, pourquoi es-tu rentrée ? demandai-je.

Je m'efforçais de parler d'une voix douce, même si la voir ainsi me procurait une sensation bizarre et que ça me foutait une trouille bleue.

— Pourquoi ça t'intéresse ?

— Parce que je me soucie de toi.

Cela avait toujours été vrai, mais ces paroles semblaient avoir un autre sens à présent.

Emmy se contenta d'émettre un petit ricanement. Je tentai une autre approche.

— Allons, Emmy. Tu dois en parler à quelqu'un. Et même si je le répétais à Gus, tu penses qu'il croirait que tu t'es confiée à moi ? Tu ne peux pas me supporter.

J'essayai de ne pas me montrer subitement abattu en énonçant ces derniers mots.

— Tu peux me le dire, Emmy.

Emmy laissa échapper un long soupir avant de parler.

— J'ai... j'ai été blessée. J'ai été désarçonnée, avoua-t-elle.

Sa voix tremblait, et davantage de larmes se mirent à dévaler ses joues.

— J'ai été désarçonnée et je suis tombée contre une clôture...

Elle parlait plus vite à présent. Une vraie mitraillette.

— Ça m'a assommée et, quand je suis revenue à moi, j'avais du sang dans les yeux. Je me suis méchamment cogné la tête et j'ignore ce qui s'est passé. Je montais un autre cheval. J'effectuais simplement des exercices... J'ai été propulsée très loin et j'ai heurté la clôture très brutalement. J'aurais dû être blessée plus gravement...

Sa respiration s'accélérait.

Dangereusement.

— Je suis vraiment navré que ce soit arrivé, Emmy. Sincèrement.

Vous vous souvenez du coup de poing à la gorge évoqué plus tôt ? La sensation était cent fois pire à présent. Bien sûr qu'elle ne montait plus. Traverser des moments merdiques comme celui-ci aurait mis la tête à l'envers à n'importe qui. Et cela avait dû être encore pire pour Emmy, sachant la façon dont elle avait perdu sa mère. Même si elle n'établissait pas de lien entre ces deux événements, j'imaginais qu'un coin de son cerveau le faisait, qu'elle en soit consciente ou non.

— J'ai repris connaissance et j'ai essayé de remonter en selle. J'ai vraiment essayé... mais j'en étais incapable. Je ne pouvais pas le faire et je n'ai pas pu le faire depuis ce moment-là.

La respiration d'Emmy était loin de se calmer.

— Je ne sais pas quoi faire. Je ne sais pas quoi faire. Je ne sais pas quoi faire...

— Emmy, hé, tout va bien. Tout va bien.

Je continuais à frotter ses bras. Son corps tout entier tremblait à présent et elle porta ses mains à son cou qu'elle se mit à gratter comme si elle essayait de s'échapper de sa propre peau.

— Emmy. De quoi as-tu besoin ? Dis-moi ce que je dois faire.

— J'aimerais..., commença-t-elle du mieux qu'elle le pouvait entre deux respirations heurtées. Tu pourrais...

— Tout ce que tu voudras, chérie.

— Me serrer dans tes bras. S'il te plaît.

Elle ferma les paupières et noua ses bras autour d'elle comme si elle s'administrait un câlin. Je compris.

Je l'attirai entre les miens et la fis s'asseoir sur le sol avec moi. Je la tins pressée contre ma poitrine et me mis à la bercer doucement. Je sentais ses larmes tremper mon tee-shirt.

— Emmy, respire avec moi, d'accord ?

Je me mis à inspirer et expirer de manière exagérément sonore, de sorte qu'Emmy puisse ressentir et entendre chacun des mouvements de mon souffle.

— Tu es en sécurité, Emmy.

Nous restâmes sur le sol de l'écurie pendant un moment.

La respiration d'Emmy commença à ralentir et je desserrai mon étreinte à mesure que je la sentais se détendre. Je continuai à respirer de la même manière. Lente et régulière.

Après quelques minutes supplémentaires, Emmy écarta son visage de mon cou. Il était rouge et ses yeux vitreux.

— Je suis désolée. Je suis tellement désolée.

— Emmy. Ne le sois pas, je t'en prie. Ça t'est déjà arrivé ?

Elle se contenta d'acquiescer d'un hochement de tête.

— Depuis combien de temps ? Depuis la chute ?

— Quelques fois avant ça, mais c'est arrivé plus souvent depuis.

— Ça a lieu chaque fois que tu essaies de monter ?

— Presque chaque fois.

Merde. S'il y avait bien une chose que tout le monde savait à propos d'Emmy, c'était qu'elle adorait monter à cheval. Pas uniquement faire la course, mais monter. Elle était probablement la seule personne à avoir véritablement parcouru chaque sentier de Rebel Blue – pas uniquement les pistes principales. Et ce à de multiples reprises.

Savoir qu'elle était incapable de monter à cheval me terrassait, me touchait plus que je ne m'y attendais.

Tout ce que je ressentais pour elle depuis son retour était inattendu.

J'avais envie d'aider.

— Et tu as essayé de monter chaque jour ?

Elle hocha la tête.

— Emmy, pourquoi tu t'infliges ça ?

Ses yeux s'emplirent de nouveau de larmes. Merde.

— Je pensais que ça s'arrangerait. Je pensais vraiment que ça s'arrangerait.

— Ça va s'arranger, Emmy, promis-je. Mais l'expression selon laquelle « il faut remonter en selle » ne fonctionne pas si ça doit provoquer des crises de panique.

— Je ne sais pas quoi faire, Brooks.

Voir Emmy souffrir était abominable. J'avais tellement envie de faire cesser tout cela pour elle.

Peut-être que je le pouvais. J'avais une idée.

— Tu te tapes un blocage psychologique bien sévère, Emmy. Tu es une sacrée cavalière – il faut seulement que tu apprennes à faire de nouveau confiance à tes capacités.

— Comment ?

— Nous allons repartir de zéro.

Elle inclina la tête vers moi.

— « Nous » ?

— Ouais. J'apprends aux gens à monter à cheval, Emmy, argumentai-je à voix basse, essayant de ne pas crever la bulle dans laquelle nous nous trouvions.

En cet instant, j'aurais fait n'importe quoi pour être proche d'Emmy, mais ce n'était pas que ça. J'avais envie qu'elle puisse remonter à cheval et je voulais être celui qui l'y aiderait.

Je voulais qu'elle soit capable de faire ce qu'elle aimait.

— Tu me proposes de m'apprendre à monter ? lâcha-t-elle dans un souffle.

Sa voix était tremblante et hésitante.

— Pourquoi pas ?

— Nous ne sommes pas amis, Brooks.

Aïe, ça faisait mal.

— Pourquoi est-ce qu'on ne commencerait pas à l'être maintenant ?

J'avais envie d'être plus que son ami, mais ça, elle n'avait pas besoin de le savoir. Personne n'avait besoin de le savoir.

Emmy baissa les yeux, évitant de croiser les miens. Elle balaya nerveusement le sol du regard. C'était ce qu'elle faisait quand elle réfléchissait. Elle l'avait toujours fait.

Après ce qui me sembla durer une éternité, elle dit :

— D'accord. Mais tu ne peux pas raconter à Gus ou Wes ce qui se passe. Je ne veux pas qu'ils sachent.

Ça tombait bien, je ne comptais pas leur raconter quoi que ce soit au sujet d'Emmy et moi.

— Marché conclu. Nous commencerons demain après que tu auras fait ce que Wes a prévu pour toi. 8 heures ?

— Ça me va, acquiesça-t-elle.

Je me rendis compte que nous étions toujours enlacés sur le sol de l'écurie, et que Maple, qui était visiblement le meilleur cheval du monde, semblait toujours à son aise attachée dans la zone de pansage. Emmy sembla s'en apercevoir au même moment que moi et s'écarta d'un bond.

Je me levai moi aussi.

— Merci. Pour ça, fit-elle en désignant le sol. Je n'ai jamais été en présence de quiconque quand ça se produisait. C'était... agréable. Merci.

Je lui souris et j'aurais pu jurer qu'elle avait rougi.

Ce n'était probablement qu'un tour que me jouait la lumière.

Emmy se tourna vers Maple et commença à la détacher.

— Je vais m'occuper d'elle, intervins-je. Tu peux y aller. Je la laisserai sortir et nettoierai sa stalle.

— Tu n'as pas à...

— Ne t'inquiète pas pour ça, Emmy. Tu peux y aller.

— Merci, Brooks. Pour tout. C'est vraiment très gentil de ta part.

Elle tourna les talons pour gagner la sortie de l'écurie.

— Hé, Emmy, l'appelai-je.

Elle se tourna vers moi. Le soleil brillait dans son dos alors qu'elle se tenait sur le seuil de l'écurie. Elle ressemblait à un ange, bordel – un ange interdit.

— Oui ?

— Amis, alors ?

Elle sembla réfléchir à la question un moment.

— Amis, dit-elle.

Quand il était question d'Emmy, je savais que je jouais avec le feu mais, pour elle, c'était avec joie que je m'avancerais au milieu des flammes.

Je le ferais même avec un grand sourire aux lèvres.

9

Emmy

Les cours d'équitation avec Brooks se passaient plutôt bien. Il ne m'avait pas encore demandé de monter, mais j'avais été capable de seller et brider complètement Maple la veille sans me faire terrasser par le petit monstre de panique en moi.

J'avais le sentiment que j'aurais dû me sentir gênée que Brooks me voie dans cet état, mais ce n'était pas le cas. Chaque fois que j'y repensais, ce n'était pas la crise de panique en elle-même qui me venait à l'esprit, mais la façon dont Brooks m'avait réconfortée sans questions ni arrière-pensées.

« Tout ce que tu voudras, chérie. »

Je répétais ces mots dans ma tête encore et encore. Jamais je ne l'avais entendu parler ainsi… avec tendresse. À ce moment-là, ses mots tout autant que ses bras m'avaient permis de ne pas tomber en miettes.

Il avait pris soin de moi comme s'il s'agissait de la chose la plus naturelle au monde, et c'était cela qui me troublait – non la crise de panique.

Ni l'un ni l'autre n'avions abordé la question, et je ne pensais pas que l'un de nous le ferait un jour, mais cela ne me rendait pas moins reconnaissante de ne pas avoir eu à traverser cette épreuve seule.

C'était étrangement libérateur que quelqu'un d'autre sache ce qui s'était passé. C'était comme si, à présent, toute cette situation n'existait pas uniquement dans ma tête : elle était réelle. La douleur qu'elle m'infligeait était réelle. Les séquelles étaient réelles.

Et si la chute était réelle, la possibilité de s'en relever aussi.

Jusqu'à présent, les cours de Brooks avaient uniquement consisté à mettre selle et bride à nos chevaux. Puis nous les sortions dans le corral et les promenions en marchant. Une fois rentrés aux écuries, nous les débarrassions de leur équipement puis faisions sortir Maple et Friday dans le pré pour qu'ils pâturent.

Il devait en avoir plus qu'assez de tout cela. Comment pouvait-il avoir la patience d'accomplir tout le travail de préparation de nos chevaux pour simplement les emmener accomplir une promenade qui était l'équivalent du petit tour de pâté de maisons qu'on faisait faire à son chien avant de rentrer chez soi ?

J'avais le sentiment qu'il gâchait son temps avec moi, mais je lui étais reconnaissante d'y aller doucement, sans faire pression sur moi pour que je monte Maple… pour le moment.

Je savais que cela finirait par arriver.

Pendant que nous effectuions notre routine préparation-promenade, Brooks et moi parlions. Ce gars était fourré chez moi depuis ma naissance, et pourtant c'était la première fois que j'avais des moments de discussion en tête à tête avec lui. Et nous parlions. Nous parlions *vraiment*.

Et lorsque nous étions occupés à discuter, je ne pensais ni à mon accident ni à ce qui en avait découlé.

Cela m'aidait. Probablement davantage que je n'avais envie de le reconnaître.

J'avais appris une foule de choses à propos de Brooks au cours de ces derniers jours. Ses films préférés étaient *Le Cercle des poètes disparus* et *Benjamin Gates et le Trésor des Templiers* – pas vraiment ce que j'attendais. Je pensais qu'il serait davantage du genre *No Country for Old Men*.

Son groupe de musique préféré était Bread, mais s'il lui fallait choisir un deuxième favori il opterait pour Brooks & Dunn ou The Highwaymen.

J'appris d'autres choses également. Des choses qui venaient çà et là saupoudrer nos conversations et qu'il n'avait sans doute pas conscience de me livrer. Par exemple, ses demi-frères ne lui parlaient plus du tout. Cela faisait des années qu'il n'avait pas vu sa mère à cause de son beau-père, John. Il y avait de cela quelques années, quelqu'un au Devil's Boot lui avait témoigné sa sympathie au sujet de la santé de sa mère et c'était ainsi qu'il avait appris qu'elle avait subi un traitement pour un cancer de l'œsophage.

Elle allait bien désormais, mais il ne l'avait toujours pas revue. Il avait essayé de reprendre contact à quelques reprises après qu'elle était entrée en rémission, mais John avait refusé de lui laisser franchir le seuil de la maison.

Durant mon enfance, je savais que la situation familiale de Brooks n'était pas fabuleuse. C'était la raison pour laquelle il passait tout son temps au ranch. Mais entendre parler de cette histoire en tant qu'adulte résonnait différemment. Elle était chargée de plus de poids à présent.

Et si le simple fait d'en entendre parler me semblait pesant, je ne pouvais qu'imaginer ce que devait ressentir Brooks. C'était lui qui devait porter ce fardeau.

Il méritait mieux.

C'était étrange de passer du temps avec Brooks de cette façon. Je le connaissais depuis presque toujours, mais en vérité je ne le connaissais pas.

Jusqu'à une période toute récente, la chose principale que je savais à son sujet, c'était qu'il était *toujours* dans les parages. Gamine, j'étais si jalouse qu'il ait le droit de faire partie du club des garçons Ryder avec mes frères et mon père, alors qu'il n'était même pas un Ryder.

J'aurais aimé savoir à l'époque combien il était important pour lui de faire partie d'une telle communauté… de faire partie de nous.

Nous devions nous retrouver pour une autre leçon aujourd'hui, mais ce ne serait que plus tard dans la matinée. Gus tirait profit du coup de main que Brooks était disposé à fournir, alors j'avais saisi l'occasion pour prendre mon petit déjeuner avec mon père. J'étais loin de l'avoir suffisamment vu depuis mon retour – c'était un homme occupé.

Alors que nous étions installés autour du plan de travail de la cuisine, moi avec des pancakes maison aux pépites de chocolat, lui avec un smoothie vert – Wes ne s'était pas fichu de moi au sujet de cette histoire de santé –, je voulus l'interroger à propos de Brooks.

— Papa ?

Ma voix me parut faible. Timide, même.

— Oui, ma puce ? répondit-il sans lever les yeux de son journal.

Je savais que ce que je m'apprêtais à demander ferait résonner une sorte de signal d'alarme chez mon père, mais j'avais besoin de savoir quelle vision il avait de Brooks.

— Que penses-tu de Brooks ?

— Luke ? C'est un type bien. Pourquoi ?

Parce qu'il est resté assis par terre dans l'écurie avec moi pendant une heure, l'autre jour, et que j'ai besoin de savoir si c'est normal.

— Je crois que je me demande juste pourquoi tu l'as accueilli quand nous étions enfants.

Mon père retira ses lunettes de lecture et reposa son journal.

— Pourquoi cet intérêt soudain ?

Alarme : déclenchée.

— Je ne sais pas. Je suis curieuse, c'est tout.

Le regard que mon père m'adressa m'apprit qu'il n'était pas entièrement convaincu par ma réponse, mais il répondit malgré tout à ma question.

— Luke est intrépide. Quand Gus l'a ramené ici de l'école quand ils étaient enfants, je savais que soit tout irait bien pour lui, soit il deviendrait son propre pire ennemi, comme son paternel.

» Je connaissais assez bien Jimmy autrefois. Lui non plus n'avait peur de rien. Mais personne n'attendait quoi que ce soit de lui. Ce qui avait commencé comme de l'intrépidité s'était transformé en inconscience pure et simple en vieillissant. Il agissait sans réfléchir.

Cela me paraissait sensé. Jimmy Brooks n'était pas vraiment connu pour être un gars responsable ou stable.

— Mais Brooks aussi faisait n'importe quoi, pointai-je en songeant à toutes les fois où il s'était fait mal ou avait fait des conneries.

Comme quand il avait acheté une moto merdique, avait filé à toute allure à travers la ville sans casque et s'était encastré dans un arbre, tout cela dans la même journée. Cela avait fichu une peur bleue à mon père et à Gus. Au moment où j'étais rentrée à la maison, un Brooks ensanglanté et contusionné était en train de se voir infliger l'un des célèbres sermons d'Amos Ryder.

Sachant ce que je savais à présent, je me demandais si Brooks avait jamais eu quelqu'un qui s'intéresse suffisamment à lui pour l'engueuler comme l'avait engueulé mon père ce jour-là.

Depuis mon retour à la maison, j'essayais constamment de comprendre cet homme qui était bien plus attentionné et dynamique que je ne voulais le reconnaître jusque-là.

— Luke n'est pas quelqu'un d'irréfléchi. Il ne l'a jamais été. Il s'est parfois montré négligent

– et trop impulsif –, ce qui est probablement la raison pour laquelle il s'est retrouvé avec le nez cassé plus de fois que je ne peux les compter. Mais il est difficile de se soucier de quoi que ce soit quand on n'a rien, et qu'il n'y a personne à nos côtés pour se soucier de nous.

Je ne savais pas à quoi cela ressemblait. J'avais toujours su que j'étais aimée.

— Luke est un peu comme un chien errant, poursuivit mon père.

Charmant, pensai-je.

— Brut de décoffrage, en quête d'un certain cadre et d'une bonne dose d'amour. Il a de bons et de mauvais jours. Je dois reconnaître, reprit mon père en faisant claquer sa langue, que je n'ai pas eu à payer de caution pour le faire sortir de garde à vue depuis quelques années, ce dont je suis sacrément content.

Je me souvenais que mon père avait dû le faire à trois reprises parce que Brooks s'était battu, et il ne s'agissait là que des occasions dont j'avais été informée.

Par chance, nous vivions dans une petite ville, et Amos Ryder était allé à l'école avec le shérif.

— Il lui a fallu beaucoup de temps pour me croire, pour croire Gus et Wes, quand nous lui disions qu'il était le bienvenu ici, mais nous n'avons jamais cessé d'être présents pour lui et par la suite il a été là pour nous – et il l'est chaque jour depuis.

Je songeai à la fois où Brooks était censé venir me chercher après l'entraînement de rodéo parce que personne de ma famille ne le pouvait. J'aurais préféré rentrer à la maison à pied, mais Gus avait soutenu que cette solution conviendrait très bien.

Brooks était en retard. Il ne pouvait pas conduire parce qu'il avait bu quelques bières, et quand son pick-up était apparu au coin de la rue, c'était la fille avec laquelle il traînait à l'époque que j'avais aperçue derrière le volant.

À ce moment-là, la situation dans son ensemble m'avait énervée, en particulier parce que j'avais dû m'asseoir entre la fille et Brooks sur la banquette. Il avait même dû sortir la tête par la fenêtre pendant qu'elle conduisait pour avoir un peu d'air frais sur le visage.

En y repensant maintenant, je me disais qu'il avait malgré tout été là pour moi ce jour-là.

Il s'était pointé éméché et en retard, certes, mais il n'y avait sans doute pas beaucoup de personnes pour lesquelles un Brooks de vingt ans aurait fait cela.

Je sentis le plus infime des sourires venir étirer le coin de mes lèvres quand je songeai à Luke Brooks demandant à cette fille de lui servir de chauffeur pour qu'il aille chercher la petite sœur de son meilleur ami.

— Je n'avais jamais réfléchi à ce qu'il a dû traverser à l'époque – vivre ainsi dans une maison où sa présence n'était pas désirée, songeai-je tout haut.

Je me sentais mal de m'être comportée comme une abrutie avec lui.

— Tu crois que s'il n'avait pas rencontré Gus, il serait différent ?

— Peut-être. Je ne pense pas que nous puissions nous accorder tout le mérite. Ce gamin a un cœur de la taille des Rocheuses. Il aime avoir des gens dont il peut prendre soin et il a besoin de gens qui prennent soin de lui. Je pense qu'il aurait fini par trouver sa place, peut-être avec quelques coups durs supplémentaires en chemin.

Je réfléchis à ces paroles un instant. Je m'efforçais toujours de relier les deux versions de Brooks qui coexistaient dans mon cerveau : l'adolescent irréfléchi qui me mettait hors de moi et l'homme qui était resté assis avec moi sur le sol des écuries pendant une heure alors que j'étais frappée d'une crise de panique.

Il était difficile de croire qu'il s'agissait là de la même personne. J'ignorais s'il avait changé ou si c'était seulement que je ne l'avais pas vu tel qu'il était jusqu'alors.

— J'imagine que c'est quelqu'un de bien, concédai-je, essayant de ne rien laisser transparaître face à mon père.

Il me sourit, et une expression indéchiffrable passa sur ses traits.

— C'est le cas, oui, confirma mon père. Merci d'avoir pris ton petit déjeuner avec moi, ma puce.

— Tu dois y aller ?

— Oui, je me rends en ville aujourd'hui pour aller récupérer du stock et une nouvelle pièce pour une des presses à balles de foin. Tu as besoin de quelque chose ?

Il débarrassa son bout de comptoir et emporta sa vaisselle vers l'évier.

— Non, merci. Je dois aller aux écuries.

— Passe une bonne journée, ma puce, dit-il en prenant son chapeau de cow-boy pendu à un crochet dans la cuisine. Je t'aime.

— Je t'aime aussi.

À présent que mon père était de retour au ranch, je mesurais mieux la valeur de ces instants d'échange avec lui. Les moments que nous partagions désormais étaient différents de ceux que nous passions quand je revenais à la maison pour les fêtes de fin d'année ou quand j'avais des pauses dans mon emploi du temps. Durant ces périodes, mon père s'organisait en fonction de ma présence pour que nous puissions passer pas mal de temps ensemble.

Comme j'étais à la maison pour une période plus longue, je chérissais ces moments plus brefs passés en sa compagnie. Cela voulait dire que nous n'avions aucune pression à passer du temps ensemble. La possibilité nous était offerte de simplement exister dans l'orbite de l'autre – sans que notre temps soit borné par une date limite – pour la première fois depuis mes dix-huit ans.

Ces petits moments me faisaient mesurer combien il m'avait manqué quand j'étais loin et combien j'avais besoin de lui.

Et, incroyable rebondissement, combien je me sentais heureuse d'être chez moi.

Alors que je me dirigeais vers les écuries, mon téléphone sonna. Je le sortis de ma poche arrière et vis sur l'écran que Kenny cherchait à me joindre. Nous avions un peu parlé depuis que je l'avais vu au Devil's Boot. Rien de sérieux, toutefois. J'avais pris plaisir à flirter avec lui ce soir-là. C'était sympa de le voir, il était gentil et j'avais vraiment apprécié qu'il nous ramène, Teddy et moi, pour que nous n'ayons pas à dormir sur le plateau du pick-up devant le bar, mais je n'éprouvais pas le moindre intérêt pour lui.

Cela n'avait rien à voir avec l'homme que j'allais retrouver.

Probablement.

J'avais aussi reçu quelques textos de Stockton. Je ne les avais pas lus, et je savais déjà que je les supprimerais sans le faire. Je lâchai un soupir et glissai de nouveau mon téléphone dans ma poche sans répondre à Kenny.

Je vis Brooks avant qu'il me voie. Il se tenait dans l'embrasure de la porte des écuries et avait sorti quelques outils. Il était probablement occupé à réparer la charnière qui faisait tourner Gus en bourrique.

Pour la première fois depuis mon retour, Brooks portait l'un de ses emblématiques tee-shirts sans manches. Il semblait que celui-ci avait été un tee-shirt INXS avant qu'il s'attaque à lui avec une paire de ciseaux.

Si agaçant que ce soit de l'admettre, Luke Brooks était sexy en diable et le tee-shirt sans manches aussi. Bon sang, mais qu'est-ce qui débloquait chez moi ? Historiquement, j'étais farouchement opposée à ce vêtement, et voilà que j'étais en extase devant Brooks et ses bras dénudés. La façon dont ses biceps se contractaient et se gonflaient aurait suffi à rendre n'importe quelle femme toute chose.

Et ne me parlez même pas de cette satanée casquette de base-ball à l'envers qu'il arborait ce jour-là.

Bon sang.

Bon sang. Bon sang. Bon sang.

Tu es faible, Clementine Ryder, pensai-je.

Une casquette de base-ball à l'envers, et voilà que je jetais par la fenêtre toutes mes opinions au sujet des tee-shirts sans manches.

Et mes opinions concernant Luke Brooks s'envolaient dans les airs avec elles.

Il devait avoir entendu mes bottes frapper le sol car il s'interrompit dans sa tâche pour relever la tête. Il sourit aussi largement qu'il le pouvait, mais il tenait un clou entre ses dents. Pourquoi c'était sexy, ça aussi ?

— Salut, lançai-je.

Il sortit le clou de sa bouche et le fit tomber dans un bol à ses pieds.

— Bonjour, répondit-il d'un ton traînant.

Je détestais autrefois cette manière de parler typique des montagnes, mais désormais j'avais envie de m'immerger tout entière dedans. Je vis que ses yeux parcouraient mon corps de haut en bas, mais il le fit à la dérobée, comme s'il ne voulait pas que je le remarque. Mes joues devinrent brûlantes et j'essayai de réprimer ma réaction.

— Tu penses être prête à chevaucher aujourd'hui ? me demanda-t-il.

Il devait y avoir une plaisanterie graveleuse toute faite cachée quelque part là-dedans, mais je ne tentai pas de la clarifier. La dernière chose dont j'avais besoin, c'était faire des blagues sur le fait de « chevaucher » avec Luke Brooks.

M'imaginer grimper sur le dos de Maple fit s'emballer un peu le rythme de mon cœur, mais rien de comparable à ce que j'aurais ressenti quelques semaines plus tôt.

— Je crois pouvoir tenter le coup, fis-je.

Brooks sourit de nouveau. Quand il affichait un si large sourire, il avait ces petites rides qui se dessinaient autour de ses yeux. Elles étaient absurdement adorables.

— Allons-y, alors.

Il utilisa deux de ses doigts pour me faire signe de le suivre jusqu'à l'écurie. Nous marchâmes côte à côte jusqu'aux stalles de Maple et Friday, mais celle de Maple était vide.

— Où est Maple ?

— Je l'ai laissée sortir ce matin, répondit-il.

Ah bon ?

— Et donc... je ne monte pas aujourd'hui, finalement ?

J'étais perdue. Maple était mon cheval, donc s'il était prévu que je monte, pourquoi n'était-elle pas là ?

— Tu vas le faire, oui, mais nous allons revenir à la base.

— Ce qui veut dire... ?

— Que tu vas monter Moonshine.

Ah... Je n'avais pas réfléchi à l'éventualité de monter un autre cheval que Maple, mais Moonshine était un choix sensé. La jument était capable d'affronter n'importe quelle situation – la monture parfaite pour un débutant.

Et j'étais redevenue une débutante.

Pourquoi n'y avais-je pas pensé ?

— Entendu. C'est parti pour Moonshine.

— Je vais la sortir avec Friday pour les attacher dans la zone de pansage et on commencera, d'accord ?

— D'accord.

Mon cœur se mit à cogner fort dans ma cage thoracique. Je ne connaissais que trop bien les prémices de l'anxiété à ce stade. Brooks avait les yeux fixés sur moi, probablement pour jauger ma réaction. Plutôt que de focaliser mon attention sur la panique en train de se propager dans ma poitrine, je me concentrai sur lui. Je me concentrai sur le sentiment de sécurité qu'il avait su me communiquer quand ses bras étaient noués autour de moi et sur ce que j'avais éprouvé quand son souffle avait balayé ma joue.

S'il était là, tout irait bien pour moi.

Je repoussai la bouffée de panique, la verrouillant fermement à la base de ma gorge. Je la sentis me tenailler tandis que je m'affairais autour de Moonshine, mais je ne la laissai pas me submerger.

Je pouvais le faire.

Je voulais le faire.

J'attrapai les outils de pansage sur le mur tandis que Brooks attachait les chevaux et nous reprîmes la routine que nous avions répétée tout au long de la semaine écoulée. Je commençai à brosser Moonshine et je crois que ça lui faisait plaisir. Sa queue se balançait librement.

— Alors, quel sujet devrions-nous aborder aujourd'hui ? demanda Brooks.

J'aimais qu'il ait envie de me parler, que peut-être il appréciait nos conversations autant que je les appréciais moi-même.

Je réfléchis un court instant à la question. Qu'avais-je envie de savoir à propos de Luke Brooks ?

— Humm… Qui est la première fille que tu as embrassée ?

Brooks parut surpris, mais il se contenta de sourire.

— Question intéressante, Ryder.

— Alors apporte-lui une réponse, veux-tu, répliquai-je. Ou es-tu incapable de te souvenir de la longue succession de femmes dont le cœur a été brisé par Luke Brooks ?

Il éclata de rire. C'était un rire franc, authentique.

— La première fille que j'ai embrassée était Claudia Wilson.

Ce nom – enfin, le nom de famille – me sembla aussitôt familier.

— Tu n'aurais pas couché avec sa mère ? lâchai-je.

— Tu gardes un œil sur mes faits et gestes, Ryder ? dit-il avec un petit sourire satisfait.

— Non, fis-je, sur la défensive.

— Mais oui, bien sûr…

Il affichait toujours un rictus suffisant et je ne trouvais même pas cela agaçant. Ce qui était agaçant en soi.

— Mon premier baiser remonte à mes treize ans. C'était durant l'un de ces bals au collège. Tu sais, ceux où on passe « Yeah » de Usher avant de balancer d'un seul coup un slow, genre « Open Arms » de Journey, et qu'on t'avertit qu'il ne faut pas trop se coller à son partenaire ?

Je savais précisément de quoi il parlait.

— Et ces pauvres enseignants qui doivent surveiller une salle pleine d'ados qui risquent de se frotter les uns aux autres à tout moment ?

Je ne pus réprimer un gloussement.

Ces bals constituaient une expérience universelle à Meadowlark.

— Enfin, bref, c'était l'une de ces soirées. Pendant un slow, nous nous sommes glissés dans le vestiaire des garçons et je l'ai embrassée dans les douches. Je n'étais pas très doué. J'ai failli casser nos dents de devant à tous les deux et j'ai essayé d'utiliser ma langue avant d'être prêt.

Ces mots me firent rire plus fort encore.

— Et pour répondre à ton autre question légèrement intrusive : oui. J'ai bien couché avec sa mère.

Il avait tiqué, mais au moins se montrait-il honnête.

— Mais ça n'a pas eu lieu avant ma vingtaine ; je n'ai su qui elle était que quelques mois plus tard et ça ne s'est produit qu'une seule fois.

Voyez-vous ça.

— Et pour info, les rumeurs sur mes exploits sexuels impliquant les mères de certaines personnes – et les rumeurs sur mes exploits sexuels en général – sont exagérées.

Il savait donc que ces rumeurs couraient mais n'avait pas cherché à les démentir. Intéressant. Il se contentait de mener sa vie sans se soucier de ce qu'on pouvait penser de lui.

— Alors, avec combien de mères as-tu couché dans ce cas ?

— Uniquement celle-là, petite maligne.

Quelqu'un m'avait dit qu'il y en avait eu au moins dix. Il ne fallait visiblement pas croire tous les commérages de Meadowlark.

La légende qui entourait Luke Brooks en ville était profondément ancrée. Que tout le monde à part moi s'entende bien avec lui m'agaçait autrefois.

— Tu lèves vraiment le voile sur le mystère Brooks.

— Et tu aimes ce que tu vois ?

Il avait posé la question par plaisanterie, mais je répondis avec franchise.

— Oui.

Il s'arrêta au beau milieu de sa tâche – le nettoyage des sabots de Friday – et leva les yeux vers moi. Je peinais à identifier l'expression qui se peignait sur son visage, mais elle était... intense. Elle disparut aussi vite qu'elle était apparue.

— Et alors, qui était le tien ? demanda-t-il en se remettant à la tâche. Ton premier baiser, je veux dire.

— C'était Colton Clifford. Quand j'étais en seconde. Pendant le feu d'artifice du rodéo du 4 Juillet.

Je revoyais ce jour. J'avais quinze ans et la seule pensée qui occupait mon esprit était qu'il ne me restait plus que trois ans avant de pouvoir enfin quitter Meadowlark.

Je me demandais si la fille que j'étais à quinze ans serait déçue de savoir que j'étais revenue au point de départ.

— Bon sang. Cool.

Je pouvais entendre le sourire dans la voix de Brooks tandis que je retirais des saletés récalcitrantes des sabots de Moonshine.

— Franchement, ça l'était. Jusqu'à ce que je découvre qu'il avait embrassé une autre fille plus tard le même soir.

— Tu veux rire ?

Le ton de Luke était véritablement outré, comme s'il ne pouvait croire qu'un garçon puisse me faire subir une chose pareille. Quand mon cœur se remit à cogner fort dans ma poitrine, cela n'avait rien à voir avec la panique et tout à voir avec lui.

— Eh non. Je l'ai surpris sous les tribunes avec une élève de troisième.

— Je sais où il habite. Je vais aller là-bas et lui botter le cul tout de suite.

J'éclatai de rire, mais il aurait très bien pu être sérieux.

— Teddy s'est chargée de ça il y a des années, dis-je en souriant.

— Tant mieux.

Nous finîmes de panser les chevaux et allâmes chercher selles et brides. Mon rythme cardiaque s'emballa de nouveau. Comme si Brooks pouvait le sentir, il dit :

— Tout va bien, Emmy.

Puis il plaça sa main au bas de mon dos tandis qu'il me ramenait jusqu'à Moonshine. L'onde de chaleur qui se répandit dans mon corps au contact de ses doigts détourna mon attention de l'inquiétude que j'éprouvais à l'idée de la monter. Je la sellai et la bridai machinalement. C'était pour moi comme une deuxième nature. Je l'avais fait des milliers de fois au cours de mon existence. Sans exagérer.

Tapis de selle. Selle. Sangle. Bride, en commençant par le mors. Je répétai les mots dans ma tête encore et encore tout en effectuant les gestes mécaniquement, essayant de garder mon esprit fixé sur la tâche à accomplir et non sur ce qui aurait lieu ensuite.

Après que Brooks eut terminé de s'occuper de Friday, nous guidâmes les chevaux hors de l'écurie pour rejoindre le corral. Brooks attacha sa monture à l'un des poteaux et vint me retrouver.

— Allez, on y va, Ryder. Je t'aide à monter ?

Franchement, son aide n'était pas de refus. Au vu de ma réaction quand il avait posé sa main sur mon dos, je me disais que cela pourrait me distraire, alors j'acquiesçai.

L'atmosphère sembla se modifier, comme si lui accorder la permission de me toucher changeait quelque chose entre nous.

— Très bien.

Il plaça tout d'abord ses mains sur ma taille. Ce n'était pas comme ça qu'on aidait quelqu'un à monter en selle. Nous le savions tous deux, mais cela m'était égal. J'aurais pu grimper sur le dos de Moonshine seule, mais j'avais envie qu'il me touche.

— Pied gauche dans l'étrier, chérie.

Ce dernier mot franchit ses lèvres de manière naturelle. Il ne me semblait plus humiliant, même s'il l'utilisait probablement pour s'adresser à toutes les femmes.

— Une main sur le pommeau.

Sa voix s'était-elle faite plus grave ? Était-ce possible ? Un frisson se diffusa le long de ma colonne vertébrale.

Je me laissais guider par ses instructions, même si je savais très bien ce que je faisais. Mais ne pas avoir à y penser, se contenter d'écouter, était libérateur.

La distraction fonctionna. Quand nous arrivâmes au moment où il était censé m'aider à me hisser en selle, je le sentis se pencher vers moi.

— Je sais que tu es capable de monter sur ce cheval par tes propres moyens, Ryder.

Ses mains se trouvaient toujours sur moi et je pouvais sentir son souffle sur ma nuque.

Il pressa brièvement ma taille puis la lâcha.

— Alors, fais-le.

Je le fis.

Avant même que je comprenne ce qui se passait, j'avais soulevé mon pied droit du sol et lancé ma jambe par-dessus Moonshine.

J'étais en selle.

Bordel de merde.

J'étais en selle et tout allait bien.

Brooks affichait un sourire radieux qui me réchauffa tout entière.

— Et voilà ! s'exclama-t-il.

On aurait dit qu'il avait du mal à détacher ses yeux de moi au moment de rejoindre Friday.

Luke Brooks faisait beaucoup de choses sexy, ce qui devenait de moins en moins irritant à mes yeux, mais rien n'était aussi sexy que de le voir, avec sa casquette de base-ball à l'envers et son tee-shirt sans manches, monter son cheval.

Bon sang.

Une fois en selle, il lança :

— On va y aller tranquille, d'accord ? Quelques tours au pas autour du corral, puis nous en aurons fini pour aujourd'hui.

J'acquiesçai. Je vis Brooks presser légèrement les flancs de Friday de ses mollets, lui demandant de se mettre en route, ce que le cheval fit.

Je pris une profonde inspiration et procédai de même avec Moonshine.

Elle se mit en mouvement.

— Respire, Emmy. Tu sais que Moonshine prendra bien soin de toi. Elle l'a toujours fait.

Il avait raison. Je pris une profonde inspiration et détendis mes doigts serrés si fort sur mes rênes que mes jointures en étaient blanches. Moonshine suivit Friday, ainsi qu'elle était censée le faire.

Brooks ne cessait de jeter des regards derrière lui pour vérifier que tout allait bien pour moi. Sans jamais se départir de son sourire.

Nous effectuâmes trois tours autour du corral avant que Friday s'arrête. Je tirai doucement sur les rênes de Moonshine, qui se serait arrêtée sans même mon intervention. Brooks mit pied à terre et attacha Friday au poteau une nouvelle fois. Il revint vers moi et son sourire était si communicatif que je lui souris à mon tour.

— Comment te sens-tu ? demanda-t-il.

— Je me sens magnifiquement bien, dis-je en toute sincérité.

— Et tu es magnifique, aussi.

Cet homme et sa capacité à me faire rougir étaient toujours terriblement agaçants, à la réflexion.

— La ferme, Brooks.

Il se contenta de continuer à sourire.

— Arrêtons-nous sur cette note super positive. Prête à mettre pied à terre ?

Je descendis de mon cheval sans encombre et, quand mes bottes eurent retrouvé la terre ferme, je me révélai incapable de contenir ma joie plus longtemps. J'attachai Moonshine au poteau près de Friday et me tournai pour faire face à Brooks. Je ne pus m'en empêcher : je m'élançai vers lui et nouai mes bras à son cou.

Il demeura stupéfait un instant, mais il m'entoura ensuite de ses bras et me souleva du sol. Nous éclatâmes de rire tous les deux. Je m'écartai un peu pour pouvoir le regarder.

— Merci, Luke.

J'espérais qu'il pouvait percevoir la sincérité de mes mots.

— C'est toi qui l'as fait, Emmy. Tout le mérite te revient.

— Je n'aurais pas réussi sans toi.

Certes, monter en selle et effectuer quelques tours au pas était très différent du *barrel racing*, mais c'était déjà quelque chose.

Après être restée paralysée par la peur pendant si longtemps, j'avais l'impression d'être au septième ciel.

— Tu aurais fini par y arriver par toi-même. Je le sais.

Il leva la main, coinça une mèche égarée derrière mon oreille puis laissa ses doigts posés sur mon visage. Il lança un bref regard vers mes lèvres, tout comme il l'avait fait cette fin d'après-midi-là, dans mon chalet. Contrairement à ce jour-là, il vint caresser ma lèvre inférieure de son pouce. Je fus tentée de le prendre dans ma bouche.

On y était.

J'avais envie qu'il m'embrasse. J'en avais tellement envie.

Il n'en fit rien.

Au lieu de quoi il s'écarta de moi, détacha nos deux chevaux et commença à les reconduire vers l'écurie.

10

Luke

En moins de deux semaines, j'avais failli embrasser la petite sœur de mon meilleur ami non pas une, mais deux fois. J'avais tellement envie de le faire que c'en était pathétique.

J'essayais de me répéter que c'était simplement parce qu'Emmy était craquante et que je n'avais pas fréquenté de femme depuis un certain temps. Mais je savais que ce n'était pas vrai. Il y avait quelque chose entre nous.

Et Emmy n'était pas seulement craquante. Elle était extraordinaire.

À un moment donné, au cours des deux dernières semaines, elle avait commencé à me regarder comme si je valais quelque chose, et la sensation que cela me procurait me faisait planer.

Voir sa confiance en elle croître à chaque tour du corral hier avait tendu la toile de mon jean. Et la façon dont elle s'était jetée sur moi ensuite ?

J'étais foutu, bon sang.

Aujourd'hui, je lui avais envoyé un texto pour l'informer que je ne pourrais pas monter car j'avais des affaires à régler au bar. C'était la vérité. En général, je ne travaillais pas au ranch les vendredis parce que je passais la journée à préparer le Devil's Boot pour le week-end.

Je lui avais dit que j'avais quelques journées chargées et que nous nous y remettrions mardi. Voilà qui devrait me fournir suffisamment de temps pour me remettre les idées en place et arrêter de penser à ce que ça ferait de la toucher… partout.

Je me sentais mal à l'idée de lâcher Emmy, mais j'avais besoin de quelques jours pour reprendre mes esprits. Si je la voyais dans ma disposition actuelle, aucun doute, je l'embrasserais.

Je ferais même plus que ça.

J'avais envie de faire Emmy mienne de toutes les façons possibles. J'avais envie de tout savoir d'elle, y compris comment elle prononcerait mon nom en gémissant.

Si je croyais être sur un terrain glissant avant, je ne voulais même pas savoir où nous étions à présent.

Je soupirai et me passai les mains sur le visage. J'avais un million de choses à faire, et tout ce à quoi j'étais capable de penser, c'était Emmy.

Ce matin, Joe m'avait demandé pourquoi j'étais si distrait et je n'avais pas su quoi répondre. Joe était un brave gars. Il avait commencé à travailler au Devil's Boot avant ma naissance et ce n'était que grâce à lui que le bar avait pu survivre en ayant Jimmy Brooks pour propriétaire.

Quand mon père m'avait légué le bar, j'avais voulu en donner la moitié à Joe. Il le méritait, mais il avait refusé. Nous étions tombés d'accord sur une répartition quarante-cinq/cinquante-cinq pour cent. Cela semblait le satisfaire, et je retirais de l'opération un sacrément bon associé.

Cela me permettait également de continuer à apporter mon aide à Rebel Blue, ce qui comptait énormément à mes yeux.

J'avais failli ne pas accepter le bar. Je ne voulais rien recevoir de mon père. Au moment de sa mort, il y avait de cela quelques années, j'avais déjà passé trente ans sans avoir eu besoin de quoi que ce soit de sa part, et je n'avais aucune envie que ça commence.

Mais quand la banque m'avait expliqué que cela signifiait probablement la fin du bar – la fin de quelque chose qui représentait tant pour tant de personnes, même si ce n'était que l'endroit où elles chantaient à tue-tête des classiques de country –, j'avais décidé de le récupérer.

J'avais aussi récupéré la maison – un bâtiment de plain-pied niché dans les arbres derrière le bar, à un petit kilomètre de distance. Les terres que je possédais n'étaient comparables en rien à celles de Rebel Blue, mais quarante hectares sur lesquels s'élevaient une maison et une entreprise, ce n'était déjà pas si mal pour quelqu'un comme moi.

Je ne savais pas trop comment tout cela avait fini entre les mains de Jimmy, mais je mentirais si je disais que je n'en étais pas un peu reconnaissant.

On frappa à la porte de mon bureau. Je relevai la tête, m'attendant à voir Joe, mais c'était Teddy Andersen qui se tenait sur le seuil.

Pourquoi Teddy Andersen se trouvait-elle dans mon bar à 10 heures, un vendredi matin ?

Pourquoi Joe lui avait-il même laissé franchir la porte d'entrée ?

— Tu es occupé ? demanda-t-elle.

Ses cheveux étaient relevés en queue-de-cheval, sa coiffure emblématique, mais l'expression de son visage était inhabituelle. Elle semblait furieuse.

Teddy était l'une des dernières personnes sur terre que je voudrais énerver. Gus et elle étaient probablement à égalité sur ce plan. La veille, lorsque Emmy m'avait raconté l'histoire de son premier baiser et avait mentionné que Teddy « s'en était chargé », la première pensée qui avait traversé mon esprit était qu'elle avait certainement sectionné le sexe de ce gars et le lui avait fait manger.

— Qu'y a-t-il, Teddy ?

Teddy franchit le seuil de mon bureau et referma derrière elle.

— Que se passe-t-il entre toi et Emmy ?

Elle ne retenait jamais ses coups. *Merde.*

— De quoi parles-tu ?

J'adoptai un ton neutre. Ou du moins, j'essayai.

— Arrête un peu tes conneries, Brooks. Elle m'a dit que vous vous étiez presque embrassés dans son chalet, et maintenant tu lui donnes des leçons d'équitation ? C'est une professionnelle du *barrel racing*. Je ne crois pas qu'elle ait besoin de conseils de ta part.

Emmy lui avait parlé de ce qui s'était passé dans le chalet ? Elle n'en aurait rien dit à sa meilleure amie si cela ne signifiait pas quelque chose pour elle, non ?

Ce n'est pas le sujet, espèce d'idiot.

— Tu peux t'amuser avec n'importe quelle fille. Alors à quoi tu joues avec Emmy ? me pressa-t-elle, n'acceptant visiblement pas mon indifférence pour réponse.

— Je ne joue pas avec elle, répondis-je avec franchise.

Je ne cherchais pas à tourmenter Emmy. Au contraire, c'était elle qui causait mon tourment. Depuis l'instant où elle était entrée dans mon bar quelques semaines plus tôt, c'était comme si elle avait imprimé sa marque au fer dans mon cerveau et quasiment exigé que je pense à elle vingt-quatre heures sur vingt-quatre, sept jours sur sept.

Je n'étais pas supposé avoir des sentiments pour qui que ce soit, et encore moins pour la petite sœur de mon meilleur ami.

— Emmy et moi sommes amis.

Teddy ne paraissait pas convaincue. Sans doute parce que ma réponse n'était guère convaincante. Emmy et moi étions seulement amis parce que nous ne pouvions être davantage.

— Amis ? répéta-t-elle.

— Ouais. J'aime bien passer du temps avec elle.

— Et les cours d'équitation ?

— Il s'agit plutôt d'une petite remise à niveau. Là-dessus, il va falloir que tu lui poses directement tes questions.

Je fis mine de me concentrer sur quelques papiers encombrant mon bureau. Ce n'était pas à moi de raconter à quiconque ce qu'Emmy traversait. J'avais simplement envie d'être là pour elle.

— Échanges-tu des presque baisers chargés d'électricité avec tous tes amis ?

Chargés d'électricité ? Était-ce ainsi qu'Emmy lui avait décrit les choses ?

Je tâchai de ne pas sourire. Comme cela ne semblait pas parti pour fonctionner, je dissimulai ma bouche derrière mes mains dans l'espoir de cacher à Teddy ce que je ressentais.

Peut-être Emmy était-elle tout aussi affectée que moi par ce qu'il y avait entre nous. Je refusais de l'envisager. Je ne pouvais pas laisser mon esprit s'aventurer sur cette voie et songer à ce qui finirait par arriver si jamais c'était vrai.

— Non, répondis-je simplement.

Je n'avais jamais eu quoi que ce soit chargé d'électricité avec qui que ce soit. Seulement avec Emmy.

— Efface ce stupide petit sourire satisfait de ton visage, Brooks. Dis-moi ce qui se passe.

— Écoute, Teddy, je ne suis pas en train de déconner avec Emmy. Promis. Je ne ferai jamais rien qui puisse lui faire du mal. Nous sommes amis et j'aime bien passer du temps avec elle, c'est tout. D'accord ?

Seule la moitié de cette phrase était vraie, mais cela sembla marcher.

Teddy réfléchit à mes paroles un petit moment avant que son expression passe de « furieuse » à « amusée ».

— Quoi ? demandai-je.

— Rien. Je comprends mieux maintenant.

Un petit sourire vint étirer ses lèvres.

— Tu comprends quoi ?

— Je comprends, c'est tout.

Le sourire de Teddy se faisait de plus en plus franc.

— Merci d'avoir tout clarifié pour moi.

— Teddy, de quoi parles-tu, bon sang ?

— De rien.

Nom d'un chien, elle se montrait franchement agaçante. Elle se dirigea vers la porte de mon bureau et lança par-dessus son épaule :

— À la prochaine, Brooks.

Avant qu'elle soit complètement hors de vue, je l'entendis ajouter :

— Si jamais tu fais souffrir ma meilleure amie, je te trancherai la queue et je te la ferai manger.

J'avais comme l'impression que Teddy savait exactement ce que je ressentais pour sa meilleure amie.

11

Emmy

La sonnerie de mon téléphone retentit aux premières lueurs de l'aube. Sûrement Teddy. C'était la seule personne à me téléphoner ces derniers temps. Je décrochai sans avoir consulté l'écran.

Grosse erreur.

— Allô ? fis-je d'une voix encore tout ensommeillée.

— Bonjour. Est-ce Emmy Ryder à l'appareil ?

La voix à l'autre bout de la ligne n'était assurément pas celle de ma meilleure amie. Même Teddy n'était pas aussi enjouée le matin.

— Oui, c'est moi.

— Bonjour, Emmy. Je suis Wendy, de l'association professionnelle féminine de rodéo.

Sur la liste des personnes auxquelles je n'avais pas envie de parler un lundi matin, les gens des instances du rodéo figuraient en assez bonne position. Et plus spécialement Wendy, avec sa voix d'une écœurante douceur.

— Je vous appelle pour savoir si vous participerez à la compétition qui aura lieu lors de notre venue à Meadowlark, le mois prochain.

— Euh, je ne sais pas. Je fais une pause avec le circuit en ce moment.

— Oui, nous sommes au courant de votre situation.

Génial.

— Je voulais vous appeler pour que vous sachiez que nous comprenons que ce genre de choses peut être dur à surmonter. Nous souhaitons que vous preniez votre temps, bien sûr, mais nous adorerions aussi vous avoir avec nous à Meadowlark. C'est votre ville natale, n'est-ce pas ?

— Ouais, dis-je platement.

— Eh bien, nous n'y avons jamais organisé de compétition et nous pensons que vous compter au nombre des concurrentes serait génial pour nous et pour votre ville.

Et qu'en était-il de ce qui serait génial pour moi ?

— J'y réfléchirai.

— Fantastique ! Je vous appellerai dans deux semaines pour faire le point sur la question. Et, Emmy ?

— Oui ?

— S'il y a quoi que ce soit que nous puissions faire pour vous, n'hésitez pas à nous contacter. Nous vous apprécions et nous adorons que vous fassiez partie de notre groupe. Vous êtes une compétitrice de talent.

— Merci.

Où étiez-vous quand j'étais terrée dans mon appartement pendant un mois ? pensai-je.

Wendy était responsable du *barrel racing* au sein de la WPRA depuis des années. Je la connaissais depuis longtemps. Je ne lui reprochais absolument rien, mais mon accident lui avait été signalé pile après qu'il avait eu lieu, c'était la première fois que j'avais de ses nouvelles, et la première chose qu'elle me demandait, c'était si oui ou non je serais disposée à concourir.

— Très bien, on se reparle bientôt. Passez une bonne journée ! lança Wendy.

Sa voix me faisait l'effet d'un crissement d'ongles sur un tableau noir, en particulier à cette heure si matinale. Je raccrochai sans répondre.

Ce n'était pas la façon dont j'avais envie d'entamer la journée.

Jusqu'à présent, tout ce que j'avais fait à cheval depuis que j'avais quitté Denver pour rentrer chez moi se résumait à avancer au pas autour d'un corral. Je n'étais même pas en mesure de sortir Moonshine pour la mener jusqu'à l'un des chemins de randonnée équestre qui sillonnaient le ranch.

Je me sentais trop en terrain étranger pour l'instant, ce qui était difficile à imaginer, étant donné que j'avais passé ma vie entière à parcourir ces sentiers à cheval.

Je ne pouvais pas penser à ça pour l'instant.

La veille, au dîner, un dîner où Brooks était absent, Wes m'avait demandé si je pouvais l'aider pour un projet. J'avais accepté. Même si Brooks ne pouvait pas monter avec moi durant quelques jours, je me rendais tout de même aux écuries et effectuais quelques tours au pas avec Moonshine chaque matin. Ce n'était pas si facile que ça sans sa présence, mais j'y parvenais.

C'était fou comme nos conversations anodines pendant que nous préparions les chevaux me calmaient.

Je n'étais pas encore suffisamment courageuse pour pousser Moonshine au trot, aussi espérais-je que ce pour quoi Wes avait besoin d'aide ne nécessitait pas de monter, sans quoi la journée s'annoncerait mal.

Je me résignai à quitter mon lit et à me glisser sous une douche chaude.

L'été en arrivait au stade où les matinées devenaient plus fraîches mais pas suffisamment froides pour justifier d'allumer un feu dans le chalet. Ces journées ne tarderaient sans doute pas à venir, cependant.

En général, quelque temps après l'anniversaire de Teddy, qui aurait lieu dans la semaine, il commençait à faire froid plus tôt dans la soirée et la fraîcheur perdurait jusque tard dans la matinée. Cela ne voulait pas dire qu'il ne faisait pas encore une chaleur d'enfer durant la journée.

Ce ne serait pas vraiment le Wyoming si on ne vivait pas au moins trois saisons différentes chaque jour.

Après ma douche, je me glissai dans un jean Wrangler et enfilai un débardeur noir et un sweat à capuche Carhartt trop grand. Je tirai mes cheveux en arrière pour les coiffer en tresse et, à l'instant où je glissai mes pieds dans mes bottes, Wes frappa à ma porte.

— Emmy ? Tu es prête ?

Sa voix me parvenait comme étouffée à travers le battant.

— Oui, tu peux entrer !

Il ouvrit la porte et l'air frais du matin s'engouffra dans mon chalet. Visiblement, le sweat à capuche était un choix avisé.

— Hé, bonjour. Ça te va si on prend le buggy ?

Il n'avait pas idée à quel point cette idée me convenait.

— Oui, c'est très bien.

Nous sortîmes de mon chalet et je m'assurai de bien en refermer la porte. *Petite pensée pour toi, Gus.*

Comme Wes était venu jusqu'au chalet avec le buggy, je me dirigeai vers le côté passager et sautai à l'intérieur.

— Alors, quel est donc ce grand projet dont tu m'as parlé ?

Wes sourit, tout en gardant les yeux rivés sur le chemin de terre devant nous, tandis que ses fossettes se faisaient bien visibles.

— Tu verras bien.

Une bifurcation apparut devant nous et Wes emprunta la voie qui partait vers la gauche. Celle-ci menait à la partie la plus ancienne de Rebel Blue – enfin, la partie qui regroupait la plupart des bâtiments originaux.

Étant donné qu'il y avait peu de constructions destinées au travail dans cette zone, beaucoup de bétail la parcourait. C'était la partie du ranch où l'on était le plus susceptible de se retrouver bloqués par des bêtes, mais il semblait que ce ne serait pas le cas ce matin-là.

— Alors, quel effet ça fait d'être à la maison ? demanda Wes en conduisant.

— C'est agréable. J'ignorais à quel point ça me manquait d'être ici, dis-je.

Il était facile de se montrer franche avec Wes. Du moins à propos de certains sujets.

— Ici à Meadowlark ou ici à Rebel Blue ?

Je réfléchis un instant à sa question.

— Les deux, répondis-je en toute sincérité. Je croyais que je n'aurais cette impression qu'au sujet du ranch, mais Meadowlark n'est pas aussi terrible que dans mon souvenir.

— Eh bien ! On dirait qu'il va falloir vérifier si les poules n'ont pas des dents qui leur ont poussé pendant la nuit, fit Wes. Et qu'en est-il de ce petit ami dont tu m'as parlé au téléphone le mois dernier ?

— Il ne compte plus.

C'était dur mais vrai.

— Ah, compris.

Wes n'insista pas. J'appréciais sa façon de ne pas me pousser à en dire plus. Tout comme Gus, je n'aimais pas trop évoquer ce que je ressentais. Wes me donnait le sentiment que je pouvais parler librement de choses sérieuses, mais il ne faisait jamais pression sur moi pour que je le fasse avant que je sois prête.

— Qu'as-tu fait de ton temps depuis que tu es là ? s'enquit-il.

— Je l'ai en grande partie passé dans nos écuries.

C'était la vérité. Je n'étais pas vraiment allée ailleurs à Meadowlark, ni même à Rebel Blue. Cependant, ce n'étaient pas mes allées et venues que je cachais à Wes, mais l'identité de la personne avec laquelle je passais du temps et ce que j'avais commencé à ressentir à son sujet.

— Gus n'a pas affecté Brooks à ce poste ?

— Euh, ouais. Je n'ai fait qu'aider.

— Eh bien, dans la mesure où il est très occupé avec le bar, le coup de main ne doit pas être de refus.

Nous nous arrêtâmes devant le bâtiment qui était la Grande Maison avant notre naissance à tous. Techniquement, elle était plus grande que celle où nous vivions. C'est seulement qu'elle était sacrément plus ancienne. Notre père avait bâti notre Grande Maison quand il avait la vingtaine parce que le système de plomberie dans celle-ci laissait plus qu'à désirer.

Contrairement à la nôtre, celle-ci était davantage bâtie comme une maison classique. C'était une maison de style Craftsman[1] dans un esprit ranch. Sa peinture bleue était défraîchie, sa porte d'entrée condamnée, mais elle était belle malgré tout.

— Que faisons-nous ici ? demandai-je.

Wes affichait un large sourire et je pouvais sentir son exaltation irradier de son corps. Quelque chose d'énorme bouillait dans ce cerveau de golden retriever qui était le sien.

— Ce sera le centre de notre ranch hôtelier.

— Attends, attends, dis-je, essayant d'intégrer l'information. Papa et Gus ont donné leur feu vert ?

---

1. Style architectural typiquement américain en vogue au début du XXe siècle, inspiré du mouvement britannique *Arts and Crafts*.

— Pas encore, mais ils le feront. À leur retour de l'Idaho, Gus m'a demandé si j'étais toujours intéressé, ce qui est bien entendu le cas, et nous allons voter au dîner un soir de cette semaine.

— Eh bien, tu connais mon vote.

— Je sais que j'ai ton soutien. Merci.

Je regardai l'ancienne Grande Maison.

Nous nous chargions de son entretien du mieux possible, mais elle ne faisait pas partie de nos priorités, en particulier parce que, à mon avis, personne ne pensait qu'elle redeviendrait un jour un bâtiment servant à une activité professionnelle. Si nous avions eu besoin de cet espace, mon père l'aurait sans doute simplement détruite.

— Alors dis-moi, comment vas-tu partir de cette maison, qui est pratiquement une ruine, et la transformer en un endroit dans lequel les gens auront envie de séjourner ?

— Eh bien, il faudra au moins dix-huit mois avant que nous soyons prêts à accueillir des invités. Les travaux devraient s'étaler sur six à neuf mois, si tout se passe bien.

Je savais qu'il avait élaboré ce projet dans sa tête durant des années.

— Tout doit être démoli et remis aux normes à l'intérieur. Mais pour ce qui concerne la disposition des pièces, on a six chambres sur le côté ouest de la maison. Deux d'entre elles seront transformées en vastes suites et les quatre autres en un ensemble de suites toutes séparées par une salle de bains. Nous créerons un large espace pour cuisiner et dîner, et un espace salon pour que les gens puissent se détendre après une longue journée remplie d'activités.

Wes était un rêveur. Ni Gus ni moi n'avions la capacité de nous projeter comme lui. Il nous donnait l'impression qu'absolument tout était possible. Je n'aurais jamais pu l'imaginer moi-même, mais quand Wes m'exposait son projet, je pouvais presque visualiser le résultat.

— J'adore. Ça va être fabuleux, Wes. Je suis si fière de toi.

Je lui souhaitais que cela se réalise.

— Merci, Em.

— D'accord, alors pourquoi sommes-nous là aujourd'hui ?

— Nous allons entrer. Il faut documenter l'état de la maison. Dès que Papa et Gus auront officiellement donné leur feu vert, je veux commencer à chercher un architecte et un entrepreneur.

— D'accord, en avant alors.

Wes et moi atteignîmes le porche.

— Tu es déjà allée dedans ?

— Non. Contrairement à toi, je n'ai pas l'habitude de m'introduire dans des bâtiments abandonnés.

Wes aimait l'adrénaline. C'était ce qui lui attirait parfois des ennuis.

— C'est vraiment rasoir, cette attitude, tu sais ? dit Wes en ouvrant la porte après avoir arraché le contreplaqué cloué sur le battant.

Je jetai un regard à l'intérieur. Mon Dieu, cet endroit était en mauvais état. Wes et les personnes qu'il embaucherait allaient avoir du pain sur la planche.

Après une expérience de mort imminente en rapport avec le plafond de la cuisine et un tas de rongeurs, vivants tout autant que morts, Wes et moi replaçâmes le contreplaqué pour condamner la porte.

— Wes, je sais que tu peux le faire, mais nom d'un chien… Tu es certain de ne pas vouloir tout détruire ? demandai-je en secouant la tête.

Après avoir vu l'intérieur du bâtiment, j'étais sûre à cent pour cent que repartir de zéro serait plus simple.

— J'en suis certain.

Wes sourit. Il n'était pas découragé par l'état de la bâtisse.

— Gus a le ranch, poursuivit-il. Tu as quitté Meadowlark et tracé ta propre voie. Ça, c'est à moi.

Il glissa les mains dans ses poches et se retourna pour regarder la maison. Il la contemplait comme si les travaux étaient déjà finis. Sa capacité à voir le potentiel des choses était une qualité que j'admirais chez lui.

— Ce sera splendide, Emmy.

— Je sais. S'il y a bien quelqu'un qui peut le faire, c'est toi.

C'était vrai. Ni Gus ni moi n'aurions jamais pu réussir une chose pareille. Nous n'essaierions même pas. Wes passa un bras par-dessus mes épaules et nous regagnâmes le buggy.

— En parlant de rêves, tu vas participer à la course du concours régional qui se tiendra à Meadowlark le mois prochain ?

Bon sang. N'y avait-il donc rien de privé dans cette ville ?

— Comment en as-tu entendu parler ?

— C'était écrit dans le journal.

Évidemment. C'était bien ma chance, mais Meadowlark était la dernière ville à disposer d'un journal local florissant. Il était financé par des fonds publics, tout le monde en recevait un exemplaire – qu'il ait fait ou non un don pour soutenir le projet –, et son plus grand donateur se trouvait être Amos Ryder.

C'était une bonne chose que Meadowlark soutienne le journalisme de la région, j'imagine.

— Tu veux connaître la véritable réponse ? lui demandai-je.

— Bien sûr.

— Je ne sais pas. En toute honnêteté, Wes, je ne sais plus ce qu'est mon rêve à présent.

Wes cessa de marcher. J'effectuai quelques pas de plus avant de m'arrêter et de me retourner pour lui faire face.

— Tu trouveras un moyen. Tu y arrives toujours.

C'était ça, le truc. J'y arrivais en général, mais je ne savais pas comment faire *ça* – comment abandonner une part de moi-même, comment tout recommencer.

— Cette fois-ci, je n'en suis pas si sûre.

— Moi, si, affirma-t-il.

Je pouvais lire sur son visage combien il tenait à moi.

— Tout a une fin, Emmy. Que tu choisisses ou non d'en terminer avec les courses, je veux vraiment que tu saches que j'adorerais te voir monter une dernière fois dans la ville qui a fait de nous ce que nous sommes.

Ce furent les dernières paroles que Wes m'adressa sur le chemin du retour. Il me déposa aux écuries familiales et je commençai mon travail de la journée.

J'essayai de ne pas penser à combien j'avais envie de parler à Brooks de ce que Wes avait dit ni à quel point les écuries me semblaient vides en son absence.

12

Luke

Je n'avais pas fermé l'œil de la nuit. Après des heures à me retourner dans tous les sens, j'acceptai ma défaite et quittai simplement mon lit. J'enfilai un short de course et attrapai mes chaussures de running. J'avais besoin de me remettre les idées au clair.

Il faisait encore sombre ; il devait donc être dans les 4 heures du matin. Chaque matin, je courais sur le chemin qui formait un cercle autour de ma maison et menait au Devil's Boot. Comme je le connaissais comme le fond de ma poche, même si l'obscurité régnait encore, je m'y engageai.

Je ne pouvais cesser de songer à Emmy. Je ne l'avais pas vue depuis quelques jours, mais j'avais l'impression que des semaines s'étaient écoulées. J'ignorais ce qu'était cette sensation. Jamais une femme n'avait consumé chacune de mes heures comme le faisait Emmy.

J'écoutais mes pas marteler le sentier, me servant du rythme familier de ma course pour tenter de ralentir le flux de mes pensées. Je ne courais pas avec des écouteurs, seulement avec toutes les voix qui se mêlaient dans ma tête.

Il y avait tant de choses qui s'agitaient dans mon esprit et que je voulais démêler, la plupart d'entre elles ayant trait à Emmy et, par association, à Gus.

Je m'étais toujours soucié du sort d'Emmy, et elle était dans ma vie depuis aussi longtemps que je me souvienne. Mais avant ces dernières semaines, Gus avait formé un obstacle entre nous. Pas dans un sens négatif, mais un obstacle tout de même. Mis à part les quelques fois où je l'avais raccompagnée chez elle après l'école, je ne m'étais jamais vraiment retrouvé seul avec elle.

Jusqu'à maintenant.

Et partager de tels moments avec elle revenait à effectuer un voyage éclair hors de la réalité. Il n'y avait plus que nous deux, Luke et Emmy. Pas de Brooks, le raté de Meadowlark, ni d'Emmy, la petite chérie de Meadowlark. Ce que j'éprouvais en sa compagnie était en passe de devenir la meilleure sensation de ma vie.

J'avais passé les dernières années à essayer de devenir quelqu'un, et il y avait un truc chez Emmy qui me donnait l'impression que je pouvais y parvenir. Parce que lorsqu'elle ne jouait pas les petites malignes, c'était quelqu'un d'attentionné, de gentil, et qui savait sacrément bien écouter.

Cette Emmy était nouvelle pour moi, et je ne pouvais m'empêcher de penser que c'était parce que je faisais autrefois ressortir ce qu'il y avait de pire en elle. J'étais un gamin perturbé.

Cela me conduisait généralement à me montrer impulsif et à rechercher l'attention à tout prix – n'importe quelle forme d'attention.

Se faire taillader par la langue acérée d'Emmy y compris.

J'appréciais encore cette version d'elle, en toute franchise.

Je n'aimais pas la façon dont je la taquinais sans relâche à propos de tout et n'importe quoi à l'époque, mais j'aimais la façon dont elle se défendait. Avant qu'elle atteigne l'âge adulte, les gens auraient probablement décrit Emmy comme une fille douce et timide. Pas moi. Elle ne me montrait pas cette facette de sa personnalité.

J'aurais dit d'elle que c'était une « emmerdeuse » ou une « tête de mule ».

Quand nous étions plus jeunes, même quand nous n'étions pas à Rebel Blue, elle apparaissait toujours non loin de moi. Si j'emmenais une fille dîner, Emmy était dans ce restaurant en train d'étudier avec Teddy. Si quelqu'un organisait une soirée chez lui, Teddy trouvait toujours un moyen de les faire entrer toutes les deux en douce, même si toutes les personnes présentes avaient au moins cinq ans de plus qu'elles.

Cela m'énervait prodigieusement, et je veillais à ce qu'Emmy le sache.

Il y avait eu une soirée autour d'un feu de joie au cours de laquelle j'avais vu Emmy passer du bon temps avec un gars d'une ville voisine, plus âgé que moi. Emmy avait dix-sept ans, le type se comportait donc comme un putain de pervers.

Quand il s'était levé pour aller lui chercher un verre, j'étais allé le trouver et lui avais dit que si jamais il posait de nouveau les yeux sur elle, il le regretterait amèrement. Après qu'il avait détalé, j'avais retrouvé Emmy et lui avais dit des choses assez affreuses – je l'avais accusée de se saper « comme ça » pour attirer l'attention, je l'avais traitée de gamine débile et lui avais demandé de décamper devant tout le monde.

Je pensais m'être suffisamment comporté en enfoiré pour l'humilier et obtenir qu'elle rentre chez elle. Je savais qu'elle était gênée. Si quelqu'un d'autre que moi lui avait dit ce genre de choses, cela aurait probablement eu l'effet désiré mais, étant donné que ces mots sortaient de ma bouche, Emmy avait aussitôt riposté et m'avait incendié.

De manière très explicite, elle m'avait traité de raté et de bon à rien, et était partie en trombe.

Elle n'avait pas tort.

Chaque fois qu'elle me faisait subir pareil traitement, j'avais envie qu'elle recommence. Je ne savais pas ce qu'il y avait dans son discours qui me donnait si cruellement envie de l'énerver – peut-être sa franchise, la dureté de ses mots, ou même le simple fait d'avoir quelqu'un en face de moi qui me voyait tel que je croyais être.

Désormais, je commençais à connaître une facette différente d'Emmy, mais je pouvais encore voir des parcelles de la fille à la langue acérée dans la femme aux lèvres si tentantes.

C'était comme si j'avais passé ma vie à collecter des morceaux d'elle et qu'à présent j'étais enfin en train de les assembler.

Et vous savez quoi ? Il n'y avait aucun morceau d'Emmy qui ne me plaisait pas.

J'étais carrément foutu.

Je ne savais absolument pas quoi faire. D'une part, Emmy était intouchable. Gus péterait un plomb s'il découvrait que quoi que ce soit se passait, ou s'était passé à un moment, entre nous. Étant donné mes antécédents avec les femmes, je ne pourrais même pas lui en vouloir.

Ce n'était pas que je les traitais mal. En toute franchise, je n'étais jamais avec elles assez longtemps pour les traiter de quelque façon que ce soit. J'avais vu la manière dont mon beau-père se comportait avec ma mère et, très tôt dans la vie, j'avais décidé que je ne serais jamais ce gars – celui qui a constamment besoin d'avoir le dessus, de détenir tout le pouvoir.

Je détestais ce type.

Au lieu de quoi j'étais devenu le gars que tout le monde pouvait appeler pour passer du bon temps.

Franchement, qui ne voudrait pas que sa petite sœur finisse avec un mec comme ça, pas vrai ?

Non pas qu'Emmy et moi soyons sur le point de finir ensemble. Ce n'était pas ce que je voulais dire.

Gus était mon meilleur ami. Qui sait ce qui me serait arrivé s'il ne m'avait pas donné à manger la moitié de son sandwich au beurre de cacahuètes en CE1 quand je n'avais pas de déjeuner.

Je n'avais pas envie de foutre en l'air notre amitié, mais je ne voulais pas non plus passer à côté de ce qui pourrait arriver avec Emmy.

Quelque chose chez elle me semblait simplement différent. Avec elle, tout était si agréable. J'avais envie de savoir où cela pourrait mener, où cela pourrait *nous* mener.

Même si, au bout du compte, nous ne finissions qu'amis, je voulais qu'elle soit dans ma vie, plus qu'elle ne l'était déjà. Je ne pouvais me contenter de ce que nous avions auparavant, désormais.

Les premières lueurs de l'aube perçaient à travers les arbres et je ralentis avant de m'arrêter devant le Devil's Boot. Le sentier se terminait là. Plus qu'à faire demi-tour pour rentrer chez moi. Dans la lumière du petit matin, le bar avait presque l'air hanté. En toute franchise, il l'était probablement. À tout le moins, il était hanté par les mauvaises décisions. C'était comme si des morceaux de la nuit se cramponnaient à lui, refusant de laisser passer la lumière.

Je n'arrivais presque toujours pas à croire qu'il m'appartenait.

Je fixai mon regard sur sa peinture défraîchie. J'avais sorti cet endroit du trou que Jimmy avait creusé pour lui. À une époque, je n'aurais fait que le creuser plus profondément encore, aucun doute là-dessus. Il était sacrément tentant de tout mener à sa perte, de se livrer à l'autodestruction. Mais j'avais dépassé ça aujourd'hui.

Du moins, je faisais tout pour. Ce n'était pas beaucoup mais c'était déjà quelque chose.

Cette part de moi qui avait envie de bâtir une vie différente de celle de mon père et qui s'était plutôt bien débrouillée en la matière – en tout cas jusqu'à présent – était une facette de ma personnalité qu'Emmy ne connaissait pas. Je voulais que ça change.

Je voulais partager avec elle des choses plus personnelles.

J'avais entamé ma course en essayant de trouver une façon de rester loin d'Emmy. Je la terminai en ayant pris la décision de ne pas me tenir à l'écart d'elle. Du moins, pas pour le moment.

Pas aujourd'hui.

Aujourd'hui, j'allais donner à Emmy une chose intime à laquelle elle pourrait se raccrocher.

Emmy

Le matin suivant, on frappa de nouveau à la porte de mon chalet. Le bruit me réveilla, ce qui voulait dire qu'il devait être sacrément tôt, étant donné que je réglais l'alarme de mon réveil sur 6 heures. Pourquoi tout le monde sur cette planète tenait-il donc à me tirer du sommeil ?

Des coups retentirent encore. Je laissai échapper un grognement et sortis du lit avant de m'avancer vers la porte à pas feutrés. Le parquet était froid sous mes pieds.

J'ouvris la porte à nul autre que Luke Brooks. Ses yeux s'écarquillèrent quand il me vit. Je m'aperçus alors que j'étais allée me coucher seulement vêtue d'un fin débardeur blanc et d'une culotte. *Merde.*

— Donne-moi une seconde, dis-je avant de lui claquer la porte au nez.

Merde, merde, *merde*. Je ne pouvais même plus lui dire bonjour à présent, parce que mes tétons l'avaient déjà fait avant moi.

Je fouillai la pile de vêtements au sol, cherchant quelque chose qui pourrait me couvrir ne serait-ce *qu'un peu*. Je trouvai une vieille chemise à carreaux en flanelle trop grande pour moi et l'enfilai par-dessus mon pyjama préféré.

Je regagnai la porte et pris une profonde inspiration avant de l'ouvrir de nouveau. Brooks était toujours là. Maintenant que j'étais à peu près décente, j'avais le temps de détailler son apparence.

Un autre jean parfaitement usé, un tee-shirt mutilé et une casquette de base-ball portée à l'envers. Sa tenue favorite. J'aimais vraiment beaucoup les choix vestimentaires de Brooks ces derniers temps. *Traîtresse,* pensai-je en moi-même.

— Que fais-tu ici ? demandai-je.

— Il est 8 h 30. Je t'attends dans les écuries depuis une heure.

Oh merde.

N'avais-je vraiment entendu aucun de mes réveils ?

— Et ça fait dix minutes que je frappe à ta porte. J'étais sur le point de l'enfoncer juste pour m'assurer que tu n'étais pas morte.

— Merde, désolée. Accorde-moi quelques minutes pour me préparer.

— On ne monte pas aujourd'hui, annonça-t-il.

— Quoi ?

Alors qu'allions-nous faire ?

— Je veux t'emmener quelque part. Ce ne serait probablement pas une mauvaise idée que tu enfiles un maillot de bain.

Je croisai les bras sur ma poitrine.

— J'ai du travail qui m'attend, Brooks.

— L'un des employés du ranch est affecté aux écuries aujourd'hui parce que je ne suis pas présent d'habitude, et son planning n'a pas été modifié à la suite de ton retour. Tu es couverte.

Bon, dans ce cas...

— Dis-moi où nous allons.

— Non. Je t'en ai déjà révélé plus que je n'aurais dû en te parlant du maillot de bain, mais je me suis dit que tu n'aurais pas envie de nager en sous-vêtements.

— Donc tu pensais à moi en sous-vêtements, si je comprends bien ?

Il me regarda en plissant les yeux. Il n'avait pas l'air d'apprécier mes sarcasmes à une heure si matinale.

Eh bien, moi, je n'appréciais pas qu'il se présente à la porte de mon chalet et me dise quoi faire.

— Habille-toi, Emmy, ordonna-t-il d'un ton ferme.

Il tendit la main vers l'intérieur du chalet et ferma la porte. Son signal pour que je m'exécute, visiblement.

Mon Dieu, il se montrait si autoritaire parfois. Je me demandai s'il était comme ça au lit.

Ressaisis-toi, Emmy.

Je balayai du regard l'intérieur de mon chalet, ne sachant pas trop où trouver un maillot de bain. Ce studio était dans un état désastreux.

Je n'étais pas très douée pour garder les choses en ordre. Parfois, il était tout simplement plus facile pour moi de vivre sous des montagnes d'objets plutôt que de me confronter à la question de ce qu'elles pouvaient contenir. Ce n'était pas logique, mais mon cerveau ne fonctionnait pas vraiment de manière normale.

Il me fallut passer en revue quelques piles, mais je mis la main sur un deux-pièces rouge.

Le haut avait une allure sportive, et il était doté d'une encolure carrée qui mettait en valeur mes clavicules.

J'enfilai un short en jean et un tee-shirt court d'un groupe de musique et revins vers la porte. Quand je l'ouvris, Brooks se trouvait à l'endroit précis où je l'avais laissé et il ressemblait vraiment à un mannequin digne d'une pub pour le Wyoming.

— Quelles chaussures dois-je porter ? demandai-je.

Brooks saisit cette occasion pour m'examiner rapidement. Une onde de chaleur m'envahit tout entière tandis que son regard remontait de la pointe de mes pieds jusqu'à mes yeux.

— Tes bottes feront très bien l'affaire.

Elles étaient posées près de la porte, aussi lui tournai-je le dos et me penchai-je pour les enfiler.

— Prête ! dis-je en me redressant vers Brooks.

Ses yeux étaient toujours fixés sur l'endroit où mes fesses devaient se trouver au moment où j'avais enfilé mes chaussures.

Son regard croisa le mien. Je le dévisageai en haussant les sourcils d'un air entendu et Luke Brooks fit une chose dont je ne le savais même pas capable – il *rougit*.

— Allons-y, lança-t-il.

Il s'écarta et tendit le bras pour m'inviter à le précéder.

Je refermai la porte de mon chalet et avançai vers son pick-up, qui était garé à côté du mien. Brooks me rejoignit.

— Tu as monté les deux derniers jours, pas vrai ?

— Oui. Comment le sais-tu ?

— Coup de chance. Je me disais que tu pourrais avoir besoin d'un jour de repos, non ?

Nous atteignîmes le côté passager du pick-up. Alors que j'allais ouvrir la portière, Brooks me devança.

J'étais incapable de me souvenir de la dernière fois où un homme m'avait ouvert la portière. Je grimpai dans l'habitacle et il s'assura que j'étais parfaitement installée avant de la refermer. Une fois qu'il eut grimpé sur son siège, il saisit une paire de lunettes aviateur sur le siège et les enfila.

Comme s'il n'était pas déjà assez beau.

— Ce café est pour toi.

Il désigna du menton la boisson qui se trouvait dans le porte-gobelet le plus proche de moi. Il provenait du seul café de Meadowlark. Voilà qui rendait Brooks encore plus canon. Je bus une gorgée. Merveilleux.

— Je ne savais pas si tes préférences en matière de café avaient changé alors j'ai juste pris ce dont je me souvenais. Café filtre, beaucoup de crème, pas de sucre.

— C'est parfait.

Je ne pouvais même pas me souvenir d'un moment où Brooks aurait eu l'occasion d'entendre mes préférences en matière de café mais, visiblement, ça ne l'empêchait pas de s'en souvenir comme si ce n'était rien. Je serrai mes mains sur le gobelet et le laissai, lui et la prévenance qu'il incarnait, me réchauffer tout entière.

Le Chevrolet K20 de Brooks n'était doté que d'une banquette à l'avant et un sac se trouvait en son milieu. Même si je ne mangeais pas de bacon, j'en reconnus l'odeur.

— Pour le petit déjeuner, il y a un burrito végétarien pour toi.

— Et un avec supplément bacon pour toi, j'imagine ?

Brooks avait pris suffisamment de repas chez moi pour que je connaisse l'amour de cet homme pour le bacon. Mes frères et lui étaient des puits sans fond dès qu'il était question de nourriture. Quand nous nous passions les plats autour de la table du dîner, mon père veillait toujours à ce que je sois la première à les avoir en main, car si j'avais le malheur d'être servie la dernière, il y avait de bonnes chances pour qu'il ne reste rien, même avec les portions géantes que nous préparions.

— Évidemment, dit-il.

Je sortis mon burrito du sac et me mis à manger. Bon sang, le café de Meadowlark s'était réellement amélioré en matière de petit déjeuner. C'était délicieux.

— Quand t'es-tu débarrassé de ton vieux C/K ? demandai-je.

Brooks sourit.

— Je l'ai toujours, mais malheureusement il n'est plus au meilleur de sa forme. J'ai racheté celui-là à un client du Devil's Boot l'an dernier.

— Je l'aime bien.

Ce pick-up lui convenait à merveille. Classique et masculin à la fois.

— Moi aussi. Gus a essayé de me persuader d'acheter un modèle plus récent, mais je ne suis pas prêt à renoncer à la boîte de vitesses manuelle ou à des vitres qu'on peut baisser en tournant une poignée. Content de voir que tu as toujours le tien.

C'était mon tour de sourire. J'adorais mon pick-up. J'avais travaillé dur pour l'avoir, et c'était le premier gros achat de ma vie.

— Je conduirai cet engin jusqu'à ce que je ne sois plus en état de le faire, et même après ma mort il faudra arracher les clés de mes mains froides.

— Tu sais que ce tacot est laid comme tout, pas vrai ? dit-il en affichant un large sourire.

— Tout comme toi, plaisantai-je.

Je ne tolérerais pas ces calomnies à propos de mon véhicule adoré.

— Où m'emmènes-tu, au fait ?

— Tu verras bien, répondit-il, son sourire se faisant plus large. Je crois que ça va te plaire.

— D'où t'est venue l'idée de cette excursion ?

— Depuis ton retour, tu n'as mis les pieds que dans trois endroits : le ranch, le Devil's Boot et la maison de Teddy.

Il avait raison.

— Trois endroits géniaux, me défendis-je. À part le Devil's Boot. J'ai quelques doutes à propos de celui-là.

Brooks me décocha un regard éloquent.

— Enfin, bref. Si tu dois vivre à Meadowlark, tu ferais mieux d'y trouver des endroits à aimer, poursuivit-il. Je sais que ce n'est pas évident pour toi de revenir à la maison, et même si tu adores ta famille et le ranch, ça ne peut pas être les seules choses que tu aimes ici si tu veux rester et être heureuse.

Une petite boule se forma dans ma gorge. C'était une marque de prévenance. Au lieu de répondre, je sortis le burrito de Brooks du sachet, le déballai à moitié pour qu'il puisse le manger tout en conduisant et le lui tendis. C'était un petit geste, mais j'espérais qu'il en saisirait la signification : merci.

Il m'adressa un bref sourire avant de reporter le regard sur la route, son petit déjeuner en main. Je ne voyais pas comment on pouvait conduire avec une boîte de vitesses manuelle et manger un burrito en même temps, mais il y parvenait.

Je songeai à une chose que mon père avait dite récemment : Luke Brooks était doté d'un cœur de la taille des Rocheuses. Je commençais à croire que c'était vrai, et je me demandai pourquoi je ne l'avais jamais remarqué jusqu'alors.

Brooks et moi roulâmes une trentaine de minutes. J'engloutis mon repas en un éclair, mais pris un peu plus de temps avec mon café, savourant à la fois la boisson et le geste. Nous traversâmes la ville, qui ne comptait en tout et pour tout qu'une seule route. De là, il rejoignit l'autoroute.

Quelques kilomètres plus loin, il emprunta une sortie qui menait à une route de montagne. Une fois que nous eûmes quitté la deux-voies, il ralentit suffisamment pour que nous puissions baisser les vitres. Je lui étais reconnaissante d'avoir attendu que nous allions moins vite. En règle générale, rouler vitres baissées sur l'autoroute me surstimulait un peu. Trop de bruits sourds. Mais à cette allure, c'était divin.

L'air estival du Wyoming s'engouffra à l'intérieur du pick-up, dont le capot était frappé par les éclatants rayons du soleil. Une chanson de Brooks & Dunn passait à la radio – l'un des groupes préférés de Brooks.

Je me demandais si le nom du groupe y était pour quelque chose.

Il roula jusqu'au bout de la partie bitumée puis continua sur le chemin de terre qui se déployait ensuite. Ce dernier épousait une pente ascendante. Nous allions dans les montagnes. Après quelques lacets, Brooks gara son pick-up sur le bas-côté.

— Il va falloir marcher une minute. Ça te va ?

— Tu m'emmènes jusqu'ici pour me tuer ? demandai-je.

— Grillé, dit-il d'une voix neutre.

— Zut. Tu aurais pu au moins me dire de porter des bottes avec des semelles épaisses pour que je puisse faire une sortie digne. Maintenant je vais glisser et déraper partout en essayant de m'enfuir.

— Je devais faire en sorte de pouvoir t'attraper.

Pourquoi ces mots me donnaient-ils des... frissons ?

— Mais ne t'inquiète pas, il n'y a pas longtemps à marcher et le chemin est quasiment plat. Nous avons grimpé la partie escarpée avec le pick-up.

Brooks sortit et je le suivis de près.

Un sentier menait sous le couvert des arbres. La journée était chaude mais ici la température était légèrement plus fraîche.

Brooks et moi marchâmes dans un agréable silence durant quelques minutes. Pendant que nous progressions, je levai la tête. Il n'y avait rien de plus magique que la façon dont le soleil filtrait à travers les arbres.

Nous sortîmes de la partie boisée pour pénétrer dans une petite clairière. Elle était verte, luxuriante et parsemée de touffes de fleurs sauvages. Je pariais qu'en avril ces dernières devaient envahir l'endroit.

Comme je pouvais entendre de l'eau courir sur les rochers, je cherchai une rivière du regard. À l'extrémité de la clairière, une cascade apparaissait entre les arbres et son eau venait alimenter un petit lac.

Tout dans cet endroit dégageait une atmosphère de sérénité. On avait l'impression d'admirer une peinture.

— Comment as-tu trouvé ce coin ? demandai-je, émerveillée.

— Par hasard. C'était peu de temps après avoir obtenu mon permis de conduire.

Il affichait un sourire radieux, les petites rides autour de ses yeux apparaissant alors qu'il commençait à marcher vers le plan d'eau. Je le suivis, luttant contre la tentation de courir et de sauter dans les flots cristallins.

— Tu montes souvent jusqu'ici ? m'enquis-je.

— Aussi souvent que possible. L'été, c'est le meilleur moment parce qu'on peut nager, mais en hiver la cascade gèle. C'est incroyable.

— Et tu viens ici tout seul, en temps normal ?

Traduction : amènes-tu beaucoup de femmes ici ?

Parce que ce serait un sacré bon endroit où emmener ses rencards.

Brooks me regarda d'un air sérieux.

— Cet endroit est mon lieu à moi. Tu es la première personne que je fais venir ici.

— Oh, fis-je, stupéfaite.

— Ouais, « oh », répéta-t-il en souriant.

— Pas même Gus ?

— Pas même Gus.

S'éveilla dans mon estomac cette sensation qui m'était devenue familière à proximité de Brooks. Je ne savais que penser de cela ou de la façon dont il me regardait. Après un instant, l'expression de son visage se mua en quelque chose de plus espiègle et mon ventre se serra.

Que m'arrivait-il ?

Il attrapa le bas de son tee-shirt et le fit passer par-dessus sa tête. Dans le mouvement, sa casquette tomba. Il me jeta le tee-shirt au visage. Ça sentait le linge propre et la menthe verte.

Pourquoi se déshabillait-il ? Non pas que je sois opposée à cette idée.

Pas même un tout petit peu. Mon Dieu, j'étais *si* faible.

Il me fallut un moment pour me souvenir que je portais un maillot de bain. C'était la raison pour laquelle il retirait ses vêtements. Nous allions nous baigner. Il se délesta de ses bottes et fit glisser son jean le long de ses jambes. J'essayai de ne pas le reluquer, mais, bon sang...

Brooks était doté d'un corps affûté par le labeur. Ses muscles n'étaient pas disproportionnés mais bien dessinés, noueux, fermes.

Et ne me lancez pas sur ces satanées veines courant le long de ses avant-bras.

On ne pouvait obtenir pareil corps à la salle de sport.

Je l'observai attentivement. Pourquoi n'avait-il pas de marques de bronzage ?

Bronzait-il tout nu au soleil ? La vision d'un Brooks dénudé traversa brusquement mon esprit. Je ne pouvais même pas me fustiger. Je n'éprouvais pas le moindre scrupule.

Quelqu'un devrait sculpter cet homme, me dis-je.

— À toi, fit Brooks, m'arrachant à mes pensées qui s'échauffaient rapidement.

— Qu… quoi ? bredouillai-je.

Je matais toujours son corps, sans même croiser son regard.

— Tu ne vas pas nager tout habillée, pas vrai ?

Oh. Bien sûr.

Je me mis à déboutonner mon short, mais la façon dont Brooks m'observait, associée au privilège d'avoir été conduite dans « son endroit », rendait toute cette situation étrangement… intime.

Je plongeai mon regard dans celui de Brooks tandis que je faisais glisser mon short le long de mes cuisses avant de l'enjamber une fois qu'il fut au sol. Je le vis prendre une brusque inspiration et ses yeux ne me quittèrent pas pendant que je faisais passer mon tee-shirt par-dessus ma tête et le laissai tomber sur mon short gisant par terre.

Était-ce le fruit de mon imagination ou ses narines venaient-elles de frémir ?

— Tu es prête ?

Sa voix s'était faite plus grave, c'était certain. Je me contentai de hocher la tête, craignant de lâcher un couinement de souris si je tentais d'articuler la moindre parole. Brooks tendit la main vers moi. Je la pris, nouant mes doigts aux siens, essayant de ne pas réfléchir à combien cela m'était agréable.

— Je te préviens, dit-il, l'eau va être glacée.

Je laissai échapper un rire.

Brooks ne perdit pas un instant pour m'entraîner vers le bassin naturel, se mettant à courir. Je ris de nouveau, plus fort cette fois-ci. Je savourais ce goût de liberté totale.

Au moment d'arriver au bord du petit lac, je ne réfléchis même pas. Je sautai simplement.

Tout comme lui.

Le contact violent avec l'eau me procura une sensation intense et merveilleuse.

Brooks avait raison – elle était carrément glacée.

Une fois ma tête immergée, je fus incapable d'entendre quoi que ce soit. Je ne pouvais sentir que l'eau tout autour de moi et la main de Brooks dans la mienne. Après la bataille que j'avais dû livrer contre moi-même depuis que j'avais été éjectée de ce cheval, mon esprit se sentait enfin apaisé.

Je revins vers la surface, et lorsque ma tête la fendit, je pris une profonde inspiration.

Brooks émergea peu après moi et, tirant sur ma main qu'il tenait toujours, il m'attira jusqu'à lui. Je nouai instinctivement mes jambes autour de sa taille et sentis mon estomac se serrer.

Bon sang, il savait y faire.

De l'eau dégoulinait sur son visage et jamais je ne l'avais vu afficher un plus grand sourire. Cela ne faisait qu'accentuer les petits plis au coin de ses yeux et cela me donna un léger vertige.

— Merci de m'avoir emmenée ici, dis-je avec sincérité.

Je n'étais là que depuis cinq minutes et j'adorais déjà cet endroit.

— C'est sympa. D'être là avec quelqu'un d'autre, fit-il.

Il n'essaya pas de me faire changer de place et je restai donc dans l'eau, mes jambes serrées autour de lui. Nous étions en train de flirter avec une limite que je mourais d'envie de franchir. J'essayai de ne pas réfléchir à la façon dont mon corps réagissait, plaqué ainsi contre le sien.

— Comment ça s'est passé quand tu as monté, ces jours-ci ?

— Bien. J'ai envie d'essayer d'effectuer le parcours de la course autour des tonneaux au pas, mais je ne sais pas comment je vais me sentir. Je sais que Maple a hâte de partir au galop, mais je n'ai pas l'impression d'être encore prête.

— Tu vas participer à la course quand le concours régional se tiendra à Meadowlark ?

Mon Dieu, d'abord Wes, et maintenant Brooks. Pourquoi tous les hommes de ma vie lisaient-ils le journal ?

— Je ne savais pas que tu lisais le journal.

— Je suis un chef d'entreprise locale. Je dois être bien informé sur ce qui se passe à Meadowlark, plaisanta-t-il.

— Je crois que j'en ai envie. De participer à la course, je veux dire.

Je venais de lui livrer le fond de ma pensée en même temps que je venais de me l'avouer à moi-même. Je ne savais pas comment je ferais, mais la perspective de concourir dans ma ville natale comptait plus pour moi que je ne l'aurais imaginé.

— Dans ce cas, tu devrais le faire. Tu en es capable, Emmy. Remonter en selle est le plus dur.

Cela ressemblait à quelque chose qu'un parent dirait à son enfant après qu'il a fait une chute de bicyclette. J'étais tombée de vélo et de cheval de nombreuses fois, mais cette fois-ci c'était différent. Cette fois-ci, ça m'avait ébranlée comme jamais je n'aurais pu le prévoir.

— Mais je n'ai pas seulement envie de le faire pour le symbole, précisai-je, sachant que concourir pour le plaisir de concourir ne me suffirait pas. Si je participe, je veux gagner.

J'avais toujours envie de gagner. C'était le problème.

— Eh bien, gagne, alors.

Brooks souriait encore, mais ce sourire-là était plus sérieux.

— Tu dis ça comme si c'était un jeu d'enfant.

— Tu es Clementine Ryder. Tu es passée sous la barre des quinze secondes lors d'une course l'an dernier. C'est un jeu d'enfant.

Comment connaissait-il ce résultat ?

— Oui, et à l'heure actuelle il me faut en moyenne cinq minutes pour effectuer un cercle, plaidai-je. Une différence de rien du tout.

— Il y a deux semaines, tu n'étais pas capable de grimper sur le dos d'un cheval, donc je parierais sans problème sur tes chances. Et à part le goût de la victoire, pourquoi as-tu envie de monter ?

C'était là une question difficile. Non parce que j'en ignorais la réponse mais parce que je la connaissais. Je n'avais pas le moindre doute à ce sujet. Je ne savais pas vraiment ce qu'il y avait chez cet homme qui faisait sortir tous les mots qui n'existaient habituellement que dans ma tête, mais j'avais envie de les lui dire.

— Je veux avoir la possibilité de faire mes adieux, reconnus-je à voix basse.

Je ne savais même pas si Brooks pouvait m'entendre avec le bruit de l'eau.

— Tu le mérites, répondit-il simplement.

Sa façon de me regarder me donna envie de rester ici, les jambes nouées autour de sa taille et ses bras me serrant contre lui, pour toujours.

— Tu ne vas pas me harceler de questions sur les raisons pour lesquelles j'abandonne ma carrière ou me dire que je commets une erreur ?

— Non. Honnêtement, ça m'intrigue, mais la seule personne qui doit se sentir bien à propos de ta décision, c'est toi, Emmy.

L'expression de son visage me donnait le sentiment qu'il était parfaitement sincère.

— Je ne sais pas ce que je ressens à ce sujet, en toute franchise. Tout ce que je sais, c'est que j'adore monter mais que je n'ai plus envie que ce soit tout pour moi.

— Tu sais, si tu n'aimes pas la voie que tu suis, tu peux toujours en ouvrir une nouvelle.

— Qui a dit ça ? Robert Frost ?

Brooks sourit et secoua la tête.

— Dolly Parton.

— Ah, Dieu en personne, dis-je en riant. J'ai l'impression qu'il m'a fallu beaucoup de temps pour en arriver à cette décision. Ma psy à Denver s'inquiétait que je m'épuise.

— Et c'était le cas ?

— Oui. Mais pas comme tu le penses.

Il m'adressa un petit hochement de tête pour m'inciter à poursuivre.

— Il y a quelques années, on m'a diagnostiqué un TDAH. J'ai toujours eu l'impression de faire un million de choses à la fois et que je devais accorder toute mon attention à chacune de ces choses.

Ce diagnostic avait changé la donne pour moi. Tout à coup, j'étais capable d'expliquer pour quelle raison j'agissais comme je le faisais. C'était une révélation. Cela avait fait évoluer les choses, mais pas comme je l'imaginais. J'avais espéré que le diagnostic serait la solution à tous mes problèmes, que je ne voudrais plus à tout prix avoir le contrôle total de la situation en permanence et que j'arrêterais de prendre des décisions impulsives simplement parce que cela me donnait l'impression d'être aux commandes de ma propre vie pendant un instant.

Ce n'était pas ce qui s'était produit. Désormais, je savais d'une certaine manière pourquoi je faisais quelque chose, mais je n'étais pas capable de m'en empêcher pour autant. Je continuais à en faire trop et à me focaliser sur ce qui me donnait le sentiment d'avoir le contrôle.

— Pendant un moment, faire tout ça à la fois me paraissait fabuleux. J'avais l'impression de pouvoir accomplir un million de choses sans jamais me planter. C'est ce que j'ai fait au lycée, à la fac puis durant ma carrière sur le circuit du rodéo. J'y allais trop fort, je faisais les choses trop vite. C'est comme un cycle d'hyperobsession. Monter à cheval a toujours constitué le domaine le plus stable de mon existence, mais quand j'ai battu ce record en passant sous la barre des quinze secondes, ma relation à l'équitation a complètement changé.

Brooks n'avait pas détaché les yeux de moi, écoutant tout ce que j'avais à dire.

— Ça ne me procurait plus la moindre joie, mais je continuais à le faire parce que j'étais incapable de m'arrêter. Ça relevait presque de la pulsion, la frénésie avec laquelle je m'entraînais et montais durant le mois précédant mon accident. Environ une semaine avant, j'ai atteint ma limite. J'ai perdu ma motivation. J'étais trop perturbée ; c'était fini. Je me suis retirée dans mes pensées. Je n'avais plus le cœur à ça et, quand je montais, je n'étais plus à mon niveau habituel. Si ça avait été le cas, j'aurais probablement pu faire quelque chose concernant la chute. Peut-être pas la stopper complètement, mais au moins amortir le choc.

— Cette chute n'était pas ta faute, Emmy. Ce genre de tuile pourrait arriver à n'importe qui, dit Brooks avec le plus grand sérieux.

— Je sais, mais j'ai sauté d'une monture un million de fois. Je sais comment faire en sorte que ça se passe en toute sécurité et c'est ce que j'aurais dû faire plutôt que de laisser le cheval garder le contrôle de la situation.

Je grimaçai en repensant à ce que j'avais ressenti en percutant la clôture, et je sentis le pouce de Brooks tracer sous l'eau de petits cercles sur ma cage thoracique. Le contact de ses doigts était réconfortant.

— Et depuis quelques mois, je suis si fatiguée. Jamais je n'ai eu autant de pannes d'oreiller. J'ai arrêté de prendre mon traitement pour mon TDAH. Je suis restée assise dans mon appartement à ne rien faire, laissant les choses en retard s'accumuler sans que ça ait la moindre importance à mes yeux.

— Et donc, qu'est-ce qui t'a fait revenir à la maison ?

— Je suis revenue sur un coup de tête, parce que je ne contrôle pas mes impulsions, répondis-je avec franchise.

Il paraissait perplexe, et je sentis que je devais m'expliquer.

— Quand je ressens le besoin urgent de faire quelque chose, ce n'est déjà pas simple à maîtriser pour moi en temps normal. Mais ça devient particulièrement difficile quand j'ai l'impression de ne pas contrôler la situation.

— Mais ces décisions impulsives te font sentir davantage maîtresse de la situation ? demanda-t-il judicieusement.

— Pendant un instant, oui.

— Et tu regrettes d'être rentrée, alors ?

Là était toute la question. J'y réfléchis un instant. À dire vrai, j'avais cru que je regretterais mon retour, mais ce n'était pas le cas.

— Non. Peu importe comment j'en suis arrivée à prendre cette décision, c'était la bonne.

Je vis ses épaules se détendre presque imperceptiblement à cette réponse. Je ne m'étais pas aperçue qu'elles étaient crispées jusqu'à cet instant.

— Emmy, je veux que tu saches que je suis heureux que tu sois là.

Il me regardait de nouveau de cette façon. Comme si j'étais la seule personne sur terre, la seule chose qui ait de l'importance.

J'aurais pu m'enivrer de ce regard.

Mes jambes étaient toujours nouées autour de sa taille et il me tenait dans ses bras. Je pouvais sentir la chaleur de ses mains sur ma peau, même sous l'eau. Je me penchai vers lui et fis reposer ma tête sur son épaule.

— Tu sais…, commença-t-il.

Je sentais ses lèvres contre mes cheveux. J'avais envie qu'elles se posent partout sur moi.

— J'en ai appris plus à ton sujet au cours des deux dernières semaines qu'en vingt ans.

— Pareil pour moi.

Et je voulais en apprendre davantage.

— Dis-moi autre chose, repris-je.

— Que veux-tu savoir ?

Je voulais savoir à quel moment il avait changé, mais il me semblait que je ne pouvais pas poser cette question de manière directe. Principalement parce que je ne savais pas s'il *avait* changé, si tout simplement je ne l'avais jamais vraiment connu ou s'il s'agissait d'une combinaison de ces deux possibilités. Je fis plutôt le choix de dire :

— Tu as l'air différent.

— Et ?

— Je me demande à quel moment ce changement s'est produit.

Il resta silencieux. J'espérais ne pas avoir dit une bêtise.

— Il y a cinq ans, finit-il par répondre. Un tas de choses me sont arrivées en même temps. Riley est née, Jimmy est mort, j'ai hérité d'un paquet de trucs dont j'ignorais l'existence et j'ai fini en cellule après une bagarre assez moche dans un bar. Ton père est venu payer ma caution et me sortir de là. Il m'a dit qu'il fallait que je sois moi-même ou que je sois Jimmy, mais que je ne pouvais pas être les deux. Je ne sais pas, c'est comme si ces mots avaient en quelque sorte fait tilt dans ma tête. Je pense qu'au fond je n'ai pas tant changé que ça. J'ai simplement arrêté de me saborder moi-même.

Mon père m'avait dit que le pire ennemi de Brooks, c'était Brooks lui-même, alors ça ne m'étonnait pas qu'avoir un but ait pu changer sa conduite.

— Es-tu au moins sorti vainqueur de cette bagarre de bar ? demandai-je, désireuse d'alléger un peu l'atmosphère.

— Évidemment. Mais cet enfoiré m'a bel et bien cassé le nez.

— Ah, c'est pour ça qu'il est si déformé !

Je sentis un rire faire vibrer sa poitrine. Ses mains quittèrent ma taille et dénouèrent mes jambes autour de sa taille.

Dommage.

— Tu es une petite impertinente. Tu le sais, ça ?

— Moi ? Jamais de la vie.

Brooks m'adressa un regard éloquent. Je saisis cette occasion pour projeter sur lui la plus grande éclaboussure dont j'étais capable.

— Espèce de petite...

Avant que Brooks puisse terminer sa phrase, je m'éloignai en nageant, sachant qu'il me suivrait.

Ce qu'il fit.

Je perdis la notion du temps, mais nous passâmes un moment à nager dans le petit lac, à bavarder et à nous jeter dans l'eau en nous balançant à l'aide de la corde que Brooks avait accrochée à une branche des années plus tôt.

Nous étions en train de sécher, assis au bord de l'eau, quand mon estomac se mit à gronder bruyamment.

— On ferait mieux d'y aller, dit Brooks.

Je n'avais pas envie de quitter cet endroit, mais j'avais certainement un million d'appels manqués de Teddy, qui devait se demander où j'étais.

Brooks ramassa mon tee-shirt et mon short, et me les tendit. Nous nous rhabillâmes en silence et commençâmes à reprendre le chemin du pick-up.

Brooks noua ses doigts aux miens. À cet instant, je pris ma décision. J'allais embrasser cet homme.

Aujourd'hui.

13

Luke

Alors que nous marchions pour rejoindre mon pick-up, je ne pus m'empêcher d'entremêler mes doigts à ceux d'Emmy. Elle me rendit mon geste et, bon sang, j'eus alors l'impression de flotter au-dessus du sol. Je ne savais pas vraiment à quel moment nous avions franchi la limite au-delà de laquelle ce témoignage de tendresse était acceptable mais, franchement, j'étais heureux que nous l'ayons fait.

Cette journée était la meilleure que j'aie connue depuis un bon bout de temps.

Je lui ouvris sa portière, mais l'arrêtai avant qu'elle entre en glissant mes doigts dans l'un des passants de sa ceinture. Je ne savais pas trop ce que j'allais faire, mais il fallait que je fasse quelque chose. Cette femme occupait le moindre espace disponible dans mon cerveau et je n'avais pas envie de me tenir à distance d'elle plus longtemps.

Pour tout dire, je ne m'en croyais pas capable, malgré tous mes efforts.

À mes yeux, Emmy Ryder était tout simplement… fabuleuse. Elle comptait plus que quiconque actuellement, et plus que quiconque ne compterait jamais.

Elle était gentille et courageuse. Elle était aussi sacrément belle. J'avais de plus en plus de mal à ne pas laisser mes pensées s'égarer, à ne pas m'imaginer ce que ça ferait de la toucher, de la faire mienne.

Quand elle avait noué ses jambes autour de ma taille dans l'eau, j'avais pu sentir le feu couver sous ma peau. Mon attirance pour elle était intense, et j'ignorais combien de temps encore je pourrais la tempérer.

— Emmy…, commençai-je, mais je n'eus pas la possibilité d'aller plus loin, parce qu'elle agrippa mon tee-shirt à deux mains et attira mon visage vers le sien.

Dès l'instant où nos lèvres se rencontrèrent, j'eus l'impression de m'embraser. Je restai planté là, trop stupéfait pour esquisser le moindre mouvement, un doigt dans un passant de sa ceinture, tandis que ses mains serraient le tissu de mon haut.

Emmy s'écarta trop vite à mon goût, mais vint aussitôt presser son front contre le mien.

— Tu t'es dégonflé à deux reprises, alors j'ai pris les choses en main, dit-elle.

Sa voix un peu essoufflée était parfaite. J'en oubliai qu'elle venait à l'instant de m'insulter.

Mais elle avait raison. Et ça me tuait. Depuis quand étais-je trop timide pour embrasser une femme qui m'intéressait ?

J'allais devoir remédier à cette défaillance. Sur-le-champ.

Il fallait que je dise quelque chose. N'importe quoi pour la garder tout contre moi, là où je voulais qu'elle soit.

Mais je n'en eus pas l'occasion. Emmy Ryder venait de reposer sa bouche sur la mienne. Mon cerveau était sens dessus dessous. Ses mains lâchèrent mon tee-shirt, et elle s'écarta. Ses joues étaient rouges. Était-elle... embarrassée ? *Merde. Non.* Ce n'était pas ce que je voulais. Je voulais sa bouche sur la mienne. *Bouge-toi, Luke, bouge, allez !*

Je ne pouvais pas la laisser s'éloigner. Lorsqu'elle fit mine de le faire, je me décidai enfin à passer à l'action.

Je tirai de nouveau sur le passant de sa ceinture. Instinctivement, je portai ma main sur sa gorge et ramenai sa bouche sur la mienne.

Cette fois-ci, je ne me contentai pas de rester planté là.

Je refermai mon autre main sur ses cheveux toujours mouillés et elle noua les bras autour de mon cou. Je me sentais insatiable. Ce moment était tout pour moi.

Elle était tout.

Je fis courir ma langue sur l'ourlet de ses lèvres, la suppliant de me laisser entrer.

J'étais prêt à prendre tout ce que cette femme accepterait de me donner.

Elle consentit à ma requête et je m'insinuai dans sa bouche. Notre baiser se fit torride, frénétique. Elle s'agrippait de nouveau à mon tee-shirt, comme pour abolir toute distance entre nos deux corps.

Je n'étais pas en reste. Je cueillis son cul parfait à pleines mains pour la soulever du sol. Elle noua ses jambes autour de ma taille comme elle l'avait fait dans l'eau. Cela m'avait rendu dingue à ce moment-là et cela me rendit dingue en cet instant. J'étais déjà dur pour elle. Emmy mordit ma lèvre inférieure et je me sentis incapable de réfréner mes ardeurs plus longtemps.

Je nous fis pivoter de sorte que son dos soit tourné vers l'intérieur de mon pick-up. Sans même interrompre notre baiser, je nous fis progresser précautionneusement dans l'habitacle, la poussant sur la banquette jusqu'à ce qu'elle soit étendue, ses jambes toujours nouées autour de moi, et que je sois sur elle.

Exactement là où j'avais envie d'être.

Ses jambes s'écartèrent et je me nichai entre elles, ma bouche toujours collée à la sienne. Je prenais tout ce qu'elle pouvait m'offrir. J'avais la sensation que son corps était fait pour être sous le mien.

Entre ce qui se passait en cet instant et la torture d'avoir dû la regarder dans ce satané maillot de bain toute la journée, je devais être à quarante-cinq secondes d'exploser dans mon caleçon comme un foutu gamin de quinze ans.

Mais ça m'était égal.

Tout ce qui comptait à mes yeux, c'était Emmy, c'était d'être près d'elle, de la tenir enfin entre mes bras. Elle fit courir ses mains le long de mon dos, par-dessus mon tee-shirt, et je suspendis notre baiser pour pouvoir déposer mes lèvres sur son cou. Je pouvais sentir sa veine pulser sous ma langue.

Son cœur battait aussi vite que le mien.

Je semai un chemin de baisers jusqu'à son décolleté, et elle gémit. J'avais envie de la graver tout entière dans ma mémoire, avec ma bouche, mes mains, ma langue.

— Bon sang, Emmy, haletai-je d'une voix rauque. Tu es si parfaite.

Elle gémit de nouveau et je ne pus m'empêcher de pousser mes hanches contre elle. Elle porta ses mains vers mes cheveux, faisant tomber ma casquette au passage. Je déposai une pluie de baisers depuis son cou jusqu'à ses lèvres.

— Oh, mon Dieu, dit-elle contre ma bouche. Plus, il m'en faut plus.

Je donnai un nouveau coup de reins et elle geignit. Je l'embrassai avec plus d'ardeur, comme pour essayer de boire ses plaintes exquises.

Ma main s'aventura plus bas, vers son sein, que je pressai doucement. Son souffle se coupa à cet instant. J'avais envie de graver ce moment précis dans mon cerveau.

— Emmy, lâchai-je dans un grondement. Si on continue comme ça, je ne vais pas pouvoir m'arrêter.

Elle s'arracha à mes lèvres et porta ses mains à mon visage.

— Je n'ai aucune envie que tu t'arrêtes, Luke.

Je déglutis avec peine. Était-elle… ? Voulait-elle cela tout autant que moi ?

— Que veux-tu, Emmy ? demandai-je.

Elle garda le silence un instant. Je pouvais presque entendre résònner le battement de nos deux cœurs.

— Je veux que tu me baises dans ce pick-up. S'il te plaît.

Nom d'un chien. Qui aurait pu imaginer Emmy Ryder proférant ce genre d'obscénités ? Une chose était sûre : je voulais sentir cette bouche partout sur mon corps. C'était comme si, à ces mots, un interrupteur venait d'être actionné dans mon cerveau. La moindre réserve que j'avais à l'idée de passer à l'action passa à la trappe. Je n'étais pas simplement en train de franchir la limite – j'avais envie de la pulvériser.

— C'est ça que tu veux, chérie ? Que je te baise là, au grand jour ?

J'avais besoin qu'elle le répète. J'avais besoin qu'elle me dise qu'elle avait envie de moi.

— Oui, Luke. J'en meurs d'envie. S'il te plaît.

La façon dont elle prononçait mon nom trahissait l'urgence de son désir. Et moi qui pensais ne pas pouvoir être plus excité par elle. La partie de mon cerveau qui était résolue à faire mienne cette femme prit le dessus.

— Tu as envie de me sentir en toi ?

Mes mots lui arrachèrent un gémissement.

— Oh, mon Dieu, oui. Je t'en supplie.

— Bon sang...

Je l'embrassai de nouveau. Un baiser fougueux, brutal, sauvage. Nous aurions tout le temps plus tard pour la douceur mais, en cet instant, tout ce à quoi je pouvais penser, c'était à quel point j'avais envie d'elle.

Elle posa ses mains sur l'ourlet de mon teeshirt et entreprit de me le retirer tandis que je relevais son crop top pour pouvoir admirer la pointe de ses seins parfaits.

Je m'apprêtais à abaisser ma bouche vers eux quand la sonnerie du téléphone d'Emmy retentit.

C'est mort, putain !

Je suçai son téton au travers du tissu de son maillot de bain rouge diabolique.

— On s'en fout, grognai-je.

Elle ramassa quand même l'appareil sur le plancher du pick-up. *Tête de mule.*

— C'est Gus, lâcha-t-elle dans un souffle.

Et merde.

Je stoppai mes caresses. Un appel de Gus était l'unique chose capable de me détourner de la mission à laquelle je me consacrais en cet instant, et qui consistait à m'occuper Emmy comme il fallait.

Sa petite sœur.

Putain de bordel de merde.

Je me relevai, détachant mon corps de celui d'Emmy. Je contemplai un instant la vision qu'elle m'offrait. Ses cheveux étaient toujours mouillés et plus en bataille que d'habitude, mais c'était enfin *moi* qui l'avais décoiffée. Ses lèvres étaient gonflées par mes baisers et des marques rouges laissées par ma bouche s'étalaient sur son cou.

Elle était irrésistible, offerte comme ça.

Son téléphone cessa de sonner et je pris cela comme un signal pour reprendre les choses là où nous les avions laissées. J'étais sur le point de me jeter sur elle lorsque la sonnerie de mon téléphone retentit à son tour.

J'avais le pressentiment de savoir de qui il s'agissait.

Je sortis mon téléphone de ma poche arrière et vis le numéro de Gus affiché sur l'écran.

— Tu dois décrocher, dit Emmy. Si tu ne le fais pas, il se mettra à nous chercher tous les deux.

Elle avait raison. Je pris une profonde inspiration et portai le téléphone à mon oreille.

— Brooks à l'appareil.

Apparemment, c'étaient mes mots d'accueil préférés pour Gus quand je venais de faire des choses interdites impliquant sa petite sœur.

— Bon sang, encore le bonjour spécial entretien d'embauche ?

— Je l'aime bien, répliquai-je.

Emmy gloussa et se redressa sur les genoux, face à moi. Je lui lançai un regard d'avertissement, mais elle se contenta de m'adresser un sourire qui fit tressaillir ma queue.

— Tu deviens de plus en plus bizarre avec l'âge, commenta Gus à l'autre bout du fil. Tu as vu Emmy ?

Tu sais quoi, laisse-moi un peu réfléchir, Gus. En fait, ta petite sœur vient de me lécher le cou.

Nom d'un chien.

Cette femme.

— Non, répondis-je d'une voix rauque. Pourquoi ?

Emmy effleura doucement mon torse de ses ongles avant de s'arrêter au-dessus de la ceinture de mon pantalon. Ma queue était dure et il était impossible qu'elle ne puisse pas parfaitement voir ce qu'elle était en train de me faire.

— Elle n'est pas dans son chalet et elle n'est pas dans les écuries. Elle t'a aidée là-bas, pas vrai ?

Emmy, qui était manifestement une succube venue tout droit de l'enfer, choisit ce moment pour plaquer sa paume sur ma queue par-dessus mon jean.

Bordel...

Je plantai mes dents dans ma lèvre inférieure mais ne pus réprimer un petit grognement. Je saisis son poignet et la fusillai du regard.

— Ouais, mais je ne l'ai pas vue aujourd'hui.

Le poignet d'Emmy était toujours prisonnier de ma main, mais cela ne la dissuadait en rien de poursuivre. Elle se remit à m'embrasser dans le cou.

— Ah. C'est étrange. Elle n'a pas vraiment quitté le ranch depuis son arrivée.

La voix de Gus trahissait à la fois de l'inquiétude et de l'agacement.

— À tous les coups, elle est avec Teddy, dis-je tout en tentant de ne pas trop penser que j'étais en train de mentir à mon meilleur ami.

— Ouais, t'as raison. J'essaierai de la rappeler plus tard.

— Tout va bien ? demandai-je, tout en regrettant aussitôt de prolonger cette conversation téléphonique.

— Oui. C'est qu'on organise un dîner en famille jeudi. Tu pourras venir si ça te dit.

— Ça marche ! Je te tiendrai au courant si je la vois.

Je sentis Emmy rire doucement contre mon cou.

— D'accord. T'es sorti courir ou un truc dans le genre ?

— Non, pourquoi ?

— T'as l'air essoufflé.

Non, sans blague, Gus. J'étais simplement à trois secondes d'arracher les vêtements de ta petite sœur quand tu as appelé.

Emmy se remit à faire courir ses ongles sur mon torse et je dus réprimer un grognement.

— Non, je m'occupe de projets pour le bar. On se parle plus tard, d'accord ?

— Bien sûr. Salut.

Je raccrochai sans un mot et Emmy rit de nouveau. À un volume sonore normal cette fois-ci. J'adorais ce son.

Je refermai mon poing sur ses cheveux et basculai sa tête vers l'arrière pour qu'elle me regarde.

— Je vais te punir pour ça, chérie, promis-je.

— Pour quoi ? demanda-t-elle d'une voix innocente.

— Pour avoir joué les allumeuses pendant que j'étais au téléphone.

— Je peux encaisser ça, répondit-elle avant de m'embrasser une nouvelle fois.

Nom d'un chien.

Elle était tellement différente de toutes les autres.

Était-ce là que m'avait mené la vie ? Avais-je désormais le privilège d'embrasser Emmy Ryder ?

— Je dois te ramener, annonçai-je à contrecœur.

Elle s'écarta et m'adressa une moue boudeuse. *Bon sang.* Il avait suffi d'une fois où nous avions presque couché ensemble dans mon pick-up, et cette femme me menait déjà par le bout du nez.

Mais de qui me moquais-je, à la fin ? Elle me faisait manger dans sa main depuis l'instant où elle avait franchi le seuil de mon bar.

— Ne me regarde pas comme ça.

— Très bien. Tu peux me ramener à la maison, mais tu vas devoir te rattraper, dit-elle avant de planter fermement un baiser sur ma bouche.

— C'est comme si c'était fait, fis-je contre ses lèvres.

Je la sentis sourire. Je savais exactement comment j'allais me rattraper auprès d'elle, et quand cela arriverait, je prendrai tout mon temps.

14

Emmy

— Et donc, l'appel de ton frère a eu lieu avant ou après que tu as dit à Luke Brooks de te « baiser dans son pick-up » ? me demanda Teddy au téléphone.

— Ted. Tu ne m'aides absolument pas.

J'aurais aimé pouvoir dire que je regrettais d'avoir raconté à Teddy ce qui s'était passé dans le pick-up de Brooks, mais j'étais physiquement incapable de garder cela pour moi. Mieux valait le lui dire plutôt que de laisser échapper l'information par mégarde au moment du dîner ou quelque chose de ce genre.

Il y avait déjà tant de choses que je ne lui disais pas – la raison de mon retour ici, les attaques de panique –, il fallait que je rééquilibre un peu les choses.

— Pour avoir des précisions complémentaires, poursuivit Teddy, quand tu parles du moment où tu lui as dit « Baise-moi dans ce pick-up », il s'agit d'une citation exacte, c'est bien ça ?

Bon sang, elle adorait m'asticoter là-dessus.
— J'ai besoin de savoir pour pouvoir te citer quand j'écrirai là-dessus dans mon journal plus tard.
— Je regrette de t'avoir appelée, fis-je.
— Non, ce n'est pas vrai. De plus, c'est la semaine de mon anniversaire, ce qui veut dire que tu es légalement et contractuellement tenue de tout me dire à propos de Luke Brooks et toi.
— Je ne me souviens pas d'avoir signé ce contrat.
— Ton père l'a fait en ton nom quand il a commencé les paiements mensuels pour acheter mon amitié.
— Tu es hilarante, et tu n'as pas du tout usé cette blague jusqu'à la corde, dis-je en adoptant mon ton le plus morne.
— Nous nous éloignons du sujet principal, nota Teddy. J'ai besoin de connaître l'enchaînement exact des événements, s'il s'agit d'une citation exacte, et ce que ça fait d'embrasser Brooks.
Je lâchai un soupir. Teddy était comme un chien avec son os. Une fois qu'elle avait un but en tête, il était impossible de l'arrêter, alors autant lui apprendre ce qu'elle voulait savoir.
— C'était avant l'appel ; oui, il s'agit d'une citation exacte ; et il embrasse très bien.
Plus que très bien. Il était sans conteste l'homme le plus doué que j'aie jamais embrassé. C'en était écœurant.
— Bien sûr que c'est le cas. Le contraire aurait été impossible.
Je savais que Teddy ne disait pas ces mots dans le sens où je les interprétais, mais cela

me blessait tout de même. Cela me rappelait qui était Luke Brooks et quel séducteur il avait toujours été.

Certes, j'avais récemment découvert une facette différente de sa personnalité, et j'avais envie de croire qu'il n'emmenait pas d'autres femmes dans son endroit favori – avec burritos de petit déjeuner et café pile à leur goût pour accompagner le tout.

Mais Luke Brooks avait toujours été un play-boy.

Il s'agissait de l'homme qui m'avait dit quelques jours plus tôt qu'il avait couché avec la *mère* de la première fille qu'il avait embrassée. J'avais mené ma petite enquête sur les réseaux sociaux après qu'il m'avait avoué cela, et je devais le lui accorder, la mère de Claudia était pas mal.

— Emmy, dit Teddy à l'autre bout du fil. À quoi tu penses ?

— À rien, mentis-je.

— Emmy, ce n'est pas dans ce sens que je disais ça.

Bon sang. J'avais oublié que Teddy était une véritable télépathe.

— Non, je sais, mais c'est vrai. Bien sûr qu'il embrasse bien, avec tout cet entraînement.

Je songeai à la façon dont il avait refermé sa main sur ma gorge avant d'approcher mes lèvres des siennes.

En règle générale, je n'étais pas le genre de fille à faire le premier pas mais, dans le cas présent, je me réjouissais de l'avoir fait. C'était comme si, dès que je l'avais embrassé, cela avait donné à Brooks la permission dont il avait besoin pour se lâcher.

Il s'était montré si serein, si assuré. La façon dont il s'était comporté – la façon dont il s'était occupé de *moi* – dans ce moment avait été aussi envoûtante que le baiser lui-même.

— Veux-tu savoir ce que je pense de toute cette situation ? questionna Teddy.

— Je suis certaine que tu vas me le dire dans tous les cas.

— Je pense que tu dois lui accorder plus de crédit.

Eh bien ça alors. Ce n'était pas ce à quoi je m'attendais. Du tout.

— Il est visiblement attiré par toi et il apprécie de passer du temps avec toi. As-tu déjà vu Luke Brooks faire quelque chose qu'il n'avait pas envie de faire ?

Elle n'avait pas tort.

— Non, dis-je en soupirant.

— As-tu passé une journée vraiment super aujourd'hui ? demanda-t-elle.

— Oui.

— Aimes-tu la façon dont tu te sens quand tu passes du temps avec lui ?

— Tu es si agaçante, commentai-je dans le combiné.

Je passai une main sur mon visage. Même si Teddy ne pouvait me voir, j'espérai qu'elle pouvait ressentir ma frustration.

— Réponds à la question, Clementine.

— D'accord, très bien. Oui, j'aime ce que je ressens quand je suis avec lui.

— Exactement. Donc peut-être que vous tenez un truc spécial ou peut-être que non, mais tu n'en auras jamais le cœur net si tu continues d'essayer de faire entrer Brooks dans la boîte où tu l'avais placé depuis nos treize ans. Cette version de lui est peut-être nouvelle, mais je pense que ça vaut la peine d'apprendre à la connaître.

Vous pouviez compter sur Teddy pour trouver un sens à cette situation clairement absurde.

— Et qu'en est-il de Gus ? demandai-je.

— Quoi donc, Gus ? répondit Teddy d'une voix blasée.

— Brooks est son meilleur ami. Il est pour Gus ce que tu es pour moi et je n'ai pas envie que mon frère perde ça. Et je ne veux pas que Brooks le perde non plus. Les meilleurs amis, ça ne court pas les rues.

— Écoute, commença Teddy, je sais que Gus a toute cette attitude de mec taiseux et farouchement protecteur, mais il ne faut pas que ça t'empêche de faire ce dont tu as envie. Et je suis sûre à quatre-vingt-dix-neuf pour cent que tu as envie de te faire Brooks.

Cette dernière remarque m'arracha un sourire.

— Sérieusement, Emmy. C'est bien de faire entrer un peu de chaos positif dans son monde.

— Peut-être pour toi, lui opposai-je.

Teddy aimait le chaos, mais elle était capable d'y faire face. Elle était championne pour encaisser les coups ou, quand la situation l'exigeait, pour les rendre.

— Pour toi aussi. Écoute, si Gus le découvre et qu'il pique une crise de nerfs, je m'occuperai de lui. Je crois qu'il n'y a pas de mal à apprendre à connaître Luke Brooks un peu mieux.

— Et quand toute cette situation m'explosera au visage ?

— Je te protégerai du cataclysme, promit-elle.

Je lâchai un soupir, mais Teddy resta imperturbable.

— Tu sais, reprit-elle, tu soupires vraiment beaucoup pour une femme qui vient d'avoir la chance de vivre une bonne session de pelotage à l'ancienne avec l'un des hommes les plus sexy du Wyoming.

Teddy avait raison, une fois encore.

— Il est sexy, pas vrai ?

— Oui. Et toi aussi. Vous méritez d'être sexy ensemble. Ne réfléchis pas trop à tout ça, Em, me conseilla-t-elle. S'il s'avère finalement que Luke Brooks est nul – et je n'y crois pas une seconde –, au moins tu en auras tiré une séance de roulage de pelles torride et un burrito.

— Le burrito était bon, précisai-je. Le Bean s'est vraiment amélioré côté cuisine.

— Je sais. Je vais littéralement y déjeuner presque chaque jour.

Teddy travaillait en ville dans une petite boutique de vêtements et elle vendait ses propres créations sur son site Web.

— Je t'aurais bien emmenée là-bas, mais apparemment tu ne quittes l'enceinte du ranch qu'avec Brooks.

— Ce n'est pas vrai.

— Si, ça l'est, mais je vais te laisser tranquille parce que ça ne fait pas très longtemps que tu es de retour. Tant que tu sors un peu de Rebel Blue, ça me va.

— Pourquoi es-tu si favorable à Brooks tout à coup ?

— J'ai mes raisons.

— Je peux les connaître ?

— Nan ! fit-elle avec effronterie. Je dois partir. On se voit vendredi pour boire des coups pour mon anniversaire. Je t'aime !

Quelques minutes après la fin de mon appel avec Teddy, Gus s'arrêta devant mon chalet avec Riley dans son sillage. Riley ne prenait pas toujours la peine de frapper, mais cela ne me dérangeait pas. Il lui fallut à peine trois secondes pour se retrouver allongée près de moi sur mon lit une fois qu'elle eut franchi le seuil.

— Tata, ton chalet est vraiment petit ! Celui de Papa est beaucoup plus grand.

— Eh bien, il faut de la place pour vous deux dans le chalet de ton père. Celui-ci est juste pour moi, répondis-je.

— Tu n'as pas un ami comme Maman ? Il vit avec nous maintenant. Ils vont se marier.

Gus m'avait appris que Camille allait convoler en justes noces. Il était heureux pour elle et je l'étais également. Gus et Cam avaient amené Riley dans nos vies, mais il était évident pour tous, y compris pour eux-mêmes, qu'ils n'étaient pas destinés à vivre une relation amoureuse. C'étaient néanmoins des amis proches et des coparents géniaux.

— Je n'ai pas d'ami de cette sorte, mais c'est bien que ta maman en ait un.

— Papa n'a pas d'amie, lui non plus, dit Riley d'un ton neutre.

Gus s'éclaircit la voix près de la porte.

— Où étais-tu un peu plus tôt ? s'enquit-il. J'ai essayé de te téléphoner.

Comme je ne pouvais pas lui dire que j'étais en train de rouler des pelles à son meilleur ami, je répondis :

— Je suis allée en ville. J'ai pris un café, j'ai passé un peu de temps seule.

— As-tu vraiment besoin de plus de temps seule ?

— Papa, tu as dit que c'était important de passer du temps seule ! intervint Riley. C'est pour ça que je peux te dire quand j'en ai besoin.

— Ouais, *Papa*. Passer du temps seule, c'est important, le taquinai-je.

— Tu as raison, trésor, mais tata Emmy passe du temps seule toute la journée, tous les jours.

Je lui décochai un regard noir. Riley et moi étions toujours allongées sur mon lit. Elle roula sur le côté pour pouvoir me faire face.

— Tata, tu veux que je vienne te voir plus souvent ?

Elle adoptait un ton si sérieux. C'était adorable.

— Maintenant que tu le dis, oui, je crois que j'ai vraiment besoin que tu viennes plus souvent.

Riley déposa un bisou sur sa main puis toucha mon visage. C'était un geste que lui avait appris Gus. Il disait que notre mère avait pour habitude de le faire, mais je n'aurais pas pu le savoir.

— D'accord, je viendrai te voir. Mais je n'amènerai pas Papa, chuchota-t-elle.

J'éclatai de rire.

— Qu'y a-t-il de si drôle par ici ? demanda Gus.

— Rien.

Riley et moi avions répondu en chœur et Gus leva les yeux vers le plafond comme s'il implorait le ciel de lui donner la force de nous supporter. J'adorais l'agacer.

— Enfin bref, reprit-il, je suis seulement venu te dire que nous dînons tous ensemble demain. On dirait bien que Wes va avoir son ranch hôtelier, mais tu sais que Papa n'approuvera pas le projet avant que la question ait été soumise à notre vote.

— Je serai là.

— Bien. Riley, on s'en va. Je dois te ramener chez ta maman.

Je la pressai brièvement contre moi.

— Au revoir, ma belle. Je t'aime.

— Je t'aime, tata !

Elle traversa mon chalet en sautant jusqu'à regagner la porte. Gus posa une main sur son épaule et commença à la guider vers l'extérieur.

— Oh, et Brooks viendra aussi demain, alors, s'il te plaît, essaie de te tenir.

15

Luke

Qu'étiez-vous censé porter, bon sang, quand vous deviez dîner avec la famille de la fille qui vous plaisait, mais que cette famille était aussi celle de votre meilleur ami et que le père de la fille en question était l'homme qui se rapprochait le plus pour vous d'une figure paternelle ?

Jamais je ne m'étais soucié de ma tenue vestimentaire pour me rendre chez les Ryder, ou même de manière générale. Mais cette fois, c'était différent.

Tout semblait différent depuis que j'avais embrassé Emmy.

J'avais encore du mal à croire que ce qui s'était passé dans mon pick-up était réel, ou même que la journée dans son intégralité l'avait été. Je ne pouvais pas chasser de mon esprit l'image d'Emmy riant dans l'eau ou la vision qu'elle m'avait offerte d'elle, étendue sous mon corps.

Foutu. Voilà ce que j'étais : foutu.

J'avais l'impression que j'allais entrer dans la Grande Maison et que tous les mecs de la famille Ryder sauraient immédiatement que j'avais embrassé Emmy, comme si quelqu'un avait écrit J'AI EMBRASSÉ VOTRE SŒUR sur mon front avec un feutre indélébile sans que je le sache.

Je finis par revêtir mon jean le moins usé et un tee-shirt noir uni. Je venais de passer trente pénibles minutes à me triturer le cerveau, et tout cela pour arriver à ce résultat ? Génial.

Je fis le choix de me passer de toute sorte de couvre-chef, ce qui constituait une décision plus importante qu'on n'aurait pu le penser.

Je jetai un rapide coup d'œil à l'écran de mon téléphone. Déjà 18 h 54. Merde. Impossible que j'arrive à l'heure. J'avais peut-être grandi un peu, mais la ponctualité ne serait jamais mon point fort.

J'enfilai mes bottes et quittai ma maison.

Près de quinze minutes me furent nécessaires pour parcourir la distance qui séparait mon allée de gravier de la porte d'entrée de la Grande Maison à Rebel Blue. Je roulai vitres baissées et avec la musique à plein volume pour noyer mes pensées.

J'avais dîné chez les Ryder un million de fois.

Tout irait bien.

Au moment de me garer, je remarquai que le pick-up de Teddy était là, lui aussi. J'étais certain que Gus était aux anges. Wes était dehors avec son chien, Waylon, un gros berger des Pyrénées blanc. C'était vraiment une bonne pâte. Il était entièrement dévoué à Wes et c'était un sacré chien de ferme.

— Salut, mec, me lança Wes.

— Salut.

Waylon trotta jusqu'à moi et lâcha sa balle de tennis à mes pieds. Je la ramassai et la propulsai vigoureusement au milieu des arbres. Il s'élança à la vitesse de l'éclair.

— Seulement dix minutes de retard, remarqua Wes. Impressionnant.

Je lui adressai un petit sourire et haussai les épaules. Par chance, j'avais toujours été peu loquace. Rien d'étrange à ce que je ne l'abreuve pas de paroles.

— Pourquoi n'es-tu pas à l'intérieur ?

— Le dîner ne sera pas prêt avant 19 h 30 et Waylon n'arrêtait pas de geindre à côté de la porte.

— Vous avez fait exprès de m'indiquer cette heure-là pour que je ne sois pas en retard, pas vrai ?

Wes se contenta de sourire. Les Ryder connaissaient bien ma manière d'appréhender les horaires.

Gus était mon meilleur ami, mais j'étais proche de Wes également.

Le même écart d'âge me séparait de l'aîné et du cadet, et nous passions donc tous trois beaucoup de temps ensemble. Ils étaient si différents l'un de l'autre, cependant. Parfois, il était difficile de croire qu'ils faisaient partie de la même famille, mais l'un de leurs dénominateurs communs était l'amour qu'ils portaient à leur petite sœur. Ils en faisaient seulement la démonstration de manière différente.

— Waylon ! cria Wes. On rentre !

Une peluche blanche sortit des arbres à la vitesse d'un boulet de canon, et je suivis Wes à l'intérieur de la maison.

Dès mon entrée, des odeurs de cuisine frappèrent mes narines. Je salivais déjà, et pourtant je n'avais pas encore vu Emmy.

J'entendis le bruit de petits pas s'approcher en courant de la porte d'entrée.

— Tonton Brooks ! s'exclama Riley tout en me sautant dans les bras.

Je la soulevai plus haut que mes épaules et lui fis faire un petit bond en l'air. Elle poussa un cri d'enthousiasme.

— Hé, et moi, petite fripouille ? protesta Wes.

Elle avait couru directement vers moi en l'ignorant royalement. J'adorais cette gamine.

— Toi, je t'ai déjà vu, rétorqua Riley.

Nous nous dirigeâmes vers l'arrière de la maison. Gus était occupé à mettre le couvert et Amos s'activait en cuisine. Rebel Blue employait une cuisinière, Ruby, qui préparait le petit déjeuner et le déjeuner pour tout le monde au ranch. Un réfrigérateur et un garde-manger étaient accessibles aux employés qui recevaient une allocation hebdomadaire pour payer leurs courses, étant donné que leurs chalets étaient pourvus de cuisines. Ruby laissait de quoi dîner ou des restes à Amos, mais il préférait généralement préparer ses propres repas. Il aimait cuisiner.

— Salut, Luke, me lança-t-il depuis la cuisine. Content que tu aies pu venir.

— Je n'aurais raté ça pour rien au monde. Ça sent divinement bon, ici.

— Poulet à l'étouffée, purée de pommes de terre et légumes verts, voilà le menu !

— J'avais proposé un rôti de bœuf, intervint Gus.

— Mais Emmy ne mange pas de viande rouge, pas vrai ? fis-je sans réfléchir.

Merde. Étais-je censé le savoir ? L'avais-je toujours su ? Était-il étrange que je le sache ?

— Non, en effet, et Gus devrait le savoir, répondit Amos. De plus, il devrait probablement arrêter de manger du bœuf à chaque repas.

Il décocha un regard sévère à Gus.

— Tu prends de l'âge et ton taux de cholestérol n'est plus ce qu'il était.

Je réprimai un rire.

— J'ai trente-quatre ans ! s'exclama Gus.

— Papa, tu es si *vieux* que ça ? s'étonna Riley.

Tout le monde éclata de rire à l'exception de Gus.

À cet instant, la porte coulissante de l'arrière de la maison s'ouvrit et Emmy fit son entrée. C'était une bonne chose que je tienne encore Riley, car autrement je serais certainement tombé à genoux.

Elle était magnifique. Je me demandais si un jour elle cesserait de propulser mon rythme cardiaque à des niveaux stratosphériques en une seconde chrono.

Ses cheveux étaient tirés en arrière, dégageant son visage. Elle portait un vieux sweat-shirt ras du cou délavé des Broncos[1] et un

1. Équipe de football américain de Denver.

short en jean. Je crois que c'était la première fois depuis son retour qu'elle ne portait pas de bottes, seulement une paire de sandales qu'elle fit glisser de ses pieds une fois le seuil franchi.

— Salut, ma puce ! cria Amos depuis la cuisine.

Emmy lui adressa un simulacre de salut militaire. Il lui fallut une seconde pour remarquer notre présence, mais quand ce fut le cas, ses yeux s'arrêtèrent sur Riley et moi un instant de trop.

Une étrange sensation naquit dans ma poitrine quand elle me regarda.

Peut-être avais-je besoin de cachets contre les brûlures d'estomac, qui sait. Je vis du coin de l'œil Teddy franchir la porte coulissante, mais mon attention était encore rivée sur Emmy, qui serrait Wes dans ses bras. Quand je la détournai d'elle, je remarquai que Teddy m'observait avec un air satisfait.

C'était la deuxième fois qu'elle me surprenait à mater celle que je n'aurais pas dû mater.

— Salut, Brooks, lança-t-elle sans chercher à dissimuler son amusement.

— Teddy.

— Tu es très beau, remarqua-t-elle. Y a-t-il une raison particulière pour que tu aies choisi d'abandonner le tee-shirt et le chapeau miteux que tu aimes tant ?

Impitoyable. Teddy était impitoyable.

— Y a-t-il une raison particulière pour que tu continues à ne pas respecter ton bannissement à vie de Rebel Blue ? intervint Gus avant que Teddy ait pu balancer un autre missile dans ma direction.

— Ouais, c'est pour mener à bien ton meurtre pendant ton sommeil.

Teddy avait changé de ton pour adopter sa voix écœurante de douceur – celle qu'elle réservait uniquement aux insultes.

— J'aimerais rappeler à tout le monde qu'il y a de jeunes oreilles parmi nous, dit Emmy.

Elle se tenait près de Wes, les bras croisés sur la poitrine. Elle fusillait Teddy du regard et donnait l'impression d'essayer de l'engueuler par télépathie.

Vu comment ces deux-là étaient proches, je n'aurais pas été surpris que Teddy puisse l'entendre.

— Papa, commença Riley, ça veut dire quoi « un meurtre » ?

— Non, une *meute*, Riley. Ça veut dire une bande de loups, trésor. On dit un troupeau de bétail, mais une meute de loups, répondit Gus dans l'instant.

Bon sang, ses réflexes étaient sacrément aiguisés.

— Pourquoi Teddy veut mener des loups à toi pendant que tu dors ? demanda Riley.

— Parce que Teddy se croit drôle.

— Teddy *est* drôle, asséna Riley avec beaucoup d'assurance pour une enfant de quatre ans.

Tout le monde dans la pièce rit de nouveau aux dépens de Gus. On aurait dit qu'il venait de subir la plus ignoble des trahisons.

Amos claqua des mains dans la cuisine pour obtenir l'attention de tous.

— Sur ce, je vous propose de manger. Chacun vient chercher un plat pour l'apporter à table.

Je reposai Riley et elle détala pour rejoindre Amos. Il lui tendit la salade. Je commençai à avancer, mais Emmy percuta mon épaule. Le contact de son corps me figea net. Quand je baissai les yeux vers elle, elle m'adressa un petit sourire.

— Salut, dit-elle.

— Salut.

Elle noua son petit doigt au mien durant une demi-seconde avant de poursuivre son chemin vers la cuisine, où elle s'arrêta à côté de son père, tourna ses paumes vers le ciel et dit :

— Envoie les patates, Papa.

Amos lui tendit un énorme saladier de purée de pommes de terre. Son plat préféré.

Visiblement, j'avais mémorisé au fil des ans bien plus d'informations que je ne le croyais au sujet d'Emmy.

Nous nous assîmes tous à nos places habituelles autour de la table. J'étais à côté de Wes, qui était près de Riley. Emmy était face à moi et Teddy avait pris place sur sa droite. Amos et Gus s'installèrent chacun à un bout de la table. Il était physiquement impossible pour moi de ne pas regarder Emmy. J'espérais que personne ne remarquerait les sourires niais que nous ne pouvions nous empêcher de nous adresser toutes les cinq minutes.

Nous discutâmes tous ensemble pendant un moment. Gus communiqua à Amos les dernières nouvelles concernant les activités du ranch : les estimations de dates pour la mise en balles du foin, le nom des employés du ranch restant pour l'hiver, et la saison du vêlage. Wes avait des informations à propos de l'irrigation et des clôtures.

— Emmy, commença Amos, comment ça se passe aux écuries ? Maple est bien installée ?

— Oui, elle va bien. La vétérinaire va venir dans les prochaines semaines pour le bilan de santé de fin d'été de tous les chevaux. Elle s'occupera de ceux qui sont en pension également.

— Y a-t-il des points dont nous devrions nous soucier ?

— La peau de Whiskey est très sèche, donc j'ai commencé préventivement à lui donner des aliments riches en protéines.

Whiskey avait appartenu à la mère d'Emmy. Elle était âgée mais encore en bonne santé.

— Bien. Autre chose ?

— Non, rien. Brooks fait du bon boulot là-bas. Tous sont bien soignés.

Il s'agissait d'un compliment assez sommaire, mais venant d'Emmy il me donna l'impression que je venais de remporter un prix Nobel.

Amos dirigea son attention vers moi.

— D'autres points particuliers à signaler, Luke ?

— Non, monsieur Ryder. Le dernier cours d'équitation de l'été aura lieu samedi et nous les déplacerons dans le manège couvert en novembre, dis-je en butant sur les premiers mots.

— Bien. Teddy, je suppose que tu n'as pas de nouvelles particulières pour moi ? demanda Amos, afin que personne ne soit exclu de la conversation.

Gus lâcha un grognement.

— Aucune qui soit directement en lien avec le ranch, répondit Teddy en souriant.

Je vis Emmy frapper la jambe de Teddy sous la table. Amos les observa toutes deux un instant, visiblement perplexe, mais passa rapidement à autre chose.

— Très bien. Vous savez tous que nous sommes ici parce que nous envisageons sérieusement l'ajout d'un ranch hôtelier à Rebel Blue. Quelqu'un s'oppose-t-il à ce projet ?

Les trois enfants Ryder firent non de la tête.

Wes afficha un sourire radieux.

— Weston, dit Amos en usant de sa plus belle voix de propriétaire de ranch, c'est ton projet. Tu te dois de présenter à August, Clementine et moi un budget et une proposition détaillée pour la fin de la semaine prochaine. Entendu ?

— Entendu, répondit Wes.

On pouvait pratiquement voir l'enthousiasme irradier de son corps. Amos hocha gravement la tête.

— Si les chiffres ne collent pas, on ne le fait pas. Si ça tient la route, on attendra de toi que tu gères ce projet du début à la fin. Es-tu prêt ?

— Oui, Papa. Je suis prêt.

Il n'y avait pas le moindre doute dans mon esprit : Wes allait assurer comme un chef.

— Très bien.

Amos saisit sa bière.

— Trinquons au ranch hôtelier Rebel Blue !

Tout le monde leva son verre pour trinquer, y compris Riley, qui brandit son jus de raisin.

— Hé, Teddy, commença Wes, tu penses que tu peux m'aider à trouver quelqu'un pour effectuer le travail d'aménagement de l'ancienne Grande Maison ?

— Tu sais que je conçois des vêtements, pas vrai ? Pas des maisons.

— Sans blague ? Mais tu es, euh, dans la création, avec plein de contacts et tout ça. Toute personne que tu pourrais me conseiller sera forcément meilleure que n'importe qui que je trouverais moi-même. Je veux que cet endroit soit unique.

Teddy réfléchit à la question quelques secondes.

— Ouais, à vrai dire, je connais quelqu'un qui pourrait être vraiment génial pour un projet comme ça. Laisse-moi la contacter et voir si elle pourrait être intéressée. Quand veux-tu commencer ?

— Sauf contretemps concernant ma proposition, dit Wes avec un coup d'œil entendu du côté de Gus, ce sera après la saison du vêlage.

— Ça marche, je te tiens au courant.

— Merci, Teddy.

Le reste du dîner se passa agréablement. À présent que tous les sujets ayant trait au travail avaient été évoqués, la conversation allait bon train. Après le dessert, le célèbre *peach cobbler* d'Amos – une sorte de crumble –, nous migrâmes vers le salon. Emmy et moi nous retrouvâmes sur le même canapé, un détail qui n'échappa certainement pas au regard vigilant de Teddy. Je dus faire appel à toute ma concentration pour ne pas la toucher.

Lorsque l'horloge de l'entrée sonna 21 h 30, Gus se leva de son siège. Riley dormait déjà contre lui, ses bras noués à son cou.

— Nous ferions mieux de partir pour que je puisse glisser cette petite personne dans son lit. Merci pour le dîner, Papa.

Amos échangea une poignée de main avec Gus au moment où celui-ci passa près de sa chaise pour regagner l'entrée.

Quelques minutes plus tard, Teddy se leva pour partir.

— Teddy, j'ai gardé des plats pour ton père. Ils sont dans le frigo. Il y a suffisamment à manger pour lui et pour l'infirmière qui l'aide ce soir, dit Amos.

— Merci, monsieur Ryder. Je sais que cela lui fera plaisir.

Je connaissais peu de choses au sujet du père de Teddy, mais je savais qu'Amos et lui étaient amis depuis longtemps. Tous deux étaient des pères célibataires qui essayaient de faire en sorte de réussir pour leur famille.

— Dis-lui que je viendrai le voir samedi, d'accord ?

— Je transmettrai.

— Wes, aide donc Teddy à porter toute la nourriture jusqu'à sa voiture.

Wes, qui était étendu sur le sol avec son chapeau de cow-boy rabattu sur le visage, laissa échapper un soupir et roula sur le côté avant de se relever.

— Tu n'en ferais pas un peu trop ? s'enquit Emmy en riant.

— J'étais presque endormi là-dessous, déclara Wes en bâillant.

Emmy se leva et serra Teddy dans ses bras avant que celle-ci gagne la cuisine avec Wes puis que tous deux rejoignent l'extérieur.

Teddy lui disait quelque chose à propos d'une architecte d'intérieur qu'elle connaissait.

— Je ferais mieux de regagner mon chalet, moi aussi.

Emmy déposa un baiser sur la joue de son père.

— Luke, veille à ce qu'Emmy rentre bien, d'accord ?

Je lançai un regard perdu à Emmy. Elle aussi avait l'air de ne pas savoir comment réagir à ces mots.

— Papa, ce n'est qu'à cinq cents mètres, fut la réponse pour laquelle elle opta.

— Il fait nuit noire dehors, et je ne suis pas allé dans le coin pour ajouter des éclairages solaires le long du chemin. Accorde à ton vieux père un peu de tranquillité d'esprit, tu veux bien ? Ça ne dérange pas Luke. Pas vrai ?

— Pas du tout, monsieur Ryder.

— Bien, répondit Amos.

Emmy arborait une expression que je n'arrivais pas à déchiffrer. Elle semblait… nerveuse, peut-être ?

— Passe une bonne nuit, Luke. Bonne nuit, ma puce.

— Bonne nuit, Papa.

Emmy et moi rejoignîmes la porte coulissante. Je l'ouvris pour elle, et elle fut la première à se glisser à l'extérieur. Nous marchâmes une minute dans un parfait silence avant que je noue mes doigts aux siens et presse légèrement sa main.

Elle pressa la mienne en retour.

— Tu as passé une bonne soirée ? lui demandai-je.

— Oui, mon premier dîner en famille depuis mon retour. Ça m'avait manqué.

— Ton père irradiait de bonheur ce soir. Je crois que tu lui as manqué aussi.

Elle garda le silence un instant. Peut-être n'était-ce pas la chose à dire ?

— Je peux te poser une question ? finit-elle par dire.

— Vas-y, envoie.

— J'ai l'impression que je dois d'abord préciser que je ne te demande rien... mais qu'est-ce que ça représente, tout ça, pour toi ? Es-tu seulement en train de t'amuser avec la petite sœur de ton meilleur ami ?

Je dus fournir un effort considérable pour ne pas laisser ces paroles me blesser. Le fait est que je ne savais pas comment m'y prendre. Je ne savais pas comment donner à Emmy ce dont elle avait besoin ou comment vivre une relation, de quelque nature qu'elle soit. Parce que je n'en avais jamais vécu jusque-là.

Je n'avais jamais eu envie d'essayer, mais avec Emmy tout était différent.

Et cela me fichait une trouille bleue.

— Mon Dieu, non. Emmy, je ne te ferais jamais une chose pareille et je ne verrais jamais en toi une personne avec laquelle je pourrais simplement m'amuser. J'ai envie de passer du temps avec toi. D'accord ?

Mes paroles se heurtèrent de nouveau à un épais silence.

Nous approchions de son chalet. Je pouvais apercevoir la lumière de son perron.

Elle ne dit mot jusqu'à ce que nous nous trouvions devant sa porte.

— D'accord, fit-elle à mi-voix. J'ai envie de passer du temps avec toi, moi aussi.

— Je suis sérieux, Emmy. J'ignore à quel moment le déclic s'est produit, mais je t'apprécie beaucoup. Je t'apprécie bien plus que je ne le devrais, bon sang, et je sais que nous ne devrions pas faire ça parce qu'un million de choses pourraient mal tourner, mais c'est si *bon* d'être avec toi.

Elle leva la tête vers moi.

— D'accord.

— Bien.

Je plaçai mes jointures sous son menton pour faire basculer sa tête en arrière et embrasser son front.

Emmy se blottit entre mes bras et je la tins serrée un instant. Elle semblait parfaitement à sa place, comme si elle était faite pour se lover contre moi. J'aimais à penser que c'était le cas. Je voulais lui dire combien elle comptait à mes yeux, combien les dernières semaines avaient compté à mes yeux, mais je ne pouvais pas. Pas encore.

Pas alors que j'avais l'impression que tout cela pouvait me glisser entre les doigts à tout moment. Elle pourrait se réveiller demain et décider que je n'étais rien de plus que le gamin perturbé qu'elle connaissait à l'époque et que je n'en valais pas la peine.

Je ne savais même pas si elle prévoyait de rester à Meadowlark. Elle était capable de reprendre la route pour Denver avant même que j'apprenne qu'elle était partie.

Et Gus pourrait me tuer s'il découvrait ce qui se passait entre nous. C'était une éventualité.

— Je devrais aller me coucher, dit-elle. J'ai besoin de me reposer avant la soirée d'anniversaire de folie de Teddy Andersen demain.

Je gloussai à ces mots mais n'avais pas envie de la laisser partir.

— Teddy ne fait jamais rien à moitié, pas vrai ?

Emmy secoua la tête.

— Je te verrai samedi ? Je viens pour la leçon de Riley.

— D'accord, acquiesçai-je.

Je n'étais pas prêt à ce que ce moment prenne fin. J'avais tellement envie d'elle. Cela m'avait rendu fou de ne pas pouvoir être à ses côtés durant toute la soirée. Elle était si parfaite dans son petit short en jean. C'était comme si tout chez elle avait été conçu pour me faire perdre la tête.

Emmy s'écarta, ouvrit la porte d'entrée et se retourna vers moi.

— Je t'apprécie aussi, Luke.

Ces mots me percutèrent assez violemment pour chasser tout l'air de mes poumons.

— Bonne nuit.

Je fus incapable de retrouver l'usage de la parole assez rapidement.

— Bonne nuit, répondis-je.

Mais seulement quelques secondes après qu'elle eut refermé la porte.

Bien joué.

Je tournai les talons et me mis à marcher vers la Grande Maison dans une sorte d'état second. Je m'arrêtai et levai les yeux vers l'immense ciel nocturne du Wyoming. C'était incroyable combien il y avait d'étoiles là-haut.

Je n'arrivais pas à croire que l'univers soit si vaste et que j'aie été placé sur le même caillou flottant que Clementine Ryder.

Avant même de savoir ce que je faisais, je fis volte-face et repris le chemin du chalet d'Emmy aussi vite que possible.

Je la voulais, et que le diable m'emporte si je la laissais s'éloigner de moi.

16

Emmy

Dire au revoir à Brooks était une bonne décision. Une décision avisée. Après avoir passé la soirée à le mater, ça relevait franchement du miracle que je n'aie pas essayé de lui arracher ses vêtements une fois franchie la porte de la maison.

La première chose que j'avais vue en entrant dans la Grande Maison avait été Brooks tenant mon trésor de nièce entre ses bras gigantesques. Mon horloge biologique n'avait aucune chance de s'en sortir indemne.

Sans parler de ses cheveux. On aurait pu imaginer que quelqu'un qui aimait tant les couvre-chefs cachait un front dégarni ou quelque chose de la sorte, mais non. Il avait une chevelure bien fournie et était tout aussi beau sans chapeau que lorsqu'il en portait un.

Ce n'était pas un secret que Brooks me faisait fondre avec sa casquette de base-ball à l'envers, mais pouvoir voir sa masse de cheveux bruns avait fait mon bonheur ce soir.

Que je salive devant le physique de Brooks ? C'était attendu. C'était ce que je faisais depuis toujours, même lorsque je ne l'appréciais pas. Que Brooks me dise qu'il m'aimait bien ? Ça, c'était inattendu. Que je le croie ? Également inattendu, mais pas malvenu.

L'expression de son visage quand il l'avait dit était si intense et sincère. Impossible que je puisse ne pas le croire.

Avais-je fait une bêtise en le laissant s'en aller ce soir ? Ç'aurait pu être l'un de ces moments charnières. Ceux qui semblent insignifiants mais s'avèrent décisifs. Ceux qui changent le cours des choses et le chemin que vous suivez.

Je voulais cela. Un nouveau chemin.

Je le voulais, lui.

Je ne réfléchis pas avant de rouvrir brusquement ma porte d'entrée, prête à m'élancer pour le rejoindre.

Mais je trouvai Brooks à l'endroit précis où je l'avais laissé. Toutefois, sa poitrine se soulevait au rythme de son souffle court, comme s'il était parti avant de revenir en courant. Et son bras était levé, prêt à frapper à la porte.

Nous nous observâmes mutuellement, et je décidai que ce moment était le bon. Ce n'était pas le même que celui qui se serait produit si je ne lui avais pas fermé la porte au nez, mais c'était un moment meilleur encore – un moment pour lequel nous avions tous les deux fait le choix de revenir l'un vers l'autre.

C'était la pensée qui agitait mon esprit au moment où Brooks dit :

— Je ne peux plus rester loin de toi.

Il avança d'un pas, prit mon visage entre ses mains et m'embrassa avidement. Quand ses lèvres se trouvaient sur les miennes, je ne pouvais plus penser du tout.

Je serrai dans mes poings le tissu de son tee-shirt et essayai de me tenir aussi près de lui qu'il était humainement possible. Il me fit franchir de nouveau le seuil de mon chalet et je le laissai faire. Je mourais d'envie de découvrir où cela nous mènerait.

Une fois que nous fûmes tous deux à l'intérieur, il referma la porte du talon. Ses paumes quittèrent mon visage pour venir glisser sur mon corps – d'abord le long de mon cou puis sur mes seins et autour de ma taille avant de passer sous mes cuisses pour me soulever du sol. Je nouai les jambes autour de lui.

Il nous fit tourner sur nous-mêmes, de sorte que mon dos se plaque contre la porte d'entrée. Sa langue était dans ma bouche, prenant encore et encore. Je voulais qu'il prenne tout. L'un de mes poings quitta son tee-shirt pour se plonger dans son épaisse chevelure.

Mon Dieu, que j'avais envie de lui.

Au prix d'un certain effort, je m'écartai de ses lèvres. Mais cela n'entama en rien sa détermination. Il les déplaça simplement vers ma gorge et commença à m'embrasser à cet endroit. Je ne pus m'empêcher de laisser échapper un petit gémissement. C'était comme s'il savait exactement où me toucher.

— Luke..., lâchai-je dans un souffle.

Il ne me répondit pas, se contentant de resserrer son étreinte sur mes fesses. Ses mains avaient changé de place. Elles n'étaient plus sur mais sous mon short. Sa peau frottait contre la mienne et la sensation était enivrante.

— Luke, répétai-je.

Cette fois-ci, il s'écarta un peu. Un brasier brûlait au fond de ses yeux.

— Tu veux que j'arrête ? demanda-t-il.

— Non, je..., bafouillai-je. Je ne veux pas que tu t'arrêtes. Je veux tout.

La lueur dans son regard se fit plus ardente.

— Tu en es sûre ?

— Certaine.

Et c'était vrai. Je ne savais pas à quand remontait la dernière fois que j'avais éprouvé une telle certitude.

— Je n'ai pas de préservatif avec moi.

Comment ? Ainsi Luke Brooks n'emportait-il pas partout avec lui une boîte de préservatifs format industriel ? Quelle déception !

— J'ai un stérilet, dis-je. Et j'ai eu un rendez-vous chez le médecin quelques jours avant de quitter Denver. Tout va bien de mon côté.

— Du mien aussi.

Dieu soit loué.

— Tu en es sûre ? insista-t-il une nouvelle fois. Je ne veux pas te pousser à le faire.

— Ce n'est pas le cas, lui assurai-je. J'en ai envie. J'ai envie de *toi*.

J'encadrai son visage de mes mains tout en prononçant ces paroles, et sa barbe naissante vint picoter mes paumes de la plus merveilleuse des façons.

— Si tu changes d'avis à n'importe quel moment, tu me le dis immédiatement, d'accord ?

Il tourna la tête pour déposer un doux baiser au creux de mes poignets.

— Ça n'arrivera pas.

— Promets-moi que tu me le diras si tu changes d'avis.

Sa voix était ferme. J'adorais ça.

— Je te le dirai.

Il prit une profonde inspiration, comme si m'entendre prononcer ces mots venait de pulvériser le peu de contrôle qu'il avait encore sur lui-même.

— Mon Dieu, Emmy, j'ai tellement envie de te faire mienne, putain.

— Alors fais-le, répondis-je.

Il n'y réfléchit pas à deux fois. Il écrasa de nouveau sa bouche sur la mienne et commença à avancer vers mon lit.

J'étais grande et la plupart des hommes avec lesquels j'avais couché n'étaient pas beaucoup plus grands que moi. Je ne savais pas que cela avait de l'importance à mes yeux jusqu'à ce que je sois avec Luke. La façon dont il était capable de me soulever et de me manipuler était carrément sexy.

Avant que nous rejoignions mon lit, il me reposa.

— Déshabille-toi, lança-t-il.

Sa voix basse et rauque me fit l'effet d'un éclair me traversant tout entière.

— Je veux te regarder.

Il recula de quelques pas et je pus distinguer que la toile de son jean était tendue.

Voir qu'il me désirait m'emplit d'une confiance en moi que je n'avais pas en temps normal.

Je commençai par mon sweat-shirt. Je portais un débardeur en dessous, mais pas de soutien-gorge.

— Retire ton tee-shirt, ordonnai-je alors à Brooks.

Ma voix était haletante, presque méconnaissable. Brooks s'exécuta immédiatement et enleva son haut noir. Les muscles durs de son abdomen et de son torse étaient légèrement ombrés d'un duvet noir. C'était cliché, mais jusqu'à ce moment-là je n'avais couché qu'avec des garçons. Luke, lui, était un homme.

— Continue, Emmy, dit-il. Laisse-moi te contempler.

Je déboutonnai mon short et le fis glisser le long de mes jambes. Je repensai à notre baignade dans la source. J'étais alors si nerveuse à l'idée de me délester de mes vêtements et de me retrouver en maillot de bain.

À présent, j'avais hâte que Brooks voie tout de moi.

J'ôtai mon débardeur et entendis Brooks laisser échapper un grognement sourd. Je n'avais jamais compris le sens de la phrase « son regard s'assombrit » qui figurait dans tous les romans que Teddy m'avait prêtés jusqu'à cet instant.

La façon dont il me dévorait des yeux était torride.

Il commença à avancer vers moi, mais je tendis mon bras pour l'arrêter. Ce qu'il fit aussitôt.

— Ton pantalon. Je veux que tu l'enlèves.

Les grandes mains de Brooks se portèrent sur sa ceinture et sa mâchoire se contracta.

— C'est le dernier ordre que tu me donnes.

Nom d'un chien, je savais qu'il serait comme ça dans l'intimité.

— Je suis aux commandes ce soir. Tu comprends ?

Il dégageait une telle intensité et je craignais trop que ma voix ne tremble pour lui répondre. J'acquiesçai d'un hochement de tête. J'avais envie qu'il contrôle la situation. J'avais toute confiance en lui pour prendre soin de moi.

— Je t'ai posé une question, chérie.

Il n'allait pas me laisser m'en tirer avec un simple geste.

— Ou... oui. Je comprends.

— Bien.

Il défit sa ceinture et baissa son pantalon. Son membre tendait le tissu de son slip noir.

— Arrête de la regarder comme ça, chérie.

Je reportai aussitôt mon attention sur son visage.

— C... comme quoi ?

— Comme si tu voulais te mettre à genoux pour la prendre dans ta bouche.

Bon sang. Je passai la langue sur mes lèvres tout en le dévisageant.

— Ça te plairait, chérie ?

Ça me plairait. Ça me plairait carrément.

J'acquiesçai.

Il se rua sur moi dans l'instant, refermant ses doigts sur mon cou et me dévorant de baisers. Il me souleva du sol une nouvelle fois avant de s'asseoir sur mon lit de sorte que je le chevauche.

Je pouvais sentir son érection à travers ma culotte bleue, qui était si mouillée que c'en était presque gênant.

J'ondulai alors et il lâcha un grognement.

— Bordel. Tu es si parfaite...

Je ne pouvais m'empêcher de continuer à aller et venir contre lui tout en regrettant qu'il y ait quelque chose entre nos deux corps, mais je n'avais pas envie d'arrêter. C'était si *bon*. J'étais probablement capable d'atteindre l'orgasme ainsi. Il faisait courir ses mains sur mon dos.

— C'est bon, chérie ? demanda-t-il, le souffle court. De te frotter à ma queue ?

— Oui, répondis-je en gémissant.

Sa bouche quitta la mienne et il me mordit la clavicule. Je lâchai un petit cri et il apaisa la douleur d'une caresse de sa langue.

— Ne t'arrête pas, Emmy. Fais-toi jouir.

Eh bien, puisqu'il le proposait... Je me mis à accélérer mes mouvements.

La friction était délicieuse. Je plaçai mes paumes sur ses épaules pour assurer mon équilibre. Mon Dieu, je ressentais tant de choses simultanément. Je ne me souvenais pas de la dernière fois où j'avais été si excitée.

Ou de la dernière fois où je m'étais sentie si désirée.

— C'est ça, chérie. Continue.

Les mots d'encouragement de Brooks me stimulaient. Tout comme sa main qui pétrissait mes fesses et l'autre ma poitrine.

— Tu es si parfaite, putain. Je peux sentir comme tu es mouillée.

J'étais si proche de l'extase. J'accélérai le rythme, poursuivant ce qu'il m'offrait d'atteindre. Lorsqu'il me gratifia d'une petite claque sur le postérieur, toute notion de rythme me quitta et je me mis à le chevaucher en m'abandonnant totalement.

— Je sais que tu es tout près. Allez, chérie, laisse-moi te voir jouir.

Quelques secondes de plus et je craquai de partout. Mon corps fut ravagé de secousses, tandis que le plaisir inondait mes veines. Jamais je n'avais connu un si puissant orgasme et ni lui ni moi n'avions même retiré nos sous-vêtements.

Je baissai les yeux vers Brooks et découvris son regard rivé sur moi. Il referma ses doigts dans mes cheveux et m'embrassa en un baiser ardent, fougueux.

— Tu es si belle quand tu jouis.

Il se leva et me jeta sur les draps. Littéralement.

— J'ai hâte d'assister encore à ce spectacle, dit-il.

Il se mit debout au pied de mon lit et retira enfin son slip. Sa verge jaillit. Au toucher, j'avais pu saisir qu'il était imposant, mais le voir de mes propres yeux, c'était une autre histoire. J'avais hâte qu'il soit en moi. Il me rejoignit et remonta le long de mon corps.

La façon dont ses muscles se tendaient alors qu'il se maintenait au-dessus de moi suffit presque à me faire basculer de nouveau. Il fit halte à hauteur de mon ventre pour tracer un chemin du bout de sa langue depuis mes côtes jusqu'à mes seins.

Il dessina des cercles autour de la pointe de mon mamelon gauche et mon dos se cambra sur le lit. Il le mordit délicatement avant de passer au droit. Il continua de passer de l'un à l'autre, tandis que l'une de ses mains progressait plus bas.

Il caressa mon clitoris de son pouce pardessus ma culotte et je sursautai. Je pouvais percevoir son sourire satisfait contre ma poitrine.

— Encore sensible, chérie ?

— Un peu, lâchai-je dans un souffle.

Il répondit en écartant ma culotte sur le côté et en introduisant un doigt en moi. Nous lâchâmes tous deux un petit grognement.

— *Bon sang,* tu es si mouillée. C'est pour moi tout ça ?

Je laissai échapper un son qu'il dut à juste titre interpréter comme une approbation de ma part car il introduisit un autre doigt. Le son de sa main allant et venant avait quelque chose d'obscène.

Entre ses doigts en moi et sa bouche sur mes seins, j'étais véritablement près de jouir une deuxième fois. Je n'avais jamais connu ça avant. Je ne savais pas comment gérer cette situation.

Il fit courir sa langue le long de mon cou avant de m'embrasser de nouveau. Quand il s'écarta, il se retira de mon intimité et ne plus le sentir provoqua en moi une douloureuse sensation de perte. Il se redressa. Dominant mon corps du sien et plongeant ses yeux droit dans les miens, il porta ses doigts à sa bouche pour les sucer.

Il ferma les paupières comme s'il se délectait du goût. Puis il les sortit de sa bouche dans un claquement sonore.

— Tu veux goûter ? me proposa-t-il.

Être avec Luke était érotique et libérateur. Jamais jusqu'alors je n'avais fait une chose pareille.

À ma grande surprise, j'acquiesçai d'un hochement de tête.

Il enfonça ses doigts en moi et effectua quelques va-et-vient. Mon dos s'arqua et mon corps se mit à onduler de son propre chef, mais il les retira de nouveau. Mon Dieu, il était si contrariant.

Il les essuya sur mes lèvres avant de les glisser dans ma bouche.

— Suce.

Je le fis. Je suçai mon propre fluide sur sa peau sans retenue.

— C'est bien.

L'onde de chaleur qui me submergea me décontenança.

— Ton goût est divin, dit-il. Il m'en faut plus.

Il se glissa de nouveau plus bas, se plaçant entre mes jambes et passant l'une et l'autre par-dessus ses épaules. Il m'écarta les cuisses, dévoilant tout ce qu'il y avait de plus secret en moi comme s'il se préparait à un véritable festin.

— Luke..., commençai-je.

— Ouais, chérie ?

— Tu n'as pas à faire ça, dis-je, sentant le manque d'assurance qui parfois s'insinuait en moi durant l'amour commencer à dresser son affreuse tête.

— De quoi parles-tu ? De lécher ta petite chatte parfaite ? demanda-t-il.

Il leva les yeux vers moi, toujours niché entre mes jambes, et j'aurais aimé pouvoir prendre une photo de cet instant. Je me sentis rougir. Je m'étais déshabillée pour lui, je m'étais frottée contre sa queue jusqu'à atteindre l'orgasme et j'avais sucé mon propre jus sur ses doigts, mais ça, ça me faisait rougir ?

— Ou... oui, ça.

— J'en ai envie. Terriblement. Mais je ne le ferai pas si cela te met mal à l'aise.

— Ce... ce n'est pas ça.

Il scruta mon visage, attendant que je poursuive, mais je n'en fis rien.

— Parle-moi, chérie.

— Je... je n'ai ja... jamais joui de cette façon, alors c'est juste que ça n'en vaut pas la peine.

Les hommes avec lesquels j'avais été l'avaient fait comme si l'exercice constituait le dernier arrêt au stand avant de pouvoir conclure, et cela m'avait toujours coupé toute envie.

— Ça n'en vaut pas la peine ?

Il semblait... en colère ?

— Je ne sais pas avec quel genre de mecs tu as couché, chérie, mais dévorer ton parfait petit sexe en vaudra toujours la peine pour moi.

Je déglutis difficilement, et une nouvelle onde de chaleur m'engloutit.

— Tu sais quoi ? Si ça te va, je te propose de me laisser te baiser avec ma langue pendant quelques minutes et, si cela ne te fait aucun effet, on passera à autre chose. D'accord ?

Voilà une proposition qui semblait... raisonnable.

— D'accord, acquiesçai-je.

Même si je savais que cela me laisserait insensible. Il en avait toujours été ainsi.

— Passe-moi un oreiller et soulève tes hanches.

Je m'exécutai. Il glissa le coussin sous moi. Luke ne me quitta pas des yeux pendant qu'il baissait la tête et faisait courir longuement sa langue sur ma fente. Puis il commença à faire exactement ce qu'il avait annoncé : il me dévora.

Il introduisit de nouveau son index et son majeur en moi, tandis que sa bouche se livrait à d'expertes caresses sur mon clitoris. Il utilisa le bout de sa langue pour reproduire la pression que j'avais ressentie lorsque je m'étais frottée contre lui. Entre cela et ses doigts, de délicieuses sensations remontaient le long de ma colonne vertébrale.

Ça ne m'était jamais arrivé.

Bon sang.

Généralement, je jouissais en chevauchant mon partenaire, de sorte à pouvoir diriger mon plaisir – ou je n'atteignais tout simplement pas l'orgasme et je me satisfaisais toute seule plus tard.

Luke poursuivait inlassablement ses caresses. Cet homme s'était fixé une mission et rien n'aurait pu l'arrêter. Mes mains se perdaient dans ses cheveux – l'un des endroits où elles préféraient être, manifestement –, je me déhanchai et tout ce que je ressentais me semblait trop intense. Je savais que je poussais des gémissements bruyants et incohérents mais je m'en fichais.

— Oh… Luke… je vais…

Baissant les yeux vers lui, je remarquai qu'il poussait son bassin contre le matelas.

Cela… l'excitait-il ? Était-ce possible ?

Ce fut cette pensée – imaginer que Luke était excité à l'idée de me procurer du plaisir – qui me fit entièrement chavirer. Pour la première fois de ma vie, je jouis grâce aux caresses prodiguées par la bouche de quelqu'un. Et pas n'importe qui – Luke Brooks lui-même.

Je me demandais vraiment si cet homme n'était pas doté de pouvoirs magiques.

Il leva les yeux vers moi et passa sa langue sur ses lèvres avant de remonter le long de mon corps et de m'embrasser. Son corps surplombait le mien, en appui sur ses avant-bras, et cela ne me convenait pas. Je voulais le sentir contre moi. Je plaquai les mains sur ses hanches pour l'amener à la rencontre des miennes.

Nous eûmes tous deux le souffle coupé quand sa verge entra en contact avec mon corps.

— J'ai besoin de t'avoir en moi, lâchai-je.

Il fit courir le bout de ses doigts le long de ma mâchoire.

— Mon avide amante a pris son plaisir sur ma langue et maintenant elle veut prendre son plaisir sur ma queue ?

— Oui, s'il te plaît, Luke. Je t'en prie, l'implorai-je.

— Putain, mon cœur. Tu vas me faire venir si tu me supplies comme ça.

— Dans ce cas, tu ferais mieux de faire ce que je te demande.

Luke m'embrassa de nouveau.

— Petite impatiente, fit-il.

Il disait vrai. Cela m'était égal. Luke glissa une main plus bas et positionna son sexe à l'entrée du mien. Il me regarda tandis qu'il commençait à me pénétrer. Merde. Il était imposant. Son gland à lui seul m'étirait plus que ce à quoi j'étais habituée.

— Tu es si gros...

— Je vais aller lentement.

J'acquiesçai. Il se retira et me pénétra de nouveau, allant un peu plus loin et me détendant un peu plus. Il le fit encore, et encore, et encore.

Enfin, je le sentis pleinement en moi.

L'oreiller se trouvait toujours sous mon bassin, lui offrant ainsi la possibilité d'aller encore plus profondément. Il grogna dans mon cou. Mon Dieu, il allait falloir quelques instants à mon corps pour qu'il s'habitue.

— C'est si bon.

Jamais un homme ne m'avait parlé de la sorte. En règle générale, lorsque quelqu'un tentait de me dire des obscénités, cela me semblait bizarre. Mais tous les mots crus de Luke ne faisaient qu'attiser le feu en moi, ce que je n'aurais même pas imaginé possible à ce stade.

— Je me sens si pleine, lâchai-je dans un souffle.

Quand il était en moi, je pouvais tout percevoir. Chaque sensation était amplifiée – le contact de l'air frais sur ma peau enfiévrée, la légère brûlure laissée sur ma chair par sa barbe naissante, la caresse de ses cheveux sur mes joues.

— Bon sang, tu es magnifique.

Je commençai à rouler des hanches, essayant de l'amener à bouger.

— Donne-moi un instant, mon cœur, murmura-t-il, essoufflé. Je dois faire durer ce moment.

J'attirai de nouveau sa bouche à moi et l'embrassai en mêlant ma langue à la sienne. Après ce qui me sembla durer une éternité, Luke se retira un peu puis il s'enfonça une nouvelle fois, lentement. Il le fit encore. Et encore, augmentant un peu la cadence à chaque poussée.

— Mon Dieu, Luke. Oui. Oui.

— Emmy, tu as été faite pour moi.

Il trouva son rythme et me pénétra dès lors sans relâche. La pression recommença à enfler le long de mon échine, se diffusant peu à peu plus bas, tandis que Luke me prenait. Ça allait se produire. Cet homme allait me faire venir à trois reprises, ce qui ne m'était jamais arrivé.

— Je veux que tu jouisses encore, chérie. Je veux te sentir alors que je suis en toi. Tu peux faire ça pour moi ?

— Ou... oui, geignis-je.

Comme s'il savait exactement ce dont j'avais besoin, Luke conserva le même rythme mais accentua l'intensité de ses assauts, me poussant presque plus haut sur le matelas à chacun d'eux. La pression atteignit son paroxysme et, dans un cri, je fus emportée par l'extase.

Après ça, Luke accéléra le tempo et amplifia la vigueur de ses coups de boutoir. Je m'agrippai à ses épaules, dépassée par tout ce que je ressentais. Chaque nerf de mon corps était vivant.

— Mon Dieu, j'ai hâte de te remplir, lâcha-t-il d'une voix rauque.

J'avais hâte également. J'avais envie de *le* sentir.

— S'il te plaît, suppliai-je. J'en ai besoin.

À ces mots, ses poussées se firent irrégulières. Il était tout proche.

— Viens en moi, Luke.

Il lâcha un grognement et son corps fut secoué de tremblements au moment de la délivrance.

Il s'effondra sur moi et enfouit son visage dans mon cou.

— Bon sang, marmonna-t-il avant de glisser ses bras sous moi et de nous faire rouler de sorte que je sois sur lui.

Je déposai ma tête sur sa poitrine et écoutai les battements de son cœur, pareils aux coups sourds d'une grosse caisse, commencer à ralentir.

— C'était incroyable, commentai-je.

— C'est toi qui es incroyable. Je pourrais m'enfouir en toi chaque seconde de chaque jour et ne jamais m'en lasser.

— Est-ce une promesse ? demandai-je en relevant la tête.

Le Luke d'après l'amour méritait d'être exposé dans un musée. Ses cheveux sombres étaient ébouriffés et son regard brun brillant et intense. Son sourire s'épanouit largement, jusqu'à faire apparaître les petites rides qui bordaient ses yeux. J'étais vraiment folle d'elles.

— Tu veux que c'en soit une ?

— Ça ne me dérangerait pas.

Et c'était vrai. Je n'avais jamais connu cela en matière de sexe. Je ne pensais pas avoir eu une vie sexuelle médiocre jusqu'alors mais, après avoir fait l'amour avec Luke, je n'en étais plus si sûre.

Il fit délicatement courir ses doigts de bas en haut sur mon dos.

— Je n'arrive pas à croire que cela vient de se produire. La fille que j'étais à treize ans serait en train de léviter en cet instant.

Je sentis son rire faire vibrer sa poitrine sous moi.

— Ah oui ? C'était une fan ?

— De ton physique, oui.

— Aïe.

— Ne t'inquiète pas, la fille que je suis à vingt-sept te trouve légèrement moins agaçant qu'à l'époque.

Je pris appui sur mes coudes pour l'embrasser. Sa main vint épouser ma nuque. Ce baiser fut lent et attentif. C'était la première fois que nous nous embrassions de cette façon. Je savais que ce ne serait pas la dernière.

Une heure plus tard, après un court passage à la salle de bains, durant lequel le nombre maximum de personnes pouvant être accueillies dans ma douche avait été atteint, et un autre orgasme pour chacun de nous, je m'endormis dans les bras de Luke Brooks.

Pour la première fois depuis longtemps, je me sentais en sécurité.

17

Emmy

Je m'éveillai le lendemain alors que le soleil filtrait déjà à travers la fenêtre. Une minute me fut nécessaire pour comprendre que le poids que je sentais sur ma taille était un bras humain. Il me fallut une autre minute pour me souvenir à qui il appartenait.

J'avais couché avec Luke Brooks.

Et ç'avait été incroyable.

Il devait m'avoir sentie bouger car son bras se resserra autour de moi avant qu'il dépose ses lèvres sur ma nuque.

— Bonjour, chérie.

Bon sang, sa voix du matin était assurément la plus sexy de toutes.

— Bonjour, répondis-je en tournant la tête assez pour qu'il puisse me donner un doux baiser. Tu as bien dormi ?

— Comme une bûche. Et toi ?

— Pas trop mal, mais j'avais cet immense cow-boy qui m'enveloppait tout entière.

— Oh, vraiment ?

Il continua d'embrasser mon cou et sa main sur ma taille se mit à tracer des cercles en remontant vers ma cage thoracique.

— Ouais. C'était comme partager un lit avec un boa constrictor.

Je sentis un petit rire secouer son torse contre mon dos.

— Ce doit être un cow-boy affamé, commenta-t-il.

Ses caresses circulaires se dirigèrent sous le débardeur que j'avais enfilé avant d'aller au lit. Elles étaient plus larges à présent, passant au-dessous de mes seins et au-dessus de ma culotte avant de revenir à ma taille et de recommencer.

Et c'est moi qu'il avait traitée d'allumeuse ?

Ses baisers glissèrent de ma nuque à mon oreille et je pus le sentir durcir derrière moi.

— Tu es vraiment un cow-boy très affamé, en effet, lâchai-je dans un souffle, mon excitation montant en flèche.

— Et qui pressait ses fesses contre ma queue à 7 heures du matin ?

— C'est toi qui as commencé, rétorquai-je.

— Et je prévois de terminer, également.

Mon Dieu, sa voix. J'aurais dû lui faire lire tout haut une scène tirée de l'un des livres que Teddy et moi avions lus le mois précédent. Il continua à tracer ses cercles lents et frustrants, s'approchant de plus en plus de l'endroit où je voulais qu'il soit.

Après ce qui me parut durer une éternité, son petit doigt s'aventura enfin sous l'élastique de ma culotte, mais sa main poursuivit son chemin sans s'arrêter.

Moi aussi, je pouvais jouer à ça.

Je cambrai le dos et écrasai mon bassin sur son érection. Il lâcha un grognement. *Bien.*

Cette fois-ci, lorsque le cercle qu'il traçait revint vers ma culotte, ses doigts y plongèrent et y restèrent.

— Tu es déjà tellement mouillée. Si mouillée, bon sang.

Son index et son majeur s'immiscèrent en moi, mais il garda sa paume contre mon clitoris, tandis qu'il allait et venait entre mes lèvres.

Mes hanches se mirent à bouger, et il entreprit de se frotter plus fort contre mes fesses. Bon sang. Je mourais déjà d'envie d'atteindre l'extase.

— C'est bien, chérie. Chevauche ma main.

Je lâchai un gémissement.

— Luke, j'ai besoin de te sentir en moi.

— Supplie-moi encore, chérie.

L'effet qu'il produisait sur moi était presque gênant.

Je le supplierais autant qu'il le voudrait.

— En moi, s'il te plaît.

— Merde, tu as une façon si mignonne d'implorer. Je pourrais jouir rien qu'en t'écoutant prononcer ces mots.

Il retira sa main de ma culotte et la perte de ce contact m'anéantit. Il ménagea un peu d'espace entre nous, mais uniquement le temps de retirer son slip. Je me délestai de mon sous-vêtement dans la foulée. Une seconde plus tard, son buste se plaqua contre mon dos, et l'une de ses mains vint se poser sur ma poitrine. Je pouvais percevoir la chaleur de son membre dur. Il fit courir ses doigts le long de mon dos

– traçant un chemin de fièvre et de frissons – puis sur mes fesses et entre mes cuisses. Il releva l'une de mes jambes et glissa son bras sous mon genou plié.

— Je peux te baiser comme ça, mon cœur ?

— Tu peux me baiser de toutes les façons que tu veux.

Je parlais sérieusement.

Il s'introduisit en moi, lentement.

Moins de cinq heures s'étaient écoulées depuis la dernière fois que nous avions fait l'amour et cela semblait trop long.

Il se mit à bouger derrière moi, et la main au bout du bras qui tenait ma jambe vint caresser mon clitoris. Il me baisait et me caressait tout à la fois, ses doigts et sa queue œuvrant de conserve pour me faire basculer dans le néant de l'extase. J'avais perdu tout repère. Ma seule certitude était que je voulais que cela ne finisse jamais.

— Oui, Luke. Oh, mon Dieu, oui, lâchai-je dans un gémissement.

— Tu aimes la façon dont je te comble ?

— Oui. Oui.

Quand il était en moi, je ne pouvais prononcer que des mots d'une seule syllabe. Mon corps tout entier se tendit tandis que Luke m'assaillait vigoureusement. Je laissai échapper un cri.

— C'est bien, Emmy. Prends ma queue. Prends-la chaque fois que tu en as envie. Elle est à toi aussi longtemps que tu le voudras.

J'étais si proche de l'orgasme.

Si proche, bon sang, et il le savait.

— Dis-moi ce dont tu as besoin, chérie. Dis-moi ce dont tu as besoin et tu l'auras.

Je plaquai une main sur la sienne, celle qui caressait mon clitoris. Je la poussai plus bas, appliquant plus de pression, et me mis à rouler des hanches pour intensifier la friction.

— *Putain*, Emmy.

Nos mouvements devenaient de plus en plus frénétiques. Les mots de Luke se muèrent en gémissements et j'eus l'impression de me désagréger. Je le sentis se raidir derrière moi, mais il garda ses doigts sur mon clitoris et me caressa pendant que, vague après vague, l'orgasme déferlait en moi.

Après quelques minutes, nous reprîmes tous deux nos esprits. Luke me serrait contre lui. Nos corps étaient collants de sueur. Je me retournai pour lui faire face. Ses traits affichaient un sourire nonchalant qui me donna envie de lui sauter dessus... une nouvelle fois.

Luke leva sa main vers mon visage et coinça mes cheveux derrière mes oreilles.

— Tu es différente de tout ce qui existe, Emmy Ryder.

Son regard était doux, satisfait. À le voir, on aurait cru qu'il pouvait rester là toute la journée. Sa façon de me contempler fit chavirer mon cœur.

Si je n'y prenais pas garde, je pourrais tomber éperdument amoureuse de cet homme avant même de comprendre ce qui se passait.

Notre petite bulle éclata lorsqu'on frappa à la porte de mon chalet. Pourquoi fallait-il que les gens viennent toujours frapper chez moi, bon sang ?

— Emmy ? Tu es réveillée ?

C'était la voix de Wes. Merde.

Merde. *Merde*. Luke et moi nous regardâmes comme si nous étions deux cerfs pris dans les phares d'une voiture.

— Emmy ? appela de nouveau Wes.

Je réagis aussitôt, me dégageant de la couette et bondissant hors du lit. Luke ne traîna pas non plus. Je trouvai un tee-shirt par terre et l'enfilai en ajoutant à ma tenue un short de pyjama.

— Cache-toi dans la salle de bains. Tout de suite, ordonnai-je à Luke tandis qu'il sautillait sur place pour se glisser dans son jean.

Décidément, tout ce qu'il faisait était sexy.

Je me dirigeai vers la porte.

— Hé, lança Luke dans une sorte de cri murmuré.

Je me retournai vers lui et il s'approcha pour déposer un baiser rapide sur mes lèvres avant de me décocher un sourire qui transforma mon cœur en flaque à mes pieds.

— C'est bon, tu peux ouvrir, maintenant.

Il me fallut une seconde pour redescendre : de quoi parlait-il ? Ah oui, mon frère était devant la porte.

— J'arrive ! lançai-je.

J'attendis d'avoir entendu que la porte de ma salle de bains se referme avant d'ouvrir la porte d'entrée.

— Bonjour, la marmotte, dit Wes avec une pointe de sarcasme dans la voix tout en détaillant mon allure.

Merde. Je ne m'étais même pas regardée dans un miroir. J'avais probablement l'air d'une sorte de sauvageonne nymphomane.

— La nuit a été longue ?

— Pourquoi dis-tu ça ?

J'espérais que ma voix ne trahissait aucun trouble.

— Parce que tu as l'air de sortir du lit et que tes cheveux sont en pétard. Enfin, plus que d'habitude.

— Oh, ouais. Je n'ai pas beaucoup dormi cette nuit.

Il s'agissait là de l'euphémisme du siècle.

— C'est ce qu'on dirait, en effet. J'ai essayé de te téléphoner.

Oups.

— J'ai oublié de brancher mon téléphone hier soir. Que se passe-t-il ?

— Trois de nos employés ont attrapé une gastro et j'ai un paquet de clôtures endommagées du côté sud du ranch. Ça te dérangerait d'aider ton frère préféré ?

Je ne m'étais pas rendue dans cette partie de la propriété depuis mon retour.

— Pas du tout. Mais c'est l'anniversaire de Teddy, alors tu ne m'embarqueras pas dans une autre mission.

Wes posa sa paume sur son cœur.

— C'est promis. Jamais je ne voudrais faire obstacle à Teddy et à son anniversaire.

Il connaissait Teddy depuis assez longtemps pour savoir que son anniversaire pourrait tout aussi bien être décrété jour férié pour l'ensemble du pays.

— D'accord. Laisse-moi m'habiller et je te retrouve aux écuries.

Traduction : s'il te plaît, pars d'ici pour que je puisse faire sortir l'un de tes amis en douce de mon chalet sans que personne le voie.

— D'acc. Je vais aller là-bas pour voir si Brooks peut aider, lui aussi.

Mon cœur cessa de battre à ces mots.

— Oh, il est là-bas ? demandai-je.

D'une voix que j'espérais neutre.

— Eh bien, son pick-up est garé à côté de la Grande Maison. Il a dû arriver tôt. En temps normal, il ne vient pas le vendredi, alors autant que j'en profite.

Oh, bon sang. Le pick-up de Luke. Nous avions laissé son pick-up là-bas à la vue de toute ma famille. Et bien sûr, ils se levaient tous à 4 heures du matin parce que c'étaient des éleveurs de bétail.

— OK. Je te retrouve là-bas ?

— Ouais. Merci, Em.

Je le gratifiai d'un simulacre de salut militaire avant de refermer le battant et de m'y adosser.

Quelle matinée...

Luke glissa sa tête dans l'entrebâillement de la porte de ma salle de bains.

— L'alerte est levée ?

— Oui, c'est bon.

Il s'avança vers moi et enroula ses bras autour de ma taille. Comment faisait-il pour sentir si bon le matin ? Son odeur évoquait la menthe verte et... la masculinité. J'avais envie de mettre ce parfum en bouteille.

— On devrait en parler.

— Parler de quoi ? demandai-je, alors que je savais parfaitement ce qui allait suivre.

— De ton frère. De *tes* frères.

— Quel est le problème avec eux ?

— Si nous devons nous voir, je ne veux pas me cacher d'eux, Emmy.

L'émotion contenue dans sa voix me mit un coup à l'arrière des genoux et me fit vaciller.

— J'ai déjà été le vilain petit secret de certaines personnes, et cela ne me dérangeait pas parce que je ne tenais pas à elles, mais je tiens à *toi*.

Sa voix était déterminée, mais toujours douce et bienveillante. Je n'avais pas envie qu'il soit mon secret, mais je ne savais même pas encore ce qu'il y avait entre nous.

J'avais besoin de me poser pour y voir plus clair.

— Je comprends. Accorde-moi un petit peu plus de temps, d'accord ?

Les traits de Luke se décomposèrent. M'enfoncer un couteau dans la main m'aurait certainement fait moins souffrir que ce spectacle. Nous nous regardâmes en silence pendant un moment.

Je l'observai réfléchir soigneusement au choix de ses mots.

Enfin, il dit :

— D'accord, mais nous en reparlerons.

C'était la meilleure réponse que j'aurais pu obtenir.

— D'accord.

Je me dressai sur la pointe de pieds et l'embrassai.

— Tu devrais t'en aller. N'oublie pas de trouver une explication pour justifier que ton pick-up est là alors que tu n'es pas aux écuries. Moi, j'ai des clôtures à réparer.

— Merci pour le rappel. On se reparle plus tard ?

— Ouais, bien sûr.

Il m'embrassa une nouvelle fois. C'était si facile de tout oublier avec lui.

Luke s'écarta et pressa son front contre le mien.

— Avant de partir, j'ai besoin que tu me donnes quelque chose.

— Quoi donc ? demandai-je, espérant secrètement qu'il s'agissait de quelque chose de cochon.

— Mon tee-shirt.

18

Emmy

J'engageai mon pick-up dans l'allée de la maison de Teddy vers 16 heures. Les instructions que j'avais reçues étaient strictes : ne pas apporter de vêtements « de sortie » pour plus tard, ce qui signifiait que Teddy avait déjà une idée en tête et que rien ne lui ferait reconsidérer son projet.

Teddy adorait confectionner des vêtements et était douée dans ce domaine. Elle avait commencé à broder des fleurs sur les poches arrière de nos jeans au collège.

Au lycée, elle s'était mise à vendre des vestes en jean vintage réinterprétées depuis le plateau de son pick-up à l'occasion du marché fermier de Meadowlark.

À l'université, elle avait suivi des études de commerce mais avait ajouté à son cursus une spécialisation en merchandising de la mode.

Elle était incroyablement talentueuse et persévérante. S'il y avait bien quelqu'un capable de réussir, c'était Teddy.

Je frappai à la porte avant de me glisser à l'intérieur. L'entrée de la maison des Andersen menait tout droit à leur salon, où Hank, le père de Teddy, regardait, assis dans son fauteuil, des rediffusions de *That 70's Show*. Ses longs cheveux noirs étaient en grande partie gris désormais, mais ses yeux bleus brillaient toujours du même éclat.

Hank était une rock star – littéralement. Il était en tournée – en tant que batteur – quand il avait fait la connaissance de la mère de Teddy. Ils avaient passé une nuit magique avant de repartir chacun de leur côté. Dix mois plus tard, sa conquête d'un soir était apparue à l'occasion d'un concert avec un bébé d'un mois auquel elle n'avait même pas pris la peine de trouver un prénom.

D'après Hank, il avait aimé Teddy dès l'instant où ses yeux s'étaient posés sur elle. Il lui avait donné le prénom d'une célèbre chanteuse de jazz : Theodora King. Il avait quitté son groupe et emmené sa petite puce dans une petite ville qu'il avait traversée lors d'une tournée, quelques années plus tôt. Il avait trouvé un emploi et tous deux avaient commencé leur vie en tant que famille de deux membres.

La ville était Meadowlark, dans le Wyoming, et l'emploi était au ranch Rebel Blue.

Ils ne revirent jamais la mère de Teddy.

Je me demandais à quoi ma vie aurait ressemblé si mon père avait décidé de ne pas donner sa chance au batteur naïf avec un bébé sur les bras et pas la moindre expérience en tant que garçon de ranch.

— Salut, Emmy. Comment vas-tu ?

La voix rauque de Hank était enjouée.

— Je vais bien, Hank. Et toi ?

— Je survis.

Il fallait prendre ses paroles au pied de la lettre. Hank ne disait rien qu'il ne pensait pas sincèrement. C'était de lui que Teddy tirait cette particularité.

Avant Teddy, Hank avait vécu selon la devise « sex, drugs and rock'n'roll ». À son âge, les conséquences d'une telle existence prenaient la forme d'un grand nombre de problèmes de santé. Il devait subir des soins à domicile et utilisait une bouteille d'oxygène.

C'était pour cette raison que Teddy avait décidé de retourner à la maison après la fac. Elle n'avait pas envie de le quitter.

— Et tout ça en ayant l'air en pleine forme, lança mon amie, qui venait d'apparaître dans l'entrée.

Quand nos regards se croisèrent, ses yeux se plantèrent fermement dans les miens.

— Tu as l'air particulièrement rayonnante aujourd'hui, Clementine.

Bon sang. Je ne pouvais vraiment rien cacher à Teddy.

— Qu'as-tu fait hier soir ?

Le ton de sa voix m'apprit qu'elle savait déjà.

— Teddy, elle vient à peine d'arriver, intervint Hank.

Que Dieu le bénisse.

— Ouais, Teddy, je viens à peine d'arriver, répétai-je d'un ton innocent.

Teddy continua de me dévisager avec insistance.

— Nous aborderons ce sujet quand nous ne serons plus en présence de mon père.

— J'apprécie cette attention, lâcha Hank. Je n'ai pas besoin d'être au courant des potins impliquant Emmy et Luke Brooks.

Bouche bée, je lançai un regard assassin à Teddy.

— Tu te fous de moi, Teddy ?

— Je ne lui ai pas dit, je le jure !

Teddy, les yeux écarquillés, levait les mains en signe de reddition.

— Elle ne me l'a pas dit, reconnut Hank, avant de se tourner vers sa fille. Mais tu devrais penser à fermer ta porte quand tu es au téléphone.

Je plaquai mes deux mains sur mon visage, regrettant de ne pas pouvoir m'enfouir dans un trou et disparaître. Teddy laissa échapper un discret « oups ».

Hank se contenta de rire, ravi d'avoir réussi à nous embarrasser terriblement, Teddy et moi.

— Ton secret ne craint rien avec moi, Emmy. Mais ne garde pas ça caché trop longtemps, d'accord ?

Je n'en revenais pas. Hank avait-il aussi surpris la conversation que j'avais eue avec Luke le matin même ?

— Entendu.

J'espérais être sincère.

— Eh bien, sur ces bonnes paroles..., reprit Teddy. Je me disais qu'on pourrait préparer le dîner et le dessert ensemble avant de passer à la partie « soirée » de ma fête de folie.

— Super, Ted, ça me va !

Teddy et moi préparions un dîner pour son anniversaire chaque année. Cela avait commencé quand nous étions à l'université. C'était notre première année de fac et nous venions de nous installer.

Nous avions préparé tout le repas destiné à fêter son dix-huitième anniversaire avec un four à micro-ondes et une cafetière filtre. Ni elle ni moi n'avions jamais mangé de pâtes aussi mauvaises, mais nous avions vécu un si bon moment que cela n'avait pas eu la moindre importance.

Teddy rejoignit son père et l'aida à quitter son fauteuil. C'était difficile pour lui, mais il essaya de ne pas le montrer. Une fois qu'il fut debout, Teddy déposa un baiser sur sa joue.

Elle noua un bras au sien et ils gagnèrent la cuisine. Je les suivis.

Une fois que Hank fut installé sur un siège au comptoir, Teddy se tourna vers moi et me serra fort dans ses bras.

— Désolée de t'avoir balancée par mégarde à la plus grande pipelette de Meadowlark, dit-elle par-dessus mon épaule.

— Tu es pardonnée.

Je me libérai de son étreinte.

— Alors, ça fait quoi d'avoir vingt-sept ans ?

— J'ai l'impression que ma vie commence à peine !

Elle me décocha son sourire emblématique.

Teddy disposait de tous les ingrédients nécessaires à la préparation d'escalopes de poulet et de nouilles agrémentées d'une sauce vodka épicée, s'en tenant ainsi à la tradition des pâtes

– mais à présent nous cuisinions des repas qui étaient comestibles.

Je m'occupais de la sauce, Hank mélangeait d'une main de Maître les éléments d'une salade César venant d'un kit tout prêt acheté à l'épicerie, et rien n'aurait pu perturber la concentration de Teddy, toute à la préparation du poulet. Cela me convenait à merveille. Même si j'en mangeais, je ne pouvais pas supporter de toucher de la viande crue.

Poser mes doigts dessus me faisait éprouver une étrange sensation au niveau des gencives. Cela n'avait de sens qu'à mes yeux, mais Teddy n'en faisait jamais un sujet de discussion. Être une adulte affligée de troubles sensoriels n'était pas simple. Comment pouvais-je dire à quiconque que si je touchais un bout de poulet alors que la musique était trop forte et que le son de la respiration de quelqu'un parvenait à mes oreilles, une crise de panique pouvait me saisir ?

Hank avait sélectionné un morceau des Eagles. « Peaceful Easy Feeling » s'échappait de l'enceinte Bluetooth et une bonne odeur d'ail et d'oignon régnait dans la cuisine. J'avais hâte que le dîner soit prêt.

La nourriture avait le don de réunir les gens. C'était la raison pour laquelle mon père adorait cuisiner, même après avoir passé la journée entière à travailler sur le ranch. Durant mon enfance et mon adolescence, les dîners en famille étaient sacrés. Autrefois, Hank et Teddy nous rejoignaient au moins une fois par semaine après que Hank avait terminé le travail.

— Comment se passe le bottelage du foin, Emmy ? me demanda Hank alors que nous nous asseyions tous pour manger.

Hank avait travaillé à Rebel Blue en qualité de bras droit de mon père jusqu'à ce qu'il n'en soit plus physiquement capable. Il connaissait donc le planning aussi bien qu'Amos Ryder lui-même.

— Nous sommes un peu en retard à vrai dire, ce qui rend fou Gus, mais il a un plan pour nous faire rattraper le temps perdu la semaine prochaine.

— C'est un gestionnaire très efficace, fit remarquer Hank.

Teddy lâcha un grognement à ces mots.

— Papa, je t'en prie, ne nous sors pas ta rengaine comme quoi Gus Ryder « est vraiment un type bien » le jour de mon anniversaire, *par pitié*. Aujourd'hui est un jour sacré.

— Écoute, tu sais que j'ai vu Amos diriger le ranch durant des années. J'étais son bras droit, je connais donc les qualités requises pour réussir, et Gus va très bien s'en tirer. C'est tout ce que j'allais dire.

— Il fait du bon boulot, c'est vrai, approuvai-je. Papa aimerait qu'il se détende un peu, toutefois.

Hank laissa échapper un éclat de rire.

— C'est un sacré dur à cuire, pas vrai ?

— C'est l'euphémisme du siècle, marmonna Teddy. Oh, au fait, j'ai envoyé un e-mail à Wes au sujet d'une architecte d'intérieur qui, je crois, serait parfaite, poursuivit-elle, changeant ainsi de sujet. Elle a participé à quelques-uns de mes cours de mode avant de changer de cursus. Elle est talentueuse et a énormément de followers sur les réseaux sociaux. L'avoir sur le projet pourrait également être une bonne façon de vous faire connaître comme ranch hôtelier.

— Wes ne m'en a pas parlé aujourd'hui, j'irai l'asticoter un peu là-dessus. Je ne sais même pas s'il utilise son adresse e-mail.

Nous avions tous une messagerie au nom du ranch Rebel Blue, mais je pense que Gus était le seul à l'utiliser régulièrement. C'était lui qui avait insisté pour leur création.

— Comment s'appelle-t-elle ? questionnai-je.

— Ada. Elle est géniale. Rappelle-moi de te montrer ses réseaux plus tard.

Hank, comme Amos, appliquait des règles très strictes interdisant tout téléphone à la table du dîner.

Nous discutâmes tous les trois pendant encore un moment avant que Hank frappe dans ses mains tatouées ; « theo » était inscrit sur ses phalanges de gauche et « dora » sur celles de droite. Il était couvert de tatouages, mais je savais que ceux-ci étaient les préférés de Teddy, même si elle ne se faisait jamais appeler Theodora.

— Emmy, peux-tu venir m'aider ? demanda Hank. J'ai une surprise pour la star du jour.

Teddy commença à se lever.

— Papa, je peux t'aid…

— Repose tes fesses sur cette chaise, Theodora. C'est ton anniversaire.

J'aidai Hank à quitter son siège.

— Où allons-nous ?

— Au garde-manger.

Nous avançâmes dans cette direction et Hank ouvrit la porte de la petite réserve. Il déplaça une boîte de céréales pour faire apparaître une assiette garnie de ce que je supposais être des cookies aux flocons d'avoine et aux pépites de chocolat, les préférés de Teddy. J'attrapai l'assiette et la lui tendis pour que ce soit lui qui la place devant sa fille.

— Merci, Emmy.

Nous regagnâmes la table, où ma meilleure amie attendait impatiemment. Hank déposa l'assiette de cookies en face d'une Teddy tout sourire.

— Quand as-tu trouvé le temps de les préparer ?

— Je les ai faits pendant que tu étais au travail, hier. J'ai dû ouvrir toutes les fenêtres pour être sûr que tu ne sentirais pas leur odeur en rentrant.

— Merci, Papa.

— Ils ne sont pas tout frais, alors leur goût est peut-être affreux.

Teddy prit un cookie et mordit une énorme bouchée.

— Ils sont parfaits, dit-elle.

Sa voix était tendue, comme si elle essayait de se retenir de pleurer.

— Bon sang, Hank.

Elle essuya une larme perlant au coin de son œil.

— Je t'aime, Papa.

— Je t'aime aussi, choupette. Bon, maintenant mesdemoiselles, prenez un cookie et filez vous préparer. Les boissons prévues pour l'anniversaire au Devil's Boot ne vont pas se boire toutes seules.

Hank se pencha et déposa un baiser sur la tempe de Teddy avant de saisir sa canne suspendue au dos de son siège. Teddy et moi nous levâmes et le regardâmes rejoindre son fauteuil dans le salon avant de nous faufiler dans le couloir.

La chambre de Teddy était une extension d'elle-même. Elle offrait une vision rêvée pour toute personne détestant le minimalisme en matière de décoration. L'un des murs s'inspirait de celui d'une galerie d'art, mais aucun véritable cadre ou œuvre n'y était accroché. Il n'y avait que des cadres peints, remplis de choses qu'elle avait peintes elle-même.

Elle avait un tapis à carreaux noirs et blancs sur le parquet en chêne, un couvre-lit vert émeraude foncé, une quantité excessive de coussins multicolores, et plus d'étagères débordant de livres que la bibliothèque de Meadowlark.

— Bon sang, il n'y a que mon père pour réussir à me faire pleurer à cause d'une fournée de cookies, commenta-t-elle, essayant de réprimer ses larmes.

— Je vais pleurer à cause de ces satanés cookies et ils ne m'étaient même pas destinés, renchéris-je.

— Mais ne crois pas que les larmes t'empêcheront de me raconter ce qui s'est passé entre toi et Brooks hier soir.

J'émis un petit grognement. J'espérais qu'elle aurait oublié. Tu parles.

Je me laissai tomber sur le lit de Teddy et couvris mon visage de mon bras. Elle était plus que résolue à obtenir une réponse.

— Crache le morceau, me pressa-t-elle.

— Pourquoi faut-il que je te le dise si tu le sais déjà ? geignis-je.

— Parce que c'est amusant de te faire reconnaître des choses. En outre, énoncer les faits à voix haute les rend plus réels.

Elle s'en tint là, attendant que je me mette à table.

— Très bien. J'ai couché avec lui.

Elle avait raison. La situation devenait plus réelle une fois présentée à voix haute.

— Couché avec qui ?

— Tu es vraiment chiante, tu le savais ?

— J'essaie seulement de m'assurer que tu n'es pas en train de me rouler dans la farine.

Je regardai ma meilleure amie dans les yeux.

— J'ai couché avec Luke.

La vérité était exposée au grand jour à présent et je ne pouvais la fuir. Non pas que j'en aie réellement envie, mais tout cela était si nouveau pour moi. Je m'attendais à ce qu'une sorte de sentiment de regret ou de gêne se mette à bouillonner sous ma peau après avoir dit à Teddy ce qui s'était passé entre Luke et moi, mais non.

Je ne ressentais que... de la joie. Et même une certaine satisfaction.

— Je le savais, bordel ! Tu m'as presque aveuglée avec ton air radieux d'après-sexe.

Teddy plaça ses mains sur ses yeux comme pour les protéger des rayons du soleil.

— Ça, ça n'existe pas, plaidai-je en écartant ses mains de son visage.

— Si, ça existe carrément, répondit-elle, saisissant ma main au vol.

Impossible de me couvrir les yeux désormais. Teddy n'allait pas me laisser me défiler.

— Et il est là, sur ton visage. Combien d'orgasmes a-t-il fallu pour l'obtenir ? Trois ? Quatre ?

— Cinq, marmonnai-je.

— Cinq !

Teddy secoua la tête d'un air effaré et je ne pus m'empêcher d'éclater de rire.

— Il aurait pu y en avoir plus, mais les choses ont brusquement pris fin lorsque Wes est venu frapper à la porte de mon chalet ce matin.

Teddy écarquilla les yeux, bouche bée.

— Je t'en prie, dis-moi que ton frère n'a *pas* surpris Brooks dans ton lit. J'imagine que ce n'est pas le cas, étant donné que je n'ai pas entendu parler d'un meurtre aujourd'hui. Non pas que Wes soit du genre à assassiner qui que ce soit, mais il apprendrait la vérité à Gus et là, le sort de Brooks serait scellé.

— Non, j'ai caché Luke dans la salle de bains, mais j'ai ouvert la porte vêtue de son tee-shirt sans m'en apercevoir.

La mâchoire de Teddy semblait toujours à deux doigts de se décrocher.

— Tu as de la chance qu'il ait opté pour un tee-shirt noir uni hier, autrement t'étais baisée. Dans le mauvais sens du terme. Et pas comme tu l'as visiblement été la nuit dernière.

Je sentis une vive rougeur s'épanouir le long de mon cou. Elle avait raison sur toute la ligne.

— Alors, que vas-tu faire maintenant ? Toi et lui, vous êtes, genre, en couple ?

Je redoutais cette question tout en sachant qu'elle me la poserait fatalement.

— Je ne sais pas, répondis-je.

Toutefois, Luke avait dit qu'il tenait à moi et qu'il ne voulait pas être mon secret.

— Il a dit qu'il avait envie de voir où cela mènerait.

— Et qu'a-t-il dit d'autre ? Tu ne me racontes pas tout.

Je l'adorais mais, bon sang, son détecteur de mensonges était sacrément agaçant parfois.

— Comment le sais-tu ? demandai-je.

— Parce que tu as l'air constipée.

OK, d'accord...

— Il a dit...

J'hésitai un instant.

— Il a dit qu'il n'avait pas envie d'être mon « vilain petit secret ».

Teddy se laissa retomber sur le lit près de moi.

— C'est ce que tu veux qu'il soit ?

— Quoi ? Non, bien sûr que non.

Et j'étais parfaitement sincère. Je ne savais pas vraiment ce que je voulais que soit Luke pour moi, mais certainement pas cela.

— Toute cette histoire... c'est seulement que ça fait beaucoup. Il y a trois semaines de cela, Luke Brooks était l'unique personne à laquelle j'aurais envoyé un coup de poing dans la figure sur simple demande. Mais maintenant, il me dit qu'il tient à moi, la façon dont il m'embrasse me donne l'impression de flotter au-dessus du sol, et je ne sais vraiment pas comment gérer ça.

Les mots se déversaient hors de ma bouche sans me laisser la possibilité de reprendre mon souffle. Une fois qu'ils avaient commencé à sortir, j'étais incapable de les arrêter. Je couvris de nouveau mes yeux.

— Je n'ai pas envie qu'il ait l'impression d'être un secret, mais je ne veux pas non plus annoncer ça à la face du monde et regarder son amitié avec mes frères imploser alors que j'en suis encore à essayer de comprendre ce qui est en train de se passer. Parce que la réalité, c'est que je ne le connais pas si bien que cela et que je ne sais pas si tout ça est aussi réel que ça en a l'air quand je suis avec lui.

Teddy laissa échapper un sifflement.

— Ça fait pas mal de choses à digérer, c'est ça ?

— C'est ça, oui.

— Il ne t'a pas demandé de courir le dire à tes frères sur-le-champ, pas vrai ?

— Non.

— Bien, parce que c'est sensé de ta part de vouloir disposer d'un peu de temps, et c'est sensé de la sienne de partager avec toi ses préoccupations. Pas vrai ?

Je cessai enfin de couvrir mes yeux et regardai le plafond de la chambre de Teddy.

— Oui, c'est vrai.

— D'accord. Donc, voilà ce que nous allons faire. Nous n'allons pas nous soucier de cette question ce soir. Je sais que tu as l'impression de devoir prendre une décision tout de suite, mais ce n'est pas le cas. Tout paraît différent après quelques jours, alors accorde-toi un peu de temps pour laisser ton cerveau démêler tout ça. D'accord ?

— D'accord.

Je tournai la tête pour pouvoir regarder Teddy, qui était étendue à côté de moi sur le lit.

— Désolée pour ce mini-pétage de plombs.

— Je pense que tu devrais en avoir plus souvent. Ils sont salutaires, tu sais. Je suis contente que tu m'en parles, Em. Tu n'as pas à traverser cette période de bouleversements toute seule - rentrer chez soi, réfléchir à son avenir et éprouver des sentiments sortis de nulle part pour le meilleur ami de son frère, ça ferait beaucoup à gérer pour n'importe qui.

Et Teddy ne connaissait même pas la moitié de l'histoire. La culpabilité me rongeait quand je songeais à toutes les choses que je n'avais pas dites à ma meilleure amie.

J'avais besoin d'un peu de temps.

— Tu veux aller ailleurs ce soir ? Prendre un peu de distance ?

Le projet était de se rendre au Devil's Boot avec Teddy et quelques-unes de ses amies de la boutique.

Peut-être aurais-je dû vouloir ménager un peu de distance avec Luke, mais ce n'était pas le cas. J'avais envie de le voir, d'apercevoir sa silhouette dans la pénombre du Devil's Boot. J'avais envie d'aller là-bas. Même sans Luke dans le tableau, c'était l'unique endroit où l'on était sûr de passer un bon moment, et je savais que Teddy adorait ce bar.

La dualité de Teddy consistait à pouvoir être le centre de l'attention tout en ne cessant jamais de se concentrer sur les besoins et le bien-être des autres. Je devais m'améliorer pour prêter davantage attention aux siens. Elle renoncerait volontiers au Devil's Boot et à tous les projets concernant son anniversaire si elle pensait ne serait-ce qu'une seconde que je n'avais pas envie d'y aller.

Je la regardai en secouant la tête et lui dis que je ne désirais aller nulle part ailleurs.

Les coins de sa bouche se relevèrent en un sourire.

— Bien. Attends un peu que Brooks te voie dans la robe que j'ai créée.

— Tu ne trouves pas étrange que tu aies cousu une robe pour *moi* à l'occasion de *ton* anniversaire ?

Teddy me regarda comme si c'était la phrase la plus stupide jamais sortie de ma bouche.

— Très bien, laisse tomber.

Teddy rejoignit son placard et en sortit une housse à vêtements noire. Elle l'apporta près du lit et la déposa à l'endroit qu'elle avait quitté quelques instants plus tôt.

— Ouvre-la avant que j'explose !

Je m'assis et abaissai la fermeture de la housse. Aussitôt, une splendide et intense couleur rouge carmin éclata devant mes yeux.

Je sortis la tenue et découvris une robe d'été simple, mais aux finitions remarquables. À vue de nez, elle s'arrêterait un peu plus bas que la mi-cuisse. Le corsage était serré avec un large décolleté carré bordé d'une fronce retenue par un lien ; des bretelles larges – comme pour un débardeur – venaient couvrir les épaules. Teddy savait que j'aimais le rendu de ce type de décolleté et de bretelles sur le haut de mon buste – la coupe était semblable à celle du maillot de bain que j'avais porté pour me baigner à la source avec Luke. C'était Teddy qui m'avait aidée à le choisir.

— Teddy, elle est magnifique. Je l'adore.

— Je savais qu'elle te plairait. Le rouge est ta couleur, mais tu n'en portes pas assez souvent.

Je ne pouvais même pas visualiser dans ma garde-robe un autre vêtement de cette couleur à part mon maillot de bain.

Peut-être l'un des vieux tee-shirts Budweiser de Gus ? Certainement rien qui ressemble à cette robe en tout cas.

— Et je sais que le contact du lin te met dans tous tes états, donc le haut est doublé de jersey. C'est léger, toutefois, donc tu ne devrais pas avoir trop chaud.

— Je l'aime vraiment. Merci.

Je serrai Teddy dans mes bras.

— Je meurs d'envie de l'enfiler.

— Pas tout de suite, dit Teddy. Nous devons accomplir tout un processus de préparation en mode comédie romantique avant que tu puisses la mettre. La robe, ce sera l'apothéose.

— Rien que ça ?

— Oui. Nous devons veiller à ce que je reçoive le cadeau dont j'avais envie.

— Et quel est-il ?

— Regarder Luke Brooks tomber à genoux à l'instant où il te verra.

19

Luke

Je passai la journée au Devil's Boot dans un état d'hébétude. Je fis tomber plus d'une chaise des tables alors que Joe et moi préparions la salle, me trompai dans l'inventaire des bouteilles d'alcool et manquai de lâcher un casier de verres à bière propres. Je n'arrivais pas à croire ce qui s'était passé la nuit précédente. Et le matin même.

J'étais mordu d'Emmy Ryder.

Avant la veille, j'aurais encore pu me voiler la face, mais ce n'était plus possible. C'était plus que du sexe – qui avait clairement été phénoménal –, c'était ce que j'avais ressenti en me réveillant avec elle blottie dans mes bras et cette envie de rester ainsi la journée entière.

Je ne me réveillais pas avec les femmes. J'étais généralement parti avant le lever du soleil et ne regrettais jamais d'avoir quitté les lieux. Mais pas avec Emmy. J'avais envie de m'éveiller auprès d'elle chaque jour.

Sans compter qu'elle était canon dans mon tee-shirt.

J'aurais passé la journée entière dans son lit si Wes n'avait pas frappé à sa porte.

On l'avait vraiment échappé belle, bon sang.

Mais quitte à être pris sur le fait, mieux valait que ce soit par Wes que par Gus. J'avais envie d'atteindre la quarantaine.

— Où as-tu la tête aujourd'hui ?

La voix de Joe m'arracha à mes pensées.

— Que... Quoi ? demandai-je.

J'étais en train de remplir de verres le dessous du bar tandis que Joe donnait un dernier coup d'éponge aux tables avant l'ouverture.

— Tu as été distrait toute la journée. Qu'est-ce qui te tracasse ?

— Rien. C'est seulement que je n'ai pas beaucoup dormi la nuit dernière.

Joe me regarda avec un petit sourire en coin.

— Alors c'est une fille, pas vrai ? C'est ça qui occupe tes pensées ?

Je laissai échapper un soupir.

— Ouais. C'est une fille.

— Je ne crois pas t'avoir déjà vu dans tous tes états à cause d'une fille. Elle doit être spéciale, dis-moi.

— Elle l'est, fis-je sans hésitation.

Emmy était tout.

— Et elle te trouve spécial, toi aussi ?

Il avait prononcé ces mots d'un ton sarcastique, mais à vrai dire je n'en savais rien. Joe reprit la parole avant que j'aie la possibilité de répondre.

— Ah. Alors c'est ça qui te tourneboule. Tu ne sais pas ce qu'elle ressent pour toi.

— Quelque chose dans ce genre, ouais.

Joe leva des sourcils interrogateurs, attendant que je continue.

— Je crois que je l'ai un peu trop poussée dans ses retranchements.

— Tu ne me donnes pas beaucoup d'éléments pour t'aider, là, fiston.

Je ne savais pas comment expliquer à Joe que j'étais en train de tomber amoureux de la seule femme au monde qui m'était interdite.

— C'est que ce truc-là est encore tout nouveau. Pour tous les deux. Mais je pense que je suis davantage prêt qu'elle pour plus, et je n'ai pas envie de la brusquer.

— Eh bien, je n'en reviens pas, fit Joe en secouant la tête.

— Quoi ?

— Tu l'apprécies vraiment.

L'expression qui se lisait sur les traits de Joe était un mélange de joie et d'incrédulité.

Tu peux me croire, Joe. Je ressens la même chose que toi.

— C'est vrai.

J'appréciais Emmy. Beaucoup.

— Tu veux un conseil ? me demanda Joe. Je dois le reconnaître, il ne vaut peut-être pas grand-chose.

— Je suis prêt à tout prendre, répondis-je, étant donné que la personne à laquelle je parlerais de choses pareilles en temps normal – si jamais des choses pareilles m'arrivaient – serait Gus.

— Elle n'est peut-être pas prête et ce n'est pas grave. Il faut seulement que tu continues à lui faire voir tes sentiments. Au lieu de lui dire ce que tu ressens, continue à le lui montrer. Les actions valent plus que les mots et toutes ces conneries, tu sais ?

Je pourrais faire ça. Je le ferais. Les mots, ce n'était pas mon fort, de toute façon.

— C'est un bon conseil. Merci, Joe.

— Avec plaisir. Bon, maintenant, sors-toi la tête du cul. On ouvre dans vingt minutes.

Le Devil's Boot était une maison de fous. Les vendredis étaient toujours très animés mais, bon sang, là, on était vraiment un cran au-dessus. Le groupe était arrivé en retard, mais les musiciens, enfin prêts, avaient annoncé qu'ils commenceraient à jouer dans cinq minutes.

Si mes clients n'obtenaient pas une dose de Waylon Jennings bientôt, je ne tarderais pas à avoir une émeute sur les bras.

J'avais embauché un barman supplémentaire ce soir et j'avais bien fait. Cela me laissait la liberté de débarrasser les tables et de faire des allers-retours pour apporter les différentes choses dont on avait besoin au bar. Tandis que je m'activais, je remarquai un éclat rouge vif à l'une des tables.

C'était Emmy.

Nom d'un chien.

Elle portait une robe de la couleur du maillot de bain qui m'avait rendu fou à la source. Le tissu moulait sa poitrine et son buste avant de s'évaser légèrement au niveau de la taille. La moitié de ses cheveux étaient tirés en arrière, mais dans le plus pur style Emmy, de petites mèches retombaient autour de son visage.

Elle portait une paire de bottes de cow-boy marron – ce n'étaient pas les bottes noires qu'elle avait aux pieds le premier soir où je l'avais vue dans mon bar.

Sa robe semblait avoir été faite pour elle, mais ce qui capta véritablement mon attention, ce furent ses lèvres rouge sang. Jamais je ne l'avais vue maquillée ainsi.

J'avais envie d'étaler ce trait de couleur avec ma bouche... ou autre chose. L'un ou l'autre m'irait très bien. Mon jean me parut plus étroit à cette pensée. J'avais déjà suffisamment de mal à maîtriser les réactions de mon corps en présence d'Emmy avant que nous couchions ensemble mais, maintenant que nous l'avions fait, j'avais terriblement envie d'elle.

Je secouai la tête. Emmy était installée à une table avec quelques filles. Je me rappelais les avoir vues en ville, mais j'aurais été incapable de retrouver leurs noms. Teddy n'était pas parmi elles, ce qui signifiait qu'elle était probablement en train d'entourlouper des hommes au bar.

Je m'arrachai à la contemplation d'Emmy. Elle n'avait pas remarqué ma présence et j'avais envie qu'elle passe une bonne soirée avec ses amies. C'était l'anniversaire de Teddy, après tout.

Je regagnai le bar où, sans surprise, Teddy était occupée à flirter avec mes habitués – habitués qui étaient en train de gober ses paroles encore plus facilement que d'habitude, probablement en raison du diadème et de l'écharpe qu'elle portait et qui clamaient BIRTHDAY GIRL. Elle se retrouva avec quatre verres qu'elle n'avait pas payés et les emporta jusqu'à la table où l'attendaient Emmy et les autres.

J'avais envie d'aller dire un mot à Emmy, en coup de vent, alors je passai derrière le bar et commençai à préparer une boisson que je ne réalisais jamais : des shots de vodka citron. Cela ressemblait bien à ce qu'un groupe de filles réunies dans un bar consommeraient pour un anniversaire, non ?

De toute façon, j'étais lancé.

Je terminai les shots, les plaçai sur un plateau et me dirigeai vers leur table. C'était tout. C'était tout ce que je comptais faire. Apporter des shots à Emmy et ses amies puis la laisser tranquille pour le reste de la soirée.

Emmy me vit approcher alors que je me trouvais à quelques pas de la table. Elle me sourit et je manquai de lâcher ce fichu plateau.

— Mesdemoiselles, les saluai-je.

Je me sentais parfaitement idiot.

— J'ai entendu dire que quelqu'un fêtait son anniversaire.

— Oui, c'est certainement pour *cette* raison que tu nous apportes des boissons gratuites, railla Teddy.

Je m'en fichais, mes yeux étaient rivés sur Emmy. Comme toujours.

— Je peux les reprendre, si vous préférez, répliquai-je en lançant un bref coup d'œil à Teddy.

— Ne fais pas attention à elle, lança Emmy. On les garde.

Je déposai le plateau au milieu de leur table et chacune d'elles s'empara d'un verre à shot.

— Brooks, me héla Teddy, je rêve ou c'est de la vodka citron ?

À ces mots, le sourire d'Emmy s'épanouit davantage.

— Ouais, répondis-je d'un air penaud.

— Tu m'as caché ça durant toutes ces années ? Je ne savais même pas que tu pouvais en préparer ici.

Les deux jeunes femmes assises de l'autre côté de la table se mirent à glousser.

— C'est seulement pour cette fois. Ne t'y habitue pas.

— Merci, fit Emmy.

Elle jeta alors un regard sévère à Teddy.

— Dis merci, miss « reine du jour ».

— Merci, Brooksy. C'est une très gentille attention.

Les filles poussèrent des cris enthousiastes, frappèrent les verres à shot sur la table et les vidèrent d'un trait. Je scrutai la gorge d'Emmy tandis qu'elle avalait.

Bon sang. Tout ce qu'elle faisait me faisait bander.

Elles reposèrent toutes leur verre sur le plateau et je le repris.

— Joyeux anniversaire, Teddy, conclus-je avant d'adresser un clin d'œil à Emmy en m'éloignant.

La voir rougir me procura plus de plaisir que cela n'aurait dû.

Je gardai un œil sur elle durant toute la soirée. Pas d'une manière flippante – d'une manière qui voulait dire : « Je t'apprécie vraiment et je pense que tu es la plus belle femme au monde. »

Après le shot que je lui avais apporté, elle ne but pas beaucoup, sirotant simplement un cocktail jusqu'à ce qu'elle et sa fameuse robe rouge se dirigent vers le bar. Il était hors de question que je laisse quelqu'un d'autre prendre sa commande. Je faillis faire tomber Joe en essayant de m'approcher.

Je vins me planter devant elle, de l'autre côté du comptoir.

— Je te sers quoi, chérie ?

— Prends un shot avec moi.

Sa réponse me surprit. Elle m'observait avec une sorte de fièvre dans le regard et j'étais incapable de lui dire non. Je pris sous le bar deux verres à shot.

— Choisis ton poison.

— Tequila, s'il te plaît.

Je me retournai et attrapai une bouteille d'alcool de meilleure qualité à l'arrière du bar, nous servant un shot à chacun avant de faire glisser le sien sur le comptoir.

— À quoi buvons-nous ? demandai-je.

— Aux nouveaux départs.

J'essayai de ne pas chercher de signification cachée dans ses mots. Nous trinquâmes et bûmes nos shots cul sec, sans nous quitter des yeux un seul instant.

Bordel.

C'était un miracle que je n'aie pas essayé de la prendre sur le bar sur-le-champ. Joe pourrait me remercier plus tard.

Emmy essuya une goutte d'alcool au coin de ses lèvres. J'aurais aimé le faire à sa place. J'avais besoin de la toucher.

— Combien je te dois ? demanda-t-elle.

— C'est la maison qui offre.

— Tu en es sûr ?

Je me penchai au-dessus du bar et lui fis signe d'approcher. Je pouvais enfin lui parler sans que personne entende.

— Tu peux me remercier en me laissant t'arracher cette fichue robe tout à l'heure.

Même avec la musique du groupe et les clients qui chantaient en chœur, je pus entendre Emmy prendre une courte et profonde inspiration.

Je me redressai et retrouvai ma position habituelle de l'autre côté du bar.

— D'accord, lâcha-t-elle dans un souffle, avant de tourner les talons et de repartir en direction de ses amies.

Elle percuta quelques personnes comme si elle était dans un état second. Elle ne regardait même pas où elle allait.

Elle avait un effet monstre sur moi, et j'aimais voir que je l'affectais également. C'est alors qu'elle bouscula un type que je ne reconnus pas, ce qui était rare, et que celui-ci plaça une main sur sa taille pour l'aider à retrouver son équilibre. La dernière fois, c'était Kenny Wyatt, et à présent cet enfoiré.

Je lui accordai mentalement deux secondes pour retirer sa main avant que je le fasse pour lui. Il la retira.

Bien.

Je fis rouler mes épaules, essayant de maîtriser ma jalousie, mais la façon dont il lui souriait me faisait voir rouge, et ce n'était pas la bonne sorte de rouge comme celui de la robe d'Emmy. Je la regardai s'excuser de l'avoir percuté puis rejoindre sa table.

Il l'observait.

J'allais devoir garder un œil là-dessus.

L'heure qui suivit fut un vrai tourbillon. C'était vraiment la folie ce soir. Le groupe jouait de la musique country des années 1990 et rien n'enflammait la clientèle d'un bar comme Alan Jackson.

Tout le monde était sérieusement soûl et sérieusement agité. Apparemment, tous étaient venus pour fêter l'anniversaire de Teddy.

C'est environ au milieu de « Good Time » que je remarquai que l'homme qui avait posé sa main sur Emmy plus tôt s'était approché de sa table avec quelques amis. Il portait une chemise en jean *et* un jean. Denim sur denim.

Quel crétin.

Ils ne font que parler, Luke. Relax.

Teddy et les autres filles étaient très clairement en train de flirter. J'avais été l'objet de pareilles attentions et avais travaillé dans cet endroit suffisamment longtemps pour savoir à quoi cela ressemblait. Double Denim parlait à Emmy, mais elle gardait son regard dirigé vers Teddy tout en s'écartant de lui.

Elle n'était pas intéressée. *Bien.*

J'avançai vers l'extrémité du comptoir la plus proche de sa table, tout en me disant que c'était l'endroit où il me fallait être pour essuyer les verres, ce qui n'était que des conneries, mais cela n'avait pas d'importance. C'est à ce moment-là que Double Denim passa à l'action.

Il posa une main sur le genou qu'Emmy avait croisé par-dessus son autre jambe. Elle bougea pour faire tomber sa main, mais il la reposa aussitôt.

Voilà qui n'était absolument pas acceptable, bordel.

J'arrivai à leur table en trois secondes chrono.

— Ôte tes sales pattes d'elle.

Les yeux de Double Denim se posèrent brusquement vers moi. Il parut surpris mais ne bougea pas.

— Tout de suite.

Ma voix était méconnaissable.

— Hé, du calme, mon gars. On ne faisait que parler.

— Je n'ai pas l'impression qu'elle ait envie de te parler, *mon gars*.

Double Denim se tourna vers Emmy qui posait sur moi un regard qui n'avait rien d'amical.

Cela m'était totalement égal.

— Il n'y a pas de problème, pas vrai, trésor ?

Ce fut la goutte d'eau. Je m'avançai vers lui pour pouvoir l'attraper par le col de sa stupide chemise en jean et approchai son visage du mien. Comme il mesurait quelques centimètres de moins que moi, je le tirai vers le haut, l'obligeant à se retrouver sur la pointe des pieds.

— Prends tes potes avec toi et foutez le camp de mon bar.

— T'es pas sérieux, mec.

— Je le suis carrément.

Je le repoussai, et Joe, qui avait quitté sa place derrière le comptoir, le rattrapa avant qu'il tombe par terre. J'avais dû le pousser plus fort que je ne le pensais. Il voulut se jeter sur moi, mais Joe le tenait fermement.

— Allons, allons, pas de scandale, les gars. Partez maintenant, et la maison vous fait cadeau de votre dernière tournée, dit Joe.

Double Denim s'arracha de la prise de Joe d'un coup d'épaule.

— Cassons-nous. Cet endroit est naze et cette salope n'en vaut pas la peine.

Avant qu'il puisse commencer à s'éloigner, je le saisis par l'épaule et lui balançai mon poing dans la tronche. Fort. Mes phalanges percutèrent son visage, produisant un affreux craquement, et Double Denim resta étendu par terre pendant quelques secondes.

Il se releva avec difficulté et voulut s'en prendre à moi. J'attrapai son poing dans ma main – il avait balancé une droite toute molle – et tordis son bras derrière son dos. Il se trouvait face à Emmy, mais je veillai à ce qu'il ne soit pas assez proche d'elle pour pouvoir la toucher.

— Excuse-toi, dis-je d'un ton sec.

— Mais putain, mec, c'est quoi ton problème ?

— Excuse-toi, répétai-je.

Double Denim tenta de se retourner et de me regarder, mais je resserrai ma prise sur son bras et le vrillai. Il lança un nouveau regard à Emmy, dont la mâchoire était serrée et les lèvres pincées.

— Je suis désolé, articula Double Denim.

— Maintenant tire-toi de mon bar.

Je le repoussai pour qu'il percute ses amis, qui avaient tous l'air de s'être chié dessus.

— Désolé, mec. On s'en va.

C'était l'un des amis de Double Denim qui venait de parler. Merde. Je me sentais presque mal d'avoir frappé ce gars, vu comme ses amis paraissaient effrayés, mais personne ne parlait ainsi à Emmy en s'en tirant à bon compte.

Tous quatre passèrent la porte et, une fois qu'elle se fut refermée derrière eux, tous les clients du bar explosèrent en un tonnerre d'acclamations. J'imagine que lorsque le propriétaire du bar envoyait une droite à quelqu'un, les gens se figuraient que la personne en question le méritait.

Je reposai mon regard sur Emmy, qui se tenait les bras croisés et me dévisageait toujours avec un air peu commode. Plutôt que de lui donner une occasion de m'engueuler devant toutes les personnes présentes, qui avaient plus ou moins repris les activités qui les occupaient avant ce coup de poing, je la soulevai de sa chaise et la jetai par-dessus mon épaule comme un sac de pommes de terre, prenant tout particulièrement soin de maintenir le tissu de sa robe de sorte que personne n'ait droit à un spectacle gratuit. À présent, c'était au tour de Teddy de pousser un cri de joie.

La reine de la fête affichait un sourire géant.

La connaissant, elle avait probablement orchestré toute cette histoire d'une façon ou d'une autre.

Emmy Ryder était mienne, et j'allais le lui prouver tout de suite.

— Brooks ! Repose-moi, espèce d'homme de Néandertal ! Tu te fous de moi ?

— Je ne vais pas te reposer, chérie, même pas en rêve, répondis-je en traversant le bar en la tenant sur mon épaule.

Elle frappait mon dos de ses poings. C'était mignon.

— Tu es complètement dingue, tu le sais, ça ?

— Je suis dingue de toi, c'est tout.

— Oh, bon sang ! Repose-moi !

Elle continua à protester, mais je ne la libérai qu'une fois que nous fûmes dans mon bureau et que la porte eut été fermée et verrouillée derrière nous. Je reposai délicatement Emmy et, dès que ses pieds eurent touché le sol, elle me repoussa.

— Qu'est-ce qui ne va pas chez toi, à la fin ? Tu ne peux pas décider de frapper les gens dès qu'ils me parlent.

— Il a posé ses mains sur toi, chérie. Personne ne pose les mains sur toi.

— On est dans le vrai monde, Brooks. Tu n'as pas besoin de me sauver d'un gros lourd dans un bar. Je suis capable de me débrouiller toute seule.

Emmy me foudroyait du regard. Ses yeux brillaient d'un éclat incandescent – exactement comme j'aimais.

— Bien sûr que tu sais te débrouiller toute seule.

— Alors dans ce cas, pourquoi avoir débarqué et agressé physiquement l'un de tes clients comme une sorte de cow-boy justicier ?

J'attrapai Emmy par la taille et la poussai contre la porte de mon bureau. Je fis courir ma bouche le long de son cou, puis la remplaçai par ma main une fois mes lèvres posées sur les siennes. Je lui prodiguai un rapide baiser avant d'appuyer mon front contre le sien.

— Parce que, chérie, voir quelqu'un d'autre te toucher m'a fait péter les plombs, lâchai-je dans un souffle.

La poitrine d'Emmy se soulevait à un rythme erratique. La fureur dans son regard s'était muée en autre chose.

— Tu... tu ne peux pas f... faire ça, bafouilla-t-elle.

J'immisçai ma main sous l'ourlet de sa robe pour toucher la peau douce de sa cuisse.

— Et pourquoi pas ?

— Par... parce que. Fra... frapper les gens, c'est m... mal.

Je lâchai un petit rire et fis remonter ma main plus haut sous sa robe, jusqu'à sa culotte. Ou du moins, jusqu'à l'endroit où elle aurait dû se trouver.

Putain...

Emmy lâcha un gémissement étouffé. *Nom d'un chien*. Elle me rendait dingue.

Je la taquinai de mes doigts.

— Tu mouilles pour moi, chérie. Depuis combien de temps es-tu comme ça ?

La musique jouée par le groupe couvrait tout ce qui se passait à l'extérieur de mon bureau. Il n'y avait plus que nous à présent.

— De... depuis que je t'ai vu derrière le comptoir.

— Ah oui ? Et c'est pour ça que tu es venue prendre un shot avec moi ? Pour attirer mon attention ?

— J'avais soif.

À ces mots, je saisis la bouteille de bourbon posée sur la table près de la porte et retirai le bouchon avec mes dents.

— Soif ? Tu as encore soif, chérie ?

Elle hocha la tête.

— Ouvre la bouche, lui ordonnai-je.

Elle s'exécuta aussitôt et ma queue déjà dure eut un sursaut à la vue de ses lèvres ouvertes, prêtes à prendre tout ce que je leur donnerais.

Je pris une gorgée de bourbon avant de reposer la bouteille sur mon bureau, mais je ne la bus pas. Je me penchai vers Emmy, ma main la gardant toujours plaquée contre la porte de mon bureau, et l'embrassai pour faire couler le bourbon dans sa bouche.

Elle avala.

Je sentis le mouvement de déglutition sous ma prise. *Bon sang.* Elle me rendait fou.

Je passai ma main sous sa robe et ses yeux se révulsèrent quand je glissai le bout de mon doigt entre les plis de sa chair. Elle se mit à faire bouger ses hanches, mais je retirai rapidement mon index. Ses yeux s'ouvrirent brusquement.

— Qu'est-ce que tu fous ? s'exclama-t-elle.

— C'était toi qui étais furieuse contre moi, chérie. Je ne veux pas que tu fasses quoi que ce soit que tu regretteras plus tard, répondis-je en souriant.

J'adorais la taquiner. Je léchai mon doigt, le goût se mêlant à la brûlure du bourbon, avant de libérer la gorge d'Emmy et de reculer d'un pas. Dans mon jean, mon membre était si dur que c'en était douloureux.

— Tu veux rire ? s'étrangla Emmy.

— Non.

— S'il te plaît ?

Bon sang, j'adorais l'entendre m'implorer. Cela me rappelait qu'elle avait envie de moi autant que j'avais envie d'elle.

— Et puis tu as bu, dis-je, même si je savais qu'elle n'était pas soûle – certainement pas même éméchée.

— J'ai bu deux verres et la moitié d'une vodka soda, et ne le prends pas mal, mais tes vodkas citron ne sont pas très corsées.

Je lui adressai un petit sourire narquois.

— Tu penses que tes insultes concernant mes talents de barman vont me faire changer d'avis ?

— Ça dépend de ce qui te plaît, répliqua-t-elle d'un air faussement timide.

— Rien que toi.

Emmy abolit toute distance entre nous pour venir presser ses seins contre mon torse.

— Si tu ne veux pas me toucher, alors laisse-moi te toucher, toi.

Bon sang. Emmy fit glisser sa main sur ma poitrine puis sur la bosse dure de mon jean.

Je sursautai. Elle éclata de rire.

— Tu devrais vraiment me laisser m'occuper de ça, dit-elle avec douceur.

Merde. Comment on en était arrivés là ? *S.O.S. S.O.S.* J'avais perdu le contrôle de la situation.

— Ça... ça va.

C'était moi qui bafouillais à présent. Emmy passait sa main sur mon jean, le pressant. Elle se mit à me repousser vers mon bureau. Je la laissai faire, jusqu'à ce que l'arrière de mes jambes cogne contre le rebord. Elle se dressa sur la pointe des pieds et me donna un rapide baiser avant de – *oh, bordel* – s'agenouiller devant moi. J'avais une vue imprenable sur sa fameuse robe rouge. Elle commença à défaire ma ceinture.

— Je peux ?

Pensait-elle réellement que j'allais dire non ? Mon cerveau avait temporairement perdu la capacité de me faire émettre le moindre mot alors que mes yeux étaient rivés sur la splendide femme agenouillée devant moi.

Je n'étais capable que d'une chose : hocher la tête.

— Dis-moi oui, Luke, insista-t-elle.

On pouvait dire que la roue avait tourné, ce soir.

— Oui, chérie. Voyons à quoi tu ressembles avec ma queue dans la bouche.

Emmy réussit à défaire ma ceinture et à baisser mon pantalon en quelques secondes. Elle se pencha et fit courir sa langue sur toute la longueur de ma verge par-dessus le tissu de mon slip avant de le baisser. Mon membre surgit comme un diable de sa boîte et tenta pratiquement de bondir dans la gorge d'Emmy, mais cette dernière ne me prit pas encore en bouche.

Au lieu de ça, elle saisit mon phallus d'une main et se pencha pour lécher lentement le liquide préséminal qui couronnait son sommet. Je ne pus réprimer un grognement au moment de sentir le contact de sa langue. Elle me gratifia de quelques caresses supplémentaires et fit quelques mouvements de va-et-vient à la base de mon sexe avec sa main. Bon sang. J'allais jouir avant qu'elle aille plus loin.

Détends-toi, Luke. Pense à quelque chose d'autre, n'importe quoi à part la fille qui est sur le point d'engloutir ton membre.

Je récitai mentalement une liste de choses n'ayant rien de sexy. Une correspondance ratée à l'aéroport, un frigo en panne, des vaches mettant bas.

D'accord. D'accord. Je pouvais le faire. J'en étais certain… jusqu'à ce qu'Emmy mette mon sexe dans sa bouche et me prenne aussi profondément qu'elle le pouvait.

— Bordel de merde, Emmy… Tu es magnifique…

Je n'avais jamais été trop du genre à manifester mon plaisir à voix haute, mais ça, c'était avant Emmy. Je rencontrai une résistance au fond de sa gorge, et elle laissa entendre ce qui ressemblait à un son de mécontentement.

Elle ajusta sa hauteur, et je sentis sa langue se mettre en mouvement. Je glissai plus profondément à l'intérieur d'elle et elle se mit à faire bouger à la fois sa main et sa bouche sur mon membre.

— Tu aimes t'étouffer avec, pas vrai ? dis-je.

Ma voix était rauque. Emmy leva les yeux vers moi sous la frange épaisse de ses cils et hocha la tête du mieux qu'elle put.

J'avais envie que cette image d'elle à genoux, ses lèvres rouges m'enveloppant, soit la dernière chose que je voie avant de mourir.

Je serrai mon poing dans ses cheveux, essayant de me souvenir d'être délicat, mais au moment où j'enfonçai mon sexe encore plus loin dans sa gorge, elle gémit. Elle avait glissé la main qui n'était pas occupée à caresser mon membre sous sa robe. Elle était en train de se toucher.

— Ça t'excite de me sucer, mon cœur ? Tu as envie que je prenne le contrôle ?

Emmy retira ses doigts de mon membre et les posa sur mes fesses, m'attirant plus profondément en elle.

C'était trop pour moi. Je replongeai mes mains dans ses cheveux et me mis à aller et venir rapidement. *Mon Dieu*, elle était parfaite.

Nous étions tous deux en train de gémir. Bon sang, ce qu'elle me faisait était fabuleux, mais je n'avais pas envie de venir dans sa bouche. Pas ce soir.

— J'ai besoin de jouir en toi, chérie. Laisse-moi te prendre de nouveau.

J'étais obsédé par l'idée de la faire mienne. Elle continuait de me sucer, mais je baissai les mains vers elle et la relevai contre moi, attirant ses lèvres vers les miennes avec une certaine rudesse. Notre baiser fut terriblement fougueux, comme si chacun de nous voulait savoir jusqu'à quelles limites l'autre serait capable d'aller.

Emmy s'écarta la première.

— Je n'avais pas fini, lâcha-t-elle dans un souffle.

Je la fis passer devant moi pour la renverser sur mon bureau, son dos plaqué contre mon torse.

— La seule chose que je désire plus à cet instant que venir dans ta bouche, c'est te remplir.

J'avais besoin qu'elle me dise qu'elle était d'accord avant que nous nous laissions emporter.

— Tu as envie que je te prenne sur ce bureau, chérie ? Je peux le faire ?

— Oui, Luke. S'il te plaît.

Merci, bon sang. J'inclinai Emmy sur le bureau et remontai sa robe.

— Cette robe me torture depuis des heures.

— Je ne l'ai portée que pour toi.

— Bien. Si jamais tu la mettais pour un autre, je devrais lui faire la peau.

Elle éclata de rire mais, pour ma part, j'étais tout à fait sérieux. Je passai mes mains sur ses fesses et mes pouces vinrent écarter son sexe pour moi. Sa chair était mouillée et luisante. Et tout cela pour moi. Je me mis à pousser dans la chaleur humide de son intimité.

Je crus voir des étoiles.

J'agrippai ses hanches et progressai en elle lentement, conscient que cette position serait intense pour elle. Je savais que j'étais imposant. Quand je fus pleinement en elle, je marquai une pause.

Merde, j'allais exploser. *Non*. Pas avant elle.

Frigo en panne. Frigo en panne. Frigo en panne.

Emmy pressa ses fesses contre moi.
— Ne bouge pas, dis-je d'une voix éraillée. Accorde-moi un instant.
Je serrai fort mes paupières.
— Tout va bien, là derrière ?
Je pouvais entendre le sourire dans sa voix. J'adorais ça, bon sang. J'adorais quand elle était contente comme maintenant.
— Ouais, lâchai-je dans un souffle. Tout va bien.
Le danger était passé.
— Alors pitié, commence à bouger avant que je devienne dingue.
Elle n'eut pas à me le demander deux fois. Je me retirai légèrement avant de replonger en elle. Fort. Encore et encore.
Emmy lâcha un cri.
— Oui, Luke, comme ça. Baise-moi, je t'en prie.
Elle demandait toujours les choses si gentiment. Je pensai alors à ce gars posant sa main sur elle. Mon coup de reins suivant fut plus vigoureux. Je pus sentir le bureau glisser sur le sol, mais je m'en fichais complètement. Tout ce qui comptait, c'était Emmy, moi et l'endroit où nos deux corps se rejoignaient.
Je la relevai contre moi. Mes doigts se portèrent sur son clitoris et je me mis à la caresser tout en la pénétrant. Son sexe se serra autour du mien comme un étau. Elle saisit ma main qui était posée sur sa hanche et la fit remonter vers ses seins et sa gorge.
Je la refermai délicatement sur son cou, appliquant une pression imperceptible sur les

côtés. La tête d'Emmy se renversa en arrière contre mon épaule.

— Oui, oui, oui, lâcha-t-elle, à bout de souffle. Tu vas si profond en moi, Luke.

— Tu as été faite pour moi.

Je la gratifiai d'un nouvel assaut, plus puissant encore.

— Dis que tu es à moi, Emmy.

J'avais besoin de l'entendre.

— Je suis à toi.

— C'est bien, chérie. Il n'y a que moi qui puisse t'avoir comme cela.

— Je… je vais…

Elle n'eut pas la possibilité de terminer sa phrase car nous nous enflammâmes tous les deux au même instant. Je me répandis en elle, et bientôt mes coups de bassin se firent plus courts et plus apaisés.

Nous respirions bruyamment et l'une des bretelles de la robe d'Emmy avait glissé de son épaule. Je me retirai lentement et regardai nos fluides mêlés couler le long de ses cuisses.

— Reste là, lui intimai-je.

Je rangeai mon membre dans mon jean et attrapai quelques mouchoirs en papier avant de rejoindre Emmy. J'essuyai délicatement le liquide et rabaissai le tissu de sa robe sur ses fesses.

Elle se retourna et je l'enveloppai de mes bras. Je la tins là, déposant des baisers dans ses cheveux et sur sa tempe. Elle poussa un soupir. Elle avait l'air… satisfaite. Cela propulsa mon cœur dans les airs.

Je caressai ses bras de haut en bas et embrassai sa paume avant de nouer mes doigts aux siens. Je la conduisis jusqu'au canapé placé à côté de mon bureau et la fis asseoir sur mes genoux. Calant sa tête sous mon menton, je continuai à tracer des cercles sur ses bras et sur son dos, heureux comme jamais de la tenir dans mes bras.

— Luke ? murmura-t-elle.

— Ouais, chérie ?

— Je « t'aime-précie » beaucoup.

— Tu es sûre que ce n'est pas seulement la dopamine que nous venons de générer qui a secoué ton cerveau ? demandai-je en plaisantant, essayant de ne pas songer trop sérieusement à son aveu.

Elle leva la tête et plongea son regard dans le mien.

— Non. Je veux que tu saches que tu me plais. Je ne sais pas précisément quand je serai prête à l'annoncer à ma famille, mais je le ferai. J'ai besoin d'un peu de temps, d'accord ?

Cette femme me menait par le bout du nez, et elle n'en avait même pas conscience. Je posai la main sur sa joue.

— Prends tout le temps qu'il te faudra. Mon intention n'était pas de te mettre la pression ce matin.

Emmy valait la peine d'attendre. Je l'avais attendue trente-deux ans sans même le savoir, alors qu'elle était sous mon nez durant tout ce temps.

— Tu ne m'as pas mis la pression. C'est simplement qu'il me faut plus de temps que la moyenne pour assimiler tout ça.

Elle nicha de nouveau la tête sous mon menton.

Emmy Ryder « m'aime-préciait » peut-être, mais c'est à ce moment-là que je sus que j'étais en train de tomber amoureux d'elle.

20

Emmy

Le lendemain, j'avais quelques courses à faire en ville en compagnie de mon père. Quand je franchis la porte à l'arrière de la Grande Maison, il m'attendait dans la cuisine.

Apparemment, l'une des machines servant à botteler le foin faisait toujours des siennes. Nous avions déjà pris du retard, et à cause de cela la veine sur le front de Gus semblait à deux doigts d'exploser. Amos, lui, ne ressentait pas la même nervosité. Il était aussi calme qu'à son habitude.

Il m'accueillit en me prenant dans ses bras. J'adorais les câlins de mon père.

Il ne les bâclait pas. Chaque fois qu'il nous serrait dans ses bras, il le faisait comme s'il s'agissait de la dernière.

— Salut, ma puce. Tu es prête ?

— Bonjour, Papa. Oui, allons-y.

Nous sortîmes pour rejoindre son pick-up. Mon père ne jurait que par la marque Ford. À titre personnel, je n'étais pas vraiment une grande fan du type qui avait instauré la semaine de travail de quarante heures, mais là n'était pas le sujet.

Il faisait plus frais ce matin, signe que l'automne s'annonçait. La voix de Willie Nelson s'échappait doucement des enceintes du pick-up. Je regardais les environs à travers le pare-brise. Tout n'était que feuillages verts et ciel d'un bleu éclatant. D'ici un mois ou deux, les feuilles des arbres changeraient, transformant ce paysage vert et bleu en une scène digne d'un incendie.

— Comment vas-tu ? Ton installation se passe bien ? s'enquit mon père.

— Oui, parfaitement.

— Depuis quand es-tu rentrée ? Un peu plus d'un mois, c'est ça ?

Grâce à cette simple question, je savais à présent pourquoi nous nous rendions en ville tous les deux. Certes, mon père voulait passer du temps avec moi, mais il avait aussi envie de connaître mes projets.

— Oui, à peu près.

— Je suppose que tu sais quelle est la prochaine question que je vais te poser, ma puce.

Je laissai échapper un soupir.

— Je ne sais pas, Papa.

— Voilà qui est inhabituel de ta part. Que se passe-t-il ?

J'étais sincèrement surprise qu'il ait pris tant de temps pour me le demander, mais à vrai dire je ne lui en avais pas vraiment offert l'occasion.

— Tu sais que quand je suis revenu à la maison et que je t'ai trouvée là, j'étais très heureux de te voir et je savais que tu étais ravie d'être rentrée, mais dès cet instant j'ai su que ma petite puce était triste.

Mon père se frotta le menton. Ses yeux étaient rivés sur la route et les miens, sur lui. J'observai ses cheveux, plus gris que dans mon souvenir, et ses rides, plus creusées. L'inquiétude se lisait sur ses traits.

Quand je regardai mon père, qui n'était plus aussi jeune que dans mon esprit, je compris que le temps avait continué de s'écouler à Rebel Blue durant mon absence, et cette prise de conscience me percuta à la manière d'un train de marchandises.

Je me demandais ce qui était le pire pour lui : s'inquiéter pour moi quand j'étais absente, ou s'inquiéter lorsque j'étais devant lui mais hors d'atteinte.

Bien sûr qu'il savait que je traversais quelque chose. C'était mon père. Et c'était le seul parent que j'aie jamais eu. Et au lieu de rentrer à la maison et de m'ouvrir à lui pour le laisser faire ce qu'il faisait le mieux – être un père –, je m'enfermais dans mon chalet et j'affichais un masque auprès de ma famille.

— Ça m'a brisé le cœur, mais je t'ai laissée gérer seule parce que je sais que c'est ta façon de faire. Au cours des dernières semaines, tu as eu l'air moins triste, alors je me suis dit que tu avais réussi à régler certaines questions dans cette tête au fonctionnement compliqué qui est la tienne. C'est le cas ?

— Pas vraiment, répondis-je avec franchise.

Au contraire, mes pensées étaient plus embrouillées à présent que j'étais tout empêtrée dans ces questions relatives à Luke Brooks, mais mon père n'avait pas besoin de le savoir.

— Je ne crois pas avoir envie de retourner à Denver, mais je ne sais pas non plus ce que je pourrais faire ici sur le long terme. Je ne peux pas diriger les choses comme Gus, et je n'ai pas de projet comme Wes.

Mon père garda une main posée sur le volant tandis que l'autre continuait de caresser sa courte barbe.

— Alors comme ça, plus de compétitions nationales ?

— Plus de compétitions nationales. Je vais participer à la course du concours régional, dis-je, sans trop savoir à quel moment j'avais pris cette décision.

À l'instant même, visiblement.

— Et après ça, fini. Je suis déjà l'une des cavalières les plus âgées du circuit.

Mon père garda le silence. Mes paroles ne paraissaient pas le surprendre. C'était agaçant, mais mon père et mes frères me connaissaient bien. J'étais sûre qu'ils avaient compris que j'en avais fini avec les courses dès l'instant où j'étais rentrée à la maison. Gus était jusqu'à présent le seul à avoir essayé de m'amener à le reconnaître, mais même lui n'avait pas eu le courage de continuer à me presser de questions.

— As-tu encore envie de côtoyer cet environnement ? demanda-t-il finalement.

Par « environnement », il voulait dire le ranch.

— Ou te vois-tu faire autre chose ?

C'était une bonne question, et je n'avais même pas besoin de réfléchir à ma réponse.

— J'ai envie d'être présente au ranch.

Je vis une étincelle pétiller dans les yeux vert émeraude de mon père.

J'y avais réfléchi au cours des dernières semaines, et je ne pouvais tout simplement pas m'imaginer ailleurs qu'à Meadowlark ou Rebel Blue. Pour quelqu'un qui s'était tant démené pour quitter cet endroit, c'était étrange d'avoir le sentiment que là était ma place.

— J'aurais bien besoin d'un moniteur d'équitation, dit mon père.

Sa voix était un peu tendue. Nouée par l'émotion.

— Papa, tu vas bien ?

— Oui, ma puce. Plus que bien. Je me réjouirais pour toi où que tu ailles, mais je suis heureux que tu aies envie d'être ici.

Mon père n'avait jamais essayé de me retenir à Meadowlark. Quand je lui avais exposé mes projets, il s'y était rallié et m'avait soutenue chaque fois qu'il l'avait pu.

Je me demandai à quel point cela avait été dur pour lui de me voir partir.

— Alors, que dirais-tu d'être monitrice d'équitation durant l'hiver ? Et j'aurais aussi besoin d'aide pour le dressage des chevaux. Nous ferons le point ensuite, une fois que tout sera lancé.

— Luke donne des cours.

— « Luke » ?

Mon père leva un sourcil surpris en me regardant. *Merde*. Je n'appelais jamais Luke par son prénom. Ce changement ne lui avait pas échappé.

— Oui, c'est vrai, et il fait du bon travail, reconnut-il. Mais ce garçon s'épuise à la tâche. Je ne sais pas comment il réussit à tout faire.

— Moi non plus.

Il donnait des cours les samedis, travaillait sur le ranch la plupart de la semaine et possédait carrément sa propre affaire. Je ne savais pas si je parviendrais un jour à me remettre de cette énorme différence qui existait entre sa véritable personnalité et celle que je lui avais imaginée.

— De plus, Ronald et sa femme veulent partir pour Yuma. Passer leur retraite au chaud. Donc tu pourrais prendre les adolescents et les adultes. Luke pourrait garder les cours des enfants à la rigueur, mais quelque chose me dit qu'il te laisserait t'occuper d'eux.

Mon rythme cardiaque s'accéléra.

— Qu'est-ce qui te fait dire ça ?

J'essayai d'adopter un ton nonchalant. Mon père prit quelques instants avant de répondre et, quand il le fit, je ne sus trop quoi en penser.

— Il n'y a rien qui se passe à Rebel Blue dont je ne sois pas au courant, ma puce.

Nous arrivâmes dans le centre de Meadowlark quinze minutes plus tard. Après que mon père avait sous-entendu qu'il était l'œil omniscient de Rebel Blue, les premières notes de

« Mama's Don't Let Your Babies Grow Up to Be Cowboys » s'étaient élevées et il était impossible pour Amos et moi de ne pas chanter dès que Waylon et Willie passaient.

Après quoi mon père avait sorti un câble auxiliaire. Ça me ferait toujours sourire que, de nous tous, il ait le plus beau et le plus moderne des pick-up. Il m'avait tendu le câble et j'avais aussitôt mis ma playlist des Highwaymen. Nous avions chanté de tout notre cœur pendant le reste du trajet.

Nous nous garâmes devant le magasin de matériel pour tracteurs au moment où s'achevait « Big River ». Je ne m'étais rendue qu'à quelques reprises dans le centre de Meadowlark depuis mon retour, toujours pour voir Teddy à la boutique, qui devait se trouver à cinq minutes de marche de ce magasin.

Une fois à l'intérieur, mon père se rendit au comptoir. Il récupérerait sa pièce, mais ne manquerait pas de tailler le bout de gras avec Don Wyatt, le propriétaire, pendant au moins vingt minutes, aussi commençai-je à flâner dans les rayons.

Quand un endroit portait littéralement le nom de « magasin de matériel pour tracteurs », les gens supposaient que c'était là l'unique type d'articles qu'il proposait. Ces personnes se trompaient.

Le magasin de matériel pour tracteurs vendait presque tout, et Teddy et moi étions autrefois connues pour y acheter des tas de jeans Wrangler parce qu'ils étaient moins chers que partout ailleurs.

En parcourant les allées, j'aperçus un tee-shirt sans manches et pensai à Luke. Celui que j'avais sous les yeux avait été fabriqué ainsi, contrairement à ceux de Luke, qu'il créait à coups de ciseaux en croisant les doigts quant au résultat final.

Je pris rapidement une photo et la lui envoyai.

Emmy : Combien as-tu dû payer Don pour qu'il accepte de les proposer à la vente ?

Je glissai mon téléphone dans ma poche arrière et continuai à farfouiller, attrapant en chemin l'une de ces tiges se terminant par une pince en forme de tête de dinosaure pour me divertir. Quelques minutes plus tard, mon téléphone vibra.

Luke : Ceux qui ont été directement cousus comme ça ne sont pas pour moi.

Emmy : Pourquoi ?
Les chances qu'on puisse entrevoir l'un de tes tétons sont trop minces ?

Luke : Qu'as-tu contre mes tétons ?

Je souris en regardant mon téléphone. Étant donné que j'étais la personne qui détestait le plus au monde les tee-shirts sans manches, il était consternant qu'ils aient commencé à me plaire. Même si, au fond de moi, je savais que ce n'était pas ce vêtement qui commençait à me plaire, mais bien l'homme qui le portait.

Et ses bras. Oh, mon Dieu, ces bras.
— Salut, Emmy.
Quelqu'un m'avait appelée. Je jetai des regards alentour jusqu'à apercevoir Kenny. Bien sûr, il était là. J'avais oublié que son père était le propriétaire de ce satané magasin de matériel pour tracteurs.
— Salut. Quel hasard de te voir ici.
Il me sourit. C'était bon signe. Peut-être n'était-il pas contrarié que je ne réponde pas à ses textos.
— Tout va bien pour toi ? Je n'ai pas eu de nouvelles depuis que je t'ai vue au bar le mois dernier.
Pauvre Kenny. Il avait perdu une course contre un adversaire dont il ignorait même l'existence.
— Oh oui, je vais bien. Je suis occupée, c'est tout !
— Je n'en doute pas. Je ne savais pas que tu comptais rester en ville si longtemps.
Il semblait plein d'espoir, ce qui me donna l'impression d'être une garce.
— Oui, ça me plaît bien d'être à la maison.
— Cool.
Il garda le silence un instant avant de passer sa main dans ses cheveux, une habitude que je lui connaissais depuis toujours et qui trahissait sa nervosité.
— Et donc, tu crois que ça te plairait d'aller dîner un jour ?
Mon Dieu, il était si gentil, mais je ne pouvais accepter son offre. Kenny était un type bien, mais il ne comptait pas n'être que mon

ami et il n'y avait qu'un homme que je voulais : Luke.

— Désolée, je ne peux pas. Je vois quelqu'un, dis-je, aussitôt effarée de lui avoir annoncé cela.

— Oh. Merde, excuse-moi. Je ne savais pas.

— Ne t'excuse pas, voyons. Merci pour la proposition.

J'adressai à Kenny le sourire le plus amical dont j'étais capable.

— Ma puce, m'appela mon père depuis l'autre bout du magasin, tu es prête à repartir ?

Mon sauveur.

— Ouais ! répondis-je.

Je reposai ma pince dinosaure et rejoignis mon père près du comptoir.

— À la prochaine, criai-je à l'adresse de Kenny par-dessus mon épaule.

Il se contenta d'opiner.

De l'autre côté de la vitrine, je pouvais voir la pièce dont mon père avait besoin être chargée à l'arrière de son pick-up par les employés de Don.

— Salut, Emmy. Bienvenue à la maison, fit Don en me saluant d'un hochement de tête. Kenny m'a dit qu'il t'avait vue dans le coin.

— Merci, Don. Contente de te voir aussi, répondis-je poliment en espérant qu'il n'insisterait pas trop sur le sujet « Kenny ».

Avant qu'il ait l'occasion de le faire, mon père intervint.

— Merci, Don. Porte-toi bien.

Il donna une petite tape sur le comptoir avant de tourner les talons et de me faire signe de le suivre. Quand nous fûmes sortis du magasin, il me demanda :

— Tu veux prendre un café avant qu'on rentre ?

J'acquiesçai.

Nous traversâmes la rue pour gagner le Bean. L'intérieur était exactement comme dans mon souvenir. C'était un endroit si chaleureux.

Rien n'était assorti. Les tables, les sièges, les canapés – tous étaient dépareillés. Pas d'une façon chic qu'aurait pu orchestrer Teddy, mais d'une manière chaotique digne d'un marché aux puces. Je ne savais pas si cela améliorait ou aggravait mon TDAH.

Teddy et moi avions pour habitude de faire nos devoirs dans cet endroit, mais je n'arrivais jamais à rien à l'époque. À présent, je savais pourquoi.

Mon père s'approcha du comptoir et commanda deux cafés filtre, le sien noir, et le mien avec une tonne de crème mais pas de sucre. À ma connaissance, il était le seul autre homme dans ma vie à connaître mes préférences en matière de café.

Nous choisîmes une table près de la vitrine pour nous poser quelques instants.

— J'accepte ton offre, Papa, dis-je spontanément.

— Tu donneras des cours ?

— Oui. Je ne veux pas de ceux de Luke, à moins qu'il n'en veuille plus, mais je prendrai ceux de Ronald.

— Ça me va. Tu gagneras le salaire de base pour la première saison et on le réévaluera ensuite.

— Marché conclu.

Mon père tendit le bras par-dessus la table pour que nous puissions échanger une poignée de main. Nous restâmes là pendant un moment, nos regards perdus de l'autre côté de la vitre, nous contentant de profiter de l'instant. C'était agréable.

Puis mon père finit par dire :

— Tu ressembles tellement à ta mère, Emmy.

Je savais que mon père aimait ma mère, et qu'elle lui manquait chaque jour, mais il ne parlait pas d'elle si on ne l'y invitait pas. Il fallait toujours que je pose des questions.

— Tu sais, c'est elle qui voulait que tu t'appelles Clementine.

Je hochai la tête. Il me l'avait déjà dit.

— Elle chantait cette chanson aux garçons quand ils étaient grognons ou qu'ils n'arrivaient pas à dormir. Ça marchait toujours. Nous pensions que nous allions avoir un autre garçon mais, quand tu es arrivée, je n'ai même pas eu le temps de dire un mot qu'elle t'avait déjà donné ton prénom. Tu pleurais rarement quand tu étais bébé. J'aime à penser que c'est parce qu'il y avait un peu de ta mère dans ton prénom, même si elle n'était pas là.

Ça, je ne le savais pas.

— Plus les années passent, plus je la reconnais en toi. Elle était réservée, comme toi. Elle préférait résoudre les problèmes en y réfléchissant seule et elle gardait ses intentions pour elle.

— Et c'est mal, selon toi ?

— Non. C'est ce qui la rendait farouchement indépendante et déterminée. J'aimais ça chez elle. Quand elle est arrivée dans ma vie, jamais je n'avais rencontré quelqu'un comme elle. J'aime ces traits de caractère chez toi également.

Mon père ne parlait jamais de la sorte.

— Pourquoi ne parles-tu pas plus souvent d'elle ?

Il lui fallut un instant avant qu'il formule sa réponse.

— Tant qu'elle est là, dans ma tête, je peux la garder en sécurité.

Le regard de mon père était triste. *La garder en sécurité.* L'entendre prononcer ces mots me brisa le cœur. Mon père était avec elle au moment de sa mort. Elle s'était fait désarçonner et sa tête avait violemment percuté un rocher. Un coup de malchance.

Le parallèle entre ma mère et moi ne m'échappait pas. Je crois que c'était en partie la raison pour laquelle je ne lui disais pas ce qui m'était arrivé.

— Je suis désolé de ne pas t'avoir parlé davantage d'elle, fit mon père.

— Ne t'en fais pas pour ça.

Et je le pensais sincèrement. J'aimais ma mère, et j'aurais aimé la connaître, mais elle ne me manquait pas – pas comme à Gus ou Wes. Quelqu'un que l'on n'avait jamais connu pouvait difficilement vous manquer. Ce qui me manquait tout de même, c'était l'idée d'elle.

Parfois, j'avais l'impression qu'il y avait un trou dans mon cœur à l'endroit où elle aurait dû être.

— Pourquoi parles-tu d'elle maintenant ? m'enquis-je, curieuse de savoir ce qui avait déclenché cette conversation.

— La première fois que je l'ai vue, c'était dans cet endroit. Ce n'était pas un café à l'époque, juste un *diner*. Quand j'ai levé les yeux vers toi à l'instant, cela m'a rappelé ce jour. Sa voiture était tombée en panne en dehors de la ville. Elle avait marché quelques kilomètres pour arriver jusqu'ici. Elle prévoyait de ne rester qu'une nuit, mais elle n'est jamais repartie.

Mon père était comme un fleuve, puissant et constant. Je pouvais voir comment ma mère s'était laissé emporter par lui.

— C'est difficile ? D'aimer quelqu'un alors qu'il n'est plus là ?

J'avais l'impression que je devais profiter de ce moment où mon père parlait librement de ma mère.

— Non, il n'y a jamais rien eu de plus facile pour moi que d'aimer Stella, qu'elle soit là ou non.

Qui aurait imaginé qu'Amos Ryder était un tel romantique ? Mon cœur se mit à peser lourdement dans ma poitrine. Je craignis qu'il ne se décroche.

— L'a-t-elle un jour regretté ? D'être restée ici ? demandai-je, verbalisant ce qui représentait ma plus grande peur : celle de me mordre les doigts de ne pas repartir.

Mon père me regarda attentivement, comme s'il savait précisément ce que j'avais à l'esprit.

— Tu sais, je crois que non. Quand elle a quitté sa ville natale, elle était à la recherche de quelque chose. Et je pense qu'elle l'a trouvé ici.

— Et que cherchait-elle ?

— Ce que nous cherchons tous : l'amour, un soutien, un sens à sa vie.

— Et elle les a trouvés en toi ?

— Et dans les montagnes. En August. En Weston. Et en toi.

Je sentis des larmes me piquer les yeux. Qui donc coupait des oignons dans ce fichu café ? Je n'avais jamais vraiment pleuré pour ma mère, mais aujourd'hui je pleurais pour l'homme qui l'avait perdue. On pouvait compter sur mon père pour réussir à me mettre la larme à l'œil dans un lieu public.

Ses traits reflétaient tout son amour pour moi quand il dit :

— J'espère que tu trouveras cela, toi aussi, Clementine. Que ce soit à Meadowlark ou ailleurs, plus tard.

Je comprenais la décision de ma mère de quitter sa ville natale, mais je comprenais également sa décision de rester dans cette bourgade perdue mieux que je ne l'aurais pu quelques mois plus tôt.

Quand j'étais plus jeune, je n'avais qu'une idée en tête : partir. Chacun de mes objectifs était lié à mon envie de quitter Meadowlark : aller à l'université, participer à des courses, tout.

Mais à présent, je voulais rester.

Je me sentais en sécurité dans cet endroit.

Peut-être avais-je simplement eu besoin de m'éloigner pendant quelque temps pour comprendre que cet endroit était spécial, que j'étais fière d'en être originaire, et *parce que* je venais d'ici, j'avais une expérience différence de toute autre personne.

Je pensais autrefois que Meadowlark me donnait l'impression d'être insignifiante, mais en réalité je crois que c'était moi qui créais ce sentiment en traquant toujours la prochaine chose à faire pour pouvoir la rayer de ma liste. Il était difficile de se sentir bien quand on ne se réjouissait jamais de ce qu'on avait accompli.

Aujourd'hui, j'étais fière de moi et de mes réussites. J'étais également satisfaite. Et non, cela n'avait rien à voir avec Brooks. Lui n'était qu'un bonus.

Il y avait quelque chose de particulier à propos de Meadowlark.

— Tu sais, Papa, je crois que je l'ai déjà trouvé.

21

Emmy

Plus d'une semaine s'était écoulée depuis l'anniversaire de Teddy, où je m'étais retrouvée à faire l'amour avec le meilleur ami de mon frère dans un bar, avec la moitié de la ville de l'autre côté du mur.

Par chance, la foule qui emplissait le Devil's Boot ce soir-là était plus agitée et tapageuse qu'à l'habitude, aussi personne n'avait remarqué que Luke et moi étions partis pendant un moment après qu'il m'avait jetée par-dessus son épaule et portée jusqu'à son bureau – à l'exception de Teddy, bien sûr.

Quand je l'avais rejointe à notre table, ses amies de la boutique, Madi et Emily, commençaient à souffrir de quelques difficultés d'élocution et je n'étais pas trop inquiète en ce qui les concernait. Teddy, en revanche, c'était une autre affaire. Je me sentais mal d'avoir quitté sa fête d'anniversaire, même si j'en avais été écartée à mon corps défendant.

Mais Teddy n'était absolument pas furieuse contre moi.

Elle affichait un air radieux.

La première chose qu'elle me demanda fut :

— Où est donc passé ton rouge à lèvres ?

Bientôt suivi de :

— Je n'arrive pas à croire que tu te sois fait culbuter dans un lieu public. Même moi, je n'ai jamais fait un truc pareil.

Luke sortit de son bureau quelques minutes plus tard et me frôla la main en regagnant le comptoir. Son barman – je crois qu'il s'appelait Joe – le gratifia d'un regard sévère.

De son côté, Luke essayait de remettre en place ses cheveux bruns et donnait l'impression de réprimer un sourire.

Mon Dieu, il était si *mignon*.

C'était ce que j'avais pensé à ce moment-là, et c'était encore ce que je pensais en cet instant, au moment où il apparut. Je marchais vers les écuries pour sortir Maple pour une promenade.

Au cours de la semaine écoulée, j'étais devenue beaucoup plus à l'aise en selle. J'avais même été capable de pousser Maple au galop et elle avait adoré ça.

Chaque fois que je montais un cheval, mon estomac se serrait encore un peu. J'ignorais s'il me serait possible d'oublier un jour complètement mon accident, mais il y avait de cela quelques mois, je pensais ne plus jamais monter.

Les choses s'étaient tellement améliorées.

Monter était tout pour moi, et maintenant que je pouvais le faire de nouveau, j'étais capable de reconnaître combien j'avais souffert quand j'avais cru avoir perdu cette possibilité pour toujours.

Jamais je n'avais éprouvé pareille douleur, et je ne voulais plus jamais la ressentir de ma vie.

Il était difficile de songer à mes progrès en tant que cavalière sans y associer Brooks. Depuis mon retour, les moments passés avec lui avaient été mes préférés, en particulier ceux que nous avions vécus au cours de la semaine écoulée. Je passais parfois la nuit chez lui parce que si quelqu'un posait une question à ce sujet, je pourrais facilement dire que j'étais avec Teddy. Comme ça, nous n'avions pas à nous inquiéter que ma famille se demande pourquoi son pick-up était garé près de chez nous.

Il habitait dans une petite maison de plain-pied, pourvue de deux chambres, dans le vallon situé derrière le Devil's Boot. Il m'avait raconté qu'il avait passé les dernières années à la rénover, et je pouvais voir tous les efforts qu'il y avait consacrés. Je n'aurais jamais imaginé que Luke Brooks était homme à posséder plusieurs oreillers, du joli linge de lit et un cadre de lit par-dessus le marché. Quand je le lui avouai, il me répondit qu'il fallait que je mette la barre plus haut.

Il était plein de surprises.

Comme quand il m'avait entraînée dans un slow au beau milieu de la cuisine, quelques jours plus tôt.

Nous avions tous deux eu une longue journée et, au moment d'entrer chez lui, je ne m'attendais à rien de spécial. J'avais simplement envie d'être avec lui.

Mais à mon arrivée, il avait déjà préparé le dîner. Et Luke Brooks savait se débrouiller en cuisine.

Alors que nous débarrassions et nettoyions, la petite enceinte de son salon s'était mise à diffuser une chanson lente de Randy Travis. Il avait jeté par-dessus son épaule le torchon pour essuyer la vaisselle et saisi ma main pour m'attirer contre lui. Il avait posé une main sur ma taille et noué ses doigts aux miens.

Nous avions dansé dans la cuisine, et j'aurais voulu prolonger ce moment pour l'éternité.

Plus tard le même soir, nous nous étions endormis sur son canapé en regardant mon film préféré, *Fashion Victime*.

C'était lors de petits moments tels que celui-ci que je pouvais voir réellement qui il était. Oui, il ne faisait aucun doute qu'il était un mutilateur de tee-shirts, mais il n'était pas arrogant, irresponsable ou négligent.

Il était attentionné et protecteur.

Pour quelqu'un qui avait passé toute sa vie à solliciter l'attention d'autrui, il savait vraiment me donner l'impression d'être la seule personne vivant sur cette planète.

Le Luke que j'avais appris à connaître depuis mon retour était le genre d'homme dont je pourrais tomber amoureuse. Je commençais à me dire qu'il était le *seul* dont je pourrais tomber amoureuse.

Et c'était sacrément effrayant.

Je le regardai passer le râteau sur le sol du corral, ce qui signifiait qu'il l'avait déjà nettoyé.

Son haut gris commençait à coller à son corps et sa peau luisait sous l'éclat du soleil de fin d'été. Il s'arrêta un instant pour relever le bas de son tee-shirt afin de s'essuyer le visage avec.

Mon Dieu.

Je m'avançai jusqu'à la clôture et croisai mes bras par-dessus la barrière.

— Bonjour, dis-je, annonçant ainsi ma présence.

Luke vint jusqu'à moi.

— Bonjour, répondit-il après avoir déposé un baiser rapide sur ma tempe.

— Tu m'as manqué hier soir.

Il m'adressa un petit sourire satisfait et je repoussai malicieusement son épaule.

— Arrête un peu, veux-tu ?

— Désolé pour hier. Je devais me lever plus tôt que d'habitude et j'ai pensé que tu avais déjà perdu suffisamment de sommeil cette semaine comme ça.

Son sourire se fit espiègle.

Il disait vrai.

C'était étrange... d'être avec lui. C'était comme si je n'en avais jamais assez. J'aimais le sexe, mais je n'avais jamais eu un appétit particulièrement vorace dans ce domaine – jusqu'à Luke. J'étais habituée à traverser de longues périodes sans coucher avec personne. Cela ne m'avait jamais causé le moindre souci.

Il était évident qu'entre nous le sexe était génial, mais ce qui me rendait vraiment accro, c'était que Luke avait envie de moi et qu'il n'en faisait pas secret. Il me faisait me sentir désirée et même sensuelle, un mot que je n'aurais jamais utilisé jusqu'alors pour me décrire. Je l'aurais fait pour évoquer Teddy, mais pas moi.

J'adorais cette sensation.

— Pourquoi a-t-il fallu que tu te lèves si tôt ?

— Tu verras bien. Partante pour une balade ?

Il coinça une mèche de cheveux derrière mon oreille.

— Oui, mais je dois d'abord nettoyer les stalles et m'occuper des écuries des chevaux en pension aujourd'hui.

— Tout est réglé.

— C'est physiquement impossible si tôt dans la matinée.

Luke se pencha par-dessus la barrière et m'embrassa avec douceur.

— Il n'y a plus rien à faire.

Je n'avais même pas envie de savoir à quelle heure il avait dû arriver pour accomplir cet exploit. Avait-il même fermé l'œil de la nuit ?

— Il faudra faire le point sur les écuries des chevaux en pension cet après-midi, mais tout ce qui pouvait être fait ce matin est fait.

— Vraiment ?

— Vraiment. Alors... prête pour cette balade ? insista-t-il après un nouveau baiser.

Je hochai la tête avec enthousiasme et marchai vers les box. Luke m'imita de l'autre côté de la clôture jusqu'à sortir du corral. Nous rejoignîmes l'entrée principale de l'écurie ensemble.

Une fois sur le seuil, je vis que Friday comme Maple étaient attachés dans la zone de pansage – pansés, sellés, bridés et prêts à partir.

— Waouh, tu n'as vraiment pas chômé, dis-moi !

— Ils ne sont là que depuis quelques minutes. Je pensais avoir calculé mon timing à la perfection pour que tout soit prêt à ton arrivée, mais j'avais oublié que tu as la manie de relancer la sonnerie de ton réveil plusieurs fois.

Je le repoussai de nouveau d'un geste taquin.

— Méchant !

— Comme peut-on grandir dans un ranch et n'être toujours pas capable de se lever quand sonne le réveil ?

— Je veille tard. J'aime quand tout est paisible.

— Je me souviens de mes nuits paisibles, mais maintenant j'ai cette femme qui m'essore littéralement et qui ronfle après.

— Je ne ronfle pas !

— Si, tu ronfles.

Il me donna une délicate pichenette sur le nez.

— Mais c'est mignon. Je n'ai jamais rencontré personne qui dorme aussi profondément que toi.

J'aurais aimé pouvoir démentir ses paroles, mais il s'agissait là de la vérité. J'avais le sommeil lourd. Il me fallait un certain temps pour aller me coucher, mais une fois que j'étais enfin au lit, rien ne pouvait me faire bouger. L'apocalypse pourrait advenir que je n'aurais même pas la possibilité d'échapper aux zombies, parce qu'ils m'attraperaient dans mon sommeil.

— Ouais, c'est ça, marmonnai-je.

Je rejoignis Maple, et elle vint blottir sa tête contre mon épaule. Je passai mes bras autour de son encolure. Maple était un cheval affectueux et je l'aimais énormément. Elle ne m'appartenait que depuis le début de ma carrière professionnelle, mais j'avais l'impression qu'elle avait toujours fait partie de ma vie. Entre elle et Moonshine, j'étais persuadée d'avoir les meilleures juments de Rebel Blue.

Brooks et moi fîmes sortir nos montures des écuries et grimpâmes en selle.

— Tu te sens bien ? demanda-t-il.

— Oui.

C'était vrai. Ma respiration était régulière et mon esprit calme.

— Où allons-nous ?

— Au petit manège.

Le petit manège se trouvait à proximité des écuries des chevaux en pension. Il était plus grand qu'un corral mais plus petit que le manège grand format situé non loin de l'ancienne Grande Maison. Je l'utilisais beaucoup durant mon enfance et mon adolescence, mais je ne m'y étais pas rendue depuis mon retour car son entretien était confié aux employés du ranch.

Brooks et moi poussâmes nos chevaux à avancer, et nous commençâmes à traverser le ranch. Heureusement que le domaine était gigantesque ; cela m'épargnait toute question à propos de ce que je faisais à chevaucher ainsi avec Brooks.

Après quelques minutes, Luke mit Friday au trot, et je le suivis avec Maple.

Chevaucher à travers Rebel Blue était l'une des meilleures sensations au monde. Le paysage montagneux était fait de verts, de bruns et de jaunes. Avec le ciel bleu en toile de fond, cela créait quelque chose de surnaturel. Il n'y avait pas d'autre façon de le décrire.

Quand Luke et moi fûmes à peu près à une centaine de mètres du petit manège, il poussa Friday au galop.

Je suivis sans réfléchir.

Quand Maple prit de la vitesse, je me relevai légèrement dans les étriers et sentis l'air se déplacer tout autour de mon corps.

Pour la première fois depuis longtemps, monter me donnait l'impression d'être la chose la plus naturelle au monde. Je sentais le rythme régulier des sabots de Maple frapper le sol, ses muscles en plein effort sous les miens et mes cheveux fouettant l'air derrière moi.

Trop tôt à mon goût, Friday et Luke ralentirent et je dus les imiter. Nous nous arrêtâmes à l'extérieur du périmètre du manège. Nous avions approché cette partie du ranch depuis le côté opposé à celui où Wes m'avait conduite quelques semaines plus tôt, et l'ancienne demeure se trouvait donc encore à quelque distance.

Contrairement au grand manège, celui-ci n'était pas couvert mais uniquement entouré d'une clôture. À l'intérieur, je distinguai trois formes. Elles ressemblaient à... des tonneaux. Disposés de sorte à former un triangle.

Je mis pied à terre et attachai Maple à l'un des piquets de la clôture. Brooks se trouvait derrière moi avec Friday.

Je lançai un regard perdu à Luke.

— Qu'est-ce que c'est que ça ?

— Un parcours réglementaire de *barrel racing*, Emmy. Trois tonneaux, placés en triangle, espacés comme il convient.

Il avait créé un endroit pour que je m'entraîne ?

— Il reste moins de deux semaines avant que le concours régional se tienne à Meadowlark, et si tu as envie de faire ta sortie, tu la feras en beauté.

— Tu as installé tout ça ? Pour moi ?

Il me regarda comme si ce qu'il avait fait était la chose la plus naturelle au monde. J'avais cette drôle de sensation dans la poitrine. Personne n'avait jusqu'alors fait quoi que ce soit de la sorte pour moi. Je n'arrivais pas à y croire.

— Quand t'en es-tu occupé ?

— Hier soir, tard.

— Et tu es venu aux aurores ce matin ?

Il opina et se frotta la nuque. On aurait dit qu'il rougissait.

J'avais du mal à respirer. Pas parce que je paniquais, mais parce que cet homme m'avait littéralement coupé le souffle.

— Tu as besoin de t'entraîner, répondit-il simplement.

Je regardai son parcours de fortune et nous imaginai, Maple et moi, contourner les tonneaux à toute allure pour suivre le tracé en forme de feuille de trèfle. Cela faisait des mois que je ne l'avais pas fait.

En regardant le circuit, je commençai à me sentir nerveuse.

Vraiment nerveuse. J'ignorais ce qui m'était passé par la tête quand j'avais décidé de participer au concours régional. Je ne serais pas prête. C'était absolument impossible.

— Emmy, chérie, parle-moi, dit Luke, qui avait manifestement perçu mon changement d'attitude.

Je ne pouvais plus lui cacher quoi que ce soit désormais. J'aurais pensé que cela me contrarierait mais, franchement, je me sentais presque soulagée de ne pas pouvoir simplement me réfugier dans mes pensées.

— J'ai peur, murmurai-je.

— Franchement, je serais plus inquiet si ce n'était pas le cas. Tu as vécu la chose que tout cavalier redoute, mais tu es malgré tout remontée en selle.

Je sentis mes mains commencer à trembler et Luke le remarqua aussitôt.

— Hé.

Il s'avança vers moi.

— Tu peux le faire, Emmy. On va y aller lentement, mais je sais que tu peux le faire.

— Et comment le sais-tu ?

Il encadra mon visage de ses mains.

— Tu es Clementine Ryder, putain !

Je ris à ces mots et une unique larme perla furtivement au coin de mon œil. Il l'intercepta avant qu'elle puisse tomber, l'essuyant sur ma joue.

— Chérie, tu mérites de quitter la scène comme tu l'entends. Ce n'est pas parce que tu t'es fait désarçonner que tu es finie.

22

Luke

Emmy et moi avions mis en place une sorte de routine depuis environ une semaine. Nous passions presque toutes les nuits ensemble, généralement chez moi, et le matin nous allions au circuit de *barrel racing* à Rebel Blue. Elle exécutait le parcours pendant une heure ou deux. Parfois, je restais avec elle durant toute la session. Cela dépendait des tâches qui m'attendaient sur le ranch ce jour-là.

Regarder Emmy chevaucher était fascinant. Quand elle montait Maple, sa maîtrise était totale. Elle était si concentrée et assurée. Rien ne pouvait l'ébranler.

J'essayais de ne pas songer à quel point son accident avait dû être terrible pour lui avoir arraché ce sentiment de sécurité.

Ça avait dû être moche.

Je détestais songer à cette période d'un mois qu'elle avait passée toute seule à Denver avant de décider de rentrer à la maison. Nous avions créé cette bulle à présent. À l'intérieur, il n'y avait que nous deux, apprenant à nous connaître. Même si j'étais heureux de tout ce temps passé ensemble, une part de moi commençait à se sentir coupable.

Je ne savais pas combien de temps encore je pourrais continuer ainsi sans le dire à Gus. S'il découvrait que j'avais gardé cela secret, il penserait certainement que c'était parce que j'étais en train de déconner avec sa sœur. C'était l'impression que cela donnait, et ce d'autant plus que mes antécédents en matière de femmes n'étaient pas flatteurs.

Il y avait également une plus petite part de moi qui s'inquiétait qu'Emmy veuille garder notre relation secrète parce qu'elle ne ressentait pas la même chose que moi.

Mais je ne pouvais pas réfléchir de cette façon.

Quand je revins au manège après m'être occupé de certaines tâches dans les écuries, Emmy et Maple avaient terminé leur session. Emmy était assise par terre et Maple s'était couchée près d'elle et avait déposé sa tête géante sur ses genoux.

Les chevaux étaient simplement de gros chiens.

— Comment ça s'est passé ? demandai-je en m'approchant.

— Pas mal. Toujours rien sous la barre des vingt secondes, mais mes sensations sont bonnes.

— Bien.

Je m'accroupis près d'elle pour pouvoir embrasser le sommet de sa tête.

— Je dois aller au bar, mais je voulais te voir avant de partir.

— Je te raccompagne.

Emmy se releva lentement, s'assurant de ne pas bousculer Maple d'une façon qui l'effraierait. Nous nous écartâmes de la jument pour qu'elle puisse se relever sans risquer de percuter l'un de nous.

J'attirai Emmy entre mes bras et l'y tins un instant, sachant que je n'aurais peut-être pas la possibilité de le faire quand nous aurions regagné les écuries, parce que quelqu'un pourrait se trouver là et que l'idée de la quitter sans l'avoir touchée me perturbait trop.

Je me reculai pour l'embrasser, avec douceur et lenteur, exactement de la façon qu'elle aimait. Avant que les choses puissent dégénérer, mon téléphone sonna dans ma poche arrière.

Il fallait toujours que nous soyons interrompus.

Ce devait être Joe.

Emmy me donna un autre petit baiser avant de s'écarter, consciente qu'il s'agissait probablement d'un appel concernant le bar. Elle fit mine de repartir vers Maple, mais je la retins contre moi en passant un bras autour de ses épaules.

Je n'étais pas encore prêt à la laisser partir.

Je décrochai mon téléphone sans le regarder.

— Allô ?

— Luke, trésor.

Il s'agissait d'une voix de femme et elle était tremblante et triste. Mon corps se raidit brusquement et Emmy dut le ressentir car elle leva vers moi un visage inquiet.

— Maman ?

Les yeux d'Emmy s'écarquillèrent. Je ne parlais pas à ma mère. J'avais essayé durant un temps, mais j'avais baissé les bras après avoir essuyé de trop nombreuses déceptions.

— Oui, trésor. C'est moi.

Ma mère continuait de parler à l'autre bout de la ligne, et ce fut comme si le monde se mettait à ralentir tout autour de moi. Je n'avais pas eu de nouvelles d'elle depuis si longtemps. J'étais à peine capable de reconnaître sa voix. Avait-elle toujours semblé si fragile ?

Après que j'eus raccroché, Emmy me pressa le bras.

— Tout va bien ?

Je gardai le silence une minute, incertain quant au sens que pourrait avoir ma réponse.

— Luke ? reprit-elle en levant une main vers mon visage. Tout va bien ?

Je ne posai pas mes yeux sur elle, laissant mon regard se perdre vers les terres de Rebel Blue dans le lointain.

— Le mari de ma mère..., commençai-je. Il était censé revenir de sa tournée en camion il y a quelques jours, mais il n'est toujours pas rentré.

Emmy

Après l'appel de la mère de Luke, nous regagnâmes les écuries aussi vite que possible pour y ramener Maple et Friday.

Une fois que nous les y eûmes installés, Luke me dit qu'il m'appellerait plus tard car il devait partir, mais il était hors de question que je le laisse aller dans cette maison, la maison qui lui avait donné le sentiment qu'il ne valait rien, tout seul.

C'est ainsi que je me retrouvai dans son pick-up, au milieu de la banquette, avec ma tête sur son épaule et nos doigts entremêlés. Il était tendu. Jamais je ne l'avais vu ainsi. Jamais. C'était troublant de regarder quelqu'un d'ordinaire si posé devenir si crispé.

Luke et moi avions parlé de sa famille quand nous avions entamé nos leçons d'équitation – ce qui me semblait remonter à une éternité à présent. Je savais qu'il n'avait absolument rien à faire de son beau-père ou de ses frères, mais il se souciait encore du sort de sa mère.

Lydia Hale vivait dans un mobile home à environ vingt minutes de Rebel Blue. Plus nous approchions, plus Luke serrait fort ma main. Il ignorait à quoi s'attendre en se rendant dans son ancienne maison.

Je ne savais même pas à quand remontait la dernière fois où il y était allé. Il avait totalement arrêté d'y dormir à l'âge de seize ans et avait déménagé toutes ses affaires le jour de ses dix-huit ans.

Luke arrêta sa voiture devant la maison et je relevai ma tête de son épaule. L'endroit regorgeait d'ornements de pelouse. Luke coupa le moteur mais ne fit pas le moindre geste pour sortir du véhicule.

— Emmy, tu n'as pas à entrer là-dedans avec moi.

J'écartai délicatement ses cheveux de son visage.

— Tu as été là pour moi depuis mon retour. Je n'ai pas envie que tu aies à faire ça tout seul.

— Je n'ai pas eu la même enfance que toi, Emmy, dit-il en soupirant.

— Et alors ?

— Alors, j'ignore comment ça va se passer ou comment *elle* va être. Je n'ai pas envie de te placer dans une situation qui risque de te mettre mal à l'aise.

Quand il me regarda, je lus de la douleur dans ses grands yeux bruns. Cela me brisa le cœur.

— Je ne suis pas une princesse, Luke. Je peux gérer cette situation. Je suis là pour toi.

Luke lâcha un soupir.

— Il n'y a rien que je puisse dire pour te faire rester ici, pas vrai ?

Je secouai la tête et Luke déposa un baiser sur mon front.

— Très bien. Dans ce cas, allons-y.

Nous sortîmes du pick-up et nous dirigeâmes vers la porte d'entrée, main dans la main.

Après que Luke eut frappé, il ne fallut à sa mère que quelques secondes pour venir ouvrir. Je n'avais pas vu Lydia depuis le lycée et elle avait à peine changé, si ce n'était que son visage était plus ridé. Elle était menue, avec des yeux bleus et des cheveux blonds devenus en grande partie gris qui retombaient sur ses épaules. Elle tenait une cigarette allumée entre ses doigts et les pleurs avaient gonflé ses yeux.

Luke ne lui ressemblait pas du tout. Il ressemblait à Jimmy, ce qui avait encore dû lui compliquer les choses pour survivre dans cette maison, enfant.

— Luke, mon bébé, je suis si contente que tu sois là.

Lydia sortit de la maison et le gratifia d'une étrange étreinte en ne le serrant contre elle qu'au moyen d'un seul bras.

— Salut, Maman.

Il ne lâcha pas ma main tandis qu'elle l'étreignait.

Elle s'écarta et riva alors son regard sur moi.

— Clementine Ryder ? C'est bien toi ?

Ses yeux me balayèrent des pieds à la tête et se figèrent sur les doigts de Luke entrelacés aux miens.

— Oui, madame, la saluai-je.

Lydia pinça les lèvres. Que je sois là avec son fils la contrariait-elle ?

— Eh bien, je ne m'attendais pas à avoir plus de compagnie, mais entre.

Oui, c'était confirmé, elle était bel et bien contrariée par ma présence.

Luke pressa ma main et je serrai la sienne à mon tour au moment de pénétrer dans la maison.

Le salon était jonché de bouteilles de bière et de canettes de Coca. La télévision placée dans un coin de la pièce diffusait de vieux épisodes de *The Newlywed Game*, et il régnait une odeur de tabac froid.

Lydia prit place dans un rocking-chair près du canapé. Il y avait près d'elle un autre fauteuil, sans doute celui de John. Luke me conduisit jusqu'au canapé bordeaux défraîchi et nous nous assîmes tous les deux. Il n'avait toujours pas lâché ma main.

— Maman, raconte-moi ce qui s'est passé. Où sont JJ et Bill ?

Les frères de Luke.

Lydia laissa échapper un souffle tremblant, le genre de souffle qui vous indiquait que la personne en face était susceptible de recommencer à pleurer à tout instant. D'après ce que Luke m'avait appris au sujet de John, il me semblait que sa disparition ne constituait pas une grosse perte, mais je m'efforçais de ne pas être insensible à la détresse de cette femme.

— Cela fait des jours que je n'ai pas eu de nouvelles de lui.

John était chauffeur routier, il était donc normal pour lui de s'absenter durant de longues périodes. Si Lydia était inquiète, cela devait vouloir dire quelque chose.

— Son entreprise n'a pas été capable de localiser son camion. La dernière fois qu'ils ont pu le faire, il se trouvait à proximité de la frontière du Nevada.

Lydia tira une bouffée de cigarette. Sa main tremblait.

— Les garçons sont sortis, mais je ne pouvais pas supporter d'être seule ici. C'est si silencieux sans John.

— Je suis content que tu m'aies appelé, dit Luke. Je ne savais même pas que tu avais mon numéro.

— Je l'ai trouvé parmi les affaires de John. Il était inscrit sur un papier posé sur son bureau.

Cela remontait probablement à la dernière fois où Luke avait téléphoné et tenté de joindre sa mère.

— Je suis désolé, Maman. Je sais que John compte beaucoup pour toi. Je suis sûr qu'il va bien.

La voix de Luke n'exprimait pas la moindre émotion. Il essayait certainement de masquer le mépris que lui inspirait son beau-père.

— Madame Hale, intervins-je, y a-t-il quoi que ce soit que nous puissions faire pour vous pendant que nous sommes là ? Vous préparer à dîner ou autre chose ?

Lydia prit une autre bouffée de cigarette et souffla la fumée dans ma direction tout en m'examinant.

— Je n'ai besoin de rien d'autre de la part des Ryder, cracha-t-elle.

Qu'est-ce que ça voulait dire ?

— Ta famille m'a déjà enlevé mon fils et je vois maintenant que tu l'as pris entre tes griffes.

Luke pressa une nouvelle fois ma main.

— Maman. Tu sais bien que je ne pouvais pas rester ici, répliqua Luke d'un ton âpre. Ne déteste pas les Ryder pour m'avoir offert ce que tu ne pouvais pas me donner. Je ne resterai pas ici si tu parles de cette façon à ma petite amie.

Ma petite amie.

Ces trois mots me paraissaient si importants. J'avais déjà été la petite amie de certaines personnes, mais je n'avais jamais vraiment accordé de poids à ce terme. Mais lorsque Luke disait que j'étais sienne, cela voulait dire quelque chose.

Il poursuivit :

— Et étant donné que cela fait des années que je ne t'ai pas vue, ce serait sacrément dommage.

Lydia médita les mots de son fils un instant, sans jamais me quitter des yeux. Cette femme n'était vraiment pas fan de ma famille – ni de moi, manifestement.

— Très bien, finit-elle par dire.

Après cela, Luke se détendit un peu. Je restai assise à ses côtés tandis que sa mère et lui discutaient. Il lui parla du bar et de sa maison, de la façon dont il l'avait rénovée. Plus ils parlaient, plus Lydia s'égayait. Je me disais qu'elle était fière de son fils et que sa colère envers moi devait être une projection de son propre sentiment de culpabilité.

Luke quitta le canapé pour aller chercher un soda pour sa mère dans la cuisine. Je le suivis, préférant ne pas rester seule avec elle. Envoyer mon poing dans la tronche d'une femme âgée ne figurait pas sur la liste des choses que j'avais prévu de faire dans la journée.

— Je suis désolé, dit-il dès que nous posâmes le pied sur le vieux sol en vinyle de la cuisine.

— Tu n'as aucune raison d'être désolé. Tu es sûr que nous ne devrions pas essayer de lui faire manger un morceau ?

Mon père nous donnait à manger quand nous étions tristes. Ou joyeux, du reste. C'était l'une de ses façons de prendre soin de nous et j'en avais pris de la graine.

— Il n'y a probablement rien ici que l'on puisse préparer.

Luke sortit un Coca du frigo et le posa sur le plan de travail avant de commencer à fouiller la cuisine. Sous l'évier, il trouva une boîte de sacs-poubelle et la sortit.

— Mais je vais faire un peu de ménage.

— Je vais t'aider, fis-je.

Nous regagnâmes le salon et Luke tendit son Coca à Lydia avec de commencer à ramasser les bouteilles, les canettes et les déchets qui jonchaient la pièce. Nous remplîmes trois sacs entiers et Luke les déposa près de la porte pour que nous les prenions en repartant.

Pendant que nous nettoyions, Lydia disparut dans une autre pièce dont elle réémergea un peu plus tard.

Elle tenait un paquet de photos qu'elle tendit à Luke.

— Je les ai trouvées quand j'ai mis la main sur ton numéro. Je me suis dit que tu aimerais peut-être les avoir.

Luke les lui prit des mains et nous nous rassîmes sur le canapé.

Le premier cliché le montrait coiffé d'un chapeau de cow-boy et muni de l'un de ces bâtons couronnés d'une tête de cheval. Il était adorable.

— Quel âge avais-tu sur celle-là ? lui demandai-je en prenant la photo de ses mains.

— Je ne sais pas. Probablement cinq ou six ans.

Lydia hocha la tête dans son fauteuil à bascule, confirmant que c'était exact. Elle était devenue un peu plus chaleureuse avec moi, probablement parce que j'avais nettoyé sa maison.

— Il a toujours voulu être cow-boy, commenta-t-elle.

Nous continuâmes à passer les photos en revue. Certaines montraient des scènes de pêche et de jeux en extérieur. Il y en avait une autre très sympathique sur laquelle il apparaissait de nouveau coiffé d'un chapeau de cow-boy, et quelques-unes de fêtes d'Halloween. Il y avait même un cliché de Jimmy le tenant dans ses bras alors qu'il était bébé, mais il le fit passer trop vite pour que je puisse vraiment le regarder.

Nous en arrivâmes à la photo d'un petit garçon mangeant un gâteau dans une chaise haute. Un gâteau d'anniversaire, à ce qui me semblait.

— Oh, j'aime beaucoup celle-là. Tu avais adoré ta journée d'anniversaire, raconta Lydia. Tu disais qu'il faudrait qu'elle ait lieu chaque jour.

Luke garda le silence et je vis ses épaules s'affaisser un peu. Il rendit le cliché à Lydia.

— Ce n'est pas moi, Maman. C'est JJ.

Comme par magie, la porte d'entrée s'ouvrit alors sur un homme blond et grand – mais pas autant que Luke. Il était vêtu d'une tenue de mécanicien pleine de cambouis. C'était JJ. Bien que je ne l'aie jamais rencontré de ma vie, je savais qui il était. Il avait le même âge que Gus et travaillait dans l'un des ateliers automobiles de la ville. Il y en avait deux – celui où vous aviez envie d'apporter votre voiture, et celui où travaillait JJ. Le demi-frère de Luke était aussi connu pour mener de petites affaires pas vraiment légales. Les premiers mots à franchir ses lèvres furent :

— Tu fous quoi ici, putain ?

— JJ, le reprit Lydia. Luke est venu pour voir comment j'allais.

Luke saisit ma main et nous nous levâmes ensemble du canapé. Il se plaça devant moi tandis que nous commencions à nous diriger vers la porte.

— Je ne suis parti que quelques heures et tu as laissé ce salopard remettre les pieds chez nous ?

— Content de te voir, moi aussi, JJ, fit Luke en soupirant.

— Ferme-la et sors de la maison de mon père ! aboya JJ.

Quel connard.

— Écoute, mec. Je suis venu pour voir comment allait ma mère. Elle m'a téléphoné et n'avait pas envie d'être seule. Maintenant que tu es là, je vais m'en aller, expliqua Luke. Je suis désolé pour ton père. J'espère qu'il réapparaîtra bientôt.

Luke commença à m'entraîner vers la porte, mais JJ lui bloqua le passage.

JJ n'était pas bâti comme Luke et j'étais persuadée que ce dernier pourrait lui clouer le bec d'un seul coup de poing, mais je ne croyais pas qu'il le ferait. Pas sous les yeux de sa mère, du moins.

Quelle ironie. Le soir de l'anniversaire de Teddy, j'étais si furieuse contre Luke parce qu'il avait frappé quelqu'un. À présent, je mourais d'envie qu'il envoie son frère au tapis.

Les yeux de JJ étaient rivés sur moi.

— Emmy Ryder, articula-t-il d'un ton glacial.

Mon Dieu, pourquoi chacun des membres de la famille de Luke semblait-il me détester ?

— Que fais-tu ici avec ce raté ?

— Ne lui adresse pas la parole, putain, dit Luke d'une voix venimeuse.

Jamais je n'avais perçu une telle haine dans ses mots jusqu'à cet instant. Je me demandai quelle montagne de mépris il conservait pour sa famille, sous le vernis des apparences.

— Et il en pense quoi, Gus Ryder, que son bras droit se tape sa petite sœur ?

Si Luke avait été un personnage de dessin animé, de la fumée serait sortie de ses narines à cet instant. Ce que me disait JJ n'avait aucune importance à mes yeux – c'était un idiot –, mais cela importait à Luke.

— Je t'ai dit de ne pas lui parler.

D'une main, Luke écarta JJ de notre chemin. Brusquement. JJ tituba et je savais que s'il ripostait, la situation dégénérerait.

— Emmy, on s'en va.

Luke entreprit de me conduire hors de la maison, mais je me retournai vers JJ.

— Tu sais, tu devrais vraiment arrêter d'être un tel abruti, lui conseillai-je. Amuse-toi à t'en prendre à la mauvaise personne et quelqu'un pourrait faire savoir au shérif que tu ne vends pas que de l'herbe dans ton mobile home.

JJ se figea l'espace d'un instant, avant de dire :

— Je ne veux plus jamais vous voir ni l'un ni l'autre dans cette baraque. Foutez-moi le camp.

Luke et moi franchîmes le seuil de la porte d'entrée et, avant que JJ puisse claquer le battant derrière nous, je pus jeter un dernier regard à Lydia. Des larmes brillaient dans ses yeux.

Luke me tira par la main pour remonter l'allée, m'entraînant vers son pick-up aussi vite que possible. Puis il me plaqua contre la portière côté conducteur et m'embrassa avec ardeur. Ce n'était pas un baiser comme les autres. Il voulait dire quelque chose.

Seulement je ne savais pas quoi.

Il s'écarta et appuya son front contre le mien.

— C'était pour quoi, ça ? demandai-je, le souffle court.

— Personne n'avait jamais pris ma défense.

Ses mots me fendirent le cœur. Luke Brooks méritait tellement plus que les personnes qui vivaient dans cette maison. Il était gentil, travailleur et sincère. Je l'entourai de mes bras et le tins serré contre moi. Il enfouit son visage contre mon épaule et nous restâmes ainsi durant un moment.

Quand nous rentrâmes dans la voiture, je pris place au milieu de la banquette et Luke passa son bras autour de moi. Puisque nous nous trouvions sur les routes secondaires de la ville, nous baissâmes les vitres et laissâmes l'air de fin d'été s'engouffrer à l'intérieur de l'habitacle.

— Tu veux parler de ce qui s'est passé là-bas ? demandai-je.

— Je suis désolé pour JJ, soupira-t-il.

— Tu n'as aucune raison de t'excuser. Tu mérites mieux qu'eux, Luke. Tu es tellement plus que l'erreur de Lydia et Jimmy.

Je levai mon regard vers lui, mais il garda les yeux rivés sur la route.

Il resta silencieux un long moment, jusqu'à ce que nous nous arrêtions dans l'allée de gravier devant sa maison. Une fois qu'il eut coupé le moteur, il posa sa tête sur le volant et émit un autre soupir. Je frottai son dos pour l'apaiser.

— C'était vraiment nul, dit-il enfin. C'est mal d'espérer que John ne reviendra jamais ?

— Non.

Luke leva la tête du volant et me regarda. Je n'avais pas l'impression de poser les yeux sur Luke, l'homme de trente-deux ans, mais sur Brooks, le garçon de quinze ans qui aurait fait n'importe quoi pour avoir une famille.

Je voyais si clairement en lui en cet instant. Je levai une main et écartai une mèche rebelle de son visage avant de l'embrasser avec douceur.

Alors que je me reculais, il dit :
— Merci de m'avoir accompagné, Emmy.
— J'irais n'importe où avec toi.
Je le pensais du fond du cœur.

23

Emmy

Je dois reconnaître que je n'avais jamais vraiment compris l'expression « ils tremblaient dans leurs bottes » jusqu'à cet instant. Parce que j'étais littéralement en train de trembler dans les miennes.

En temps normal, je n'étais pas nerveuse avant les courses, mais ça, c'était avant. À présent, mon estomac me semblait à deux doigts d'effectuer un looping jusqu'à mes chevilles.

J'avais l'impression que j'avais à peine eu le temps de cligner des yeux que le concours régional était déjà là.

Je m'étais exercée avec Maple – marchant, trottant et galopant quelques jours chaque semaine en prenant soin de ne pas la surmener. Parfois Luke venait avec moi, parfois non. Je ne me sentais plus nerveuse durant l'entraînement désormais. J'avais enfin cessé de craindre pour ma sécurité.

Durant ces sessions, il m'était facile de me souvenir pourquoi j'adorais le *barrel racing*.

C'était l'unique sport de rodéo où le talent du cavalier n'était pas jugé – tout ce qui comptait, c'était le chrono réalisé –, mais il fallait tout de même être sacrément bon à cheval pour réussir à exécuter une *barrel race*. Être bon cavalier était si indispensable à la pratique de ce sport qu'il n'était même pas nécessaire d'évaluer cette qualité. Et j'aimais cette particularité. C'était l'une des choses qui m'avaient attirée vers cette discipline au départ.

Toutefois, me retrouver dans une arène de rodéo entourée d'adversaires et de gens que je connaissais était bien différent de mes exercices. Des personnes que j'aimais étaient présentes. Mon père, mes frères, Luke, Teddy, Hank – même Cam et son fiancé s'étaient déplacés pour que Riley puisse être là. C'était comme si mon filet de sécurité avait été retiré. J'ignorais s'il y avait quoi que ce soit que j'aurais pu faire pour mieux me préparer à ce moment.

J'exécutai ma routine habituelle d'avant-course, mais les tremblements ne cessèrent pas. Je ne pensais pas risquer une crise de panique totale, mais il s'agissait bel et bien d'un moment d'affolement.

Teddy dut épingler mon numéro sur ma chemise à ma place parce que mes mains s'agitaient trop fort.

— Emmy. Que se passe-t-il ? Je ne t'ai jamais vue comme ça avant une course.

Il n'y avait aucune raison de lui mentir maintenant.

Je lui avais menti très longtemps et je me voyais incapable de continuer. Je n'en avais pas envie.

— C'est ma première course depuis que je me suis fait désarçonner en juin. C'est pour cette raison que je suis revenue à la maison. C'est pour cette raison que j'étais si morose et renfermée, et c'est pour cette raison que je n'arrive pas à maîtriser mes tremblements.

Les mots avaient franchi mes lèvres avant que j'aie pu réfléchir complètement à ma réponse.

Teddy cligna lentement des paupières. Je crus qu'elle allait me réprimander pour ne pas lui avoir tout raconté. J'aurais dû le faire. Elle était ma meilleure amie. J'aurais dû lui dire. J'aurais dû le dire à tout le monde.

Au lieu de quoi elle me réconforta :

— Je suis désolée que tu aies porté ce fardeau toute seule.

J'ignorais quoi répondre, parce qu'en réalité je n'avais pas porté ce fardeau toute seule.

Luke m'avait aidée.

— Teddy. J'ai besoin que tu fasses quelque chose pour moi.

— Tout ce que tu voudras.

— Peux-tu aller chercher Luke ?

Teddy revint quelques minutes plus tard avec Luke dans son sillage.

Il portait son jean et ses bottes habituels mais, au lieu d'un tee-shirt, il avait opté pour une chemise et un chapeau noir de cow-boy.

Mon cow-boy.

Il entra dans la zone réservée aux cavaliers, l'air inquiet. Quand je l'aperçus, mes tremblements ne cessèrent pas mais leur intensité diminua. Ses yeux trouvèrent les miens et il se dirigea droit vers moi, Teddy sur les talons.

Une fois qu'il m'eut rejointe, il prit aussitôt mon visage entre ses mains.

— Qu'est-ce qui ne va pas, chérie ? Tu es en train d'avoir une crise de panique ?

Je fis non de la tête. Ce n'était pas le cas.

— J'avais juste besoin de toi.

— Je suis là.

Il m'enveloppa de ses bras et je me blottis sans retenue contre lui. Il caressa mes cheveux et frotta ses mains sur mon dos et mes bras. Nous restâmes là pendant un moment, et chaque fois que ses doigts passaient sur moi, les tremblements se calmaient. Jusqu'à cesser enfin.

Il devait l'avoir senti, lui aussi, car il s'écarta et plaça ses paumes sur mes épaules.

— Que se passe-t-il dans ta jolie tête ?

C'était la version douce de sa voix. Je crois qu'il ne l'utilisait qu'avec moi.

— Tu crois que je peux le faire ?

— Oui, répondit-il aussitôt. Mais que je t'en sache capable n'a pas vraiment d'importance. Ce qui compte, c'est que toi, tu le saches.

Bien sûr, il fallait qu'il choisisse ce moment-là pour se mettre dans la peau d'un coach inspirant.

Toutefois, cela me fit me sentir mieux. *Il* me faisait me sentir mieux.

— Waouh, j'ai vraiment hâte d'assister à ton TED Talk.

Luke effleura du doigt le bout mon nez.

— Petite impertinente. Mais si tu es capable de sarcasme, j'imagine que ça signifie que tu te sens un peu mieux, non ?

— Oui, c'est le cas.

Je me blottis de nouveau contre lui. J'aurais pu rester là pour toujours. J'avais envie de rester là pour toujours.

— Merci.

Le coordinateur de la compétition fit son entrée dans la zone réservée aux concurrents pour nous annoncer qu'il ne restait plus que dix minutes avant la course.

Luke m'embrassa le front.

— Chérie, je suis très fier de toi.

— Je n'ai même pas encore participé à la course, marmonnai-je contre son torse.

— Tu n'as pas besoin de faire la course pour que je sois fier de toi. Tu pourrais tout annuler maintenant et quitter cet endroit sans te retourner que je serais toujours fier de toi.

— Vraiment ?

— Oui.

Il embrassa de nouveau mon front. Ce genre de baisers me donnait l'impression de flotter au-dessus du sol. Il y avait quelque chose de si intime là-dedans. Il plaça son doigt sous mon menton pour me forcer à le regarder.

— Alors, on part d'ici ?

Je voulais faire cette dernière compèt.

Je voulais monter.

Et je voulais gagner.

— Non.

— Bravo.

Luke m'offrit un sourire assez grand pour que je puisse voir apparaître les petites rides autour de ses grands yeux bruns.

Ce fut la dernière chose que j'aperçus avant qu'il pose ses lèvres sur les miennes.

Vous savez, dans les films d'action, quand le héros et l'héroïne s'embrassent avant la bataille et qu'ensuite ils sont prêts à affronter les extraterrestres, le monstre mutant ou je ne sais quoi d'autre ?

Eh bien, je comprenais cette sensation à présent.

Luke

Le coordinateur appela les participantes du *barrel racing* et je dus mobiliser toute ma volonté pour laisser Emmy quitter mes bras. J'avais envie de vivre tellement plus de moments tels que celui-ci avec elle.

Elle ramassa son chapeau de cow-boy posé sur une table près de nous.

— Merci, dit-elle.

Puis elle tourna les talons et commença à avancer vers l'entrée des compétitrices.

Et bon sang, comme ses fesses étaient canon dans ce jean.

Je gardai les yeux rivés sur elle jusqu'à ne plus pouvoir distinguer sa chemise rouge. Quand je détachai mon regard du point où elle avait disparu de ma vue, je vis que Teddy m'observait. Je n'arrivais pas à déchiffrer son expression, mais elle ne me semblait pas hostile.

Du moins, je l'espérais.

J'avais sincèrement oublié qu'elle se tenait là avec nous, qu'elle venait à l'instant de nous voir partager un moment d'intimité, alors que personne ne soupçonnait ce que nous étions l'un pour l'autre.

— Quoi ? lui demandai-je.

Elle secoua légèrement la tête, comme sonnée.

— Tu es amoureux d'elle.

Il ne s'agissait pas d'une question.

— Ouais, c'est vrai.

Je n'avais aucune raison de mentir à Teddy. Dans la mesure où elle ne m'avait pas décoché une droite le jour où elle était venue dans mon bureau pour m'interroger, j'étais presque certain qu'elle ne le ferait pas maintenant.

— Elle le sait ?

— Pas encore.

— Tu devrais lui dire.

— Je vais le faire.

— Elle t'aime aussi, tu sais.

Cette pensée me terrifia, mais elle me donna aussi le sentiment d'être l'homme le plus heureux du monde. Je ne savais pas vraiment comment être amoureux, mais je savais que j'avais envie d'être avec Emmy de toutes les façons possibles. Je voulais les danses langoureuses dans la cuisine, les sorties nocturnes agrémentées de shots d'alcool, les balades à cheval dans les montagnes, les séances de sexe torride, les siestes dans l'après-midi et les routes de campagne avec les vitres baissées.

Je voulais tout.

— Comment le sais-tu ?

— Elle a demandé à te voir.

Teddy eut un petit haussement d'épaules.

— Emmy ne demande jamais rien. Elle se contente de baisser la tête et de gérer les choses de la seule façon qu'elle connaisse, c'est-à-dire en pesant et en soupesant encore et encore les questions dans sa tête. Mais là, elle a demandé à te voir.

24

Luke

Teddy et moi regagnâmes les tribunes où avait pris place le groupe des supporters d'Emmy.

Quand Teddy était venue me chercher, j'étais en train de faire la queue pour acheter des bières à tout le monde, mais voilà que j'étais de retour auprès d'eux, les mains vides. Peut-être ne le remarqueraient-ils pas.

— Où sont nos bières, mec ? demanda Wes.

Raté.

— La queue était sacrément longue.

Ce qui était vrai. Mais c'était simplement que je n'y étais pas resté si longtemps que ça.

— Et alors ? répondit Wes.

— Je ne t'apprécie pas à ce point-là.

Wes m'adressa un doigt d'honneur.

Camille et Riley n'étaient pas encore arrivées quand j'étais parti, mais elles étaient là désormais, tout comme le fiancé de Camille. Malgré tous mes efforts, je me révélai incapable de me souvenir de son prénom. J'essayai donc simplement de ne jamais me retrouver dans une situation où j'aurais à le prononcer.

Je m'assis à la place que Gus avait gardée pour moi, entre lui et Amos. Ce dernier me pressa l'épaule quand je m'assis.

— Merci d'être venu, Luke. Je suis sûr qu'Emmy est contente que tu sois là.

J'ignorais pourquoi il disait cela. Savait-il quelque chose ?

— Euh... ou... ouais, balbutiai-je. Peut-être.

Super convaincant...

Amos se contenta de m'adresser un sourire en coin. Ce qui me mit sacrément mal à l'aise.

Avant que je puisse surinterpréter ses paroles, la voix du présentateur retentit dans les haut-parleurs, annonçant que le *barrel racing* allait débuter. Tout le monde dans le coin des supporters d'Emmy se redressa, subitement aux aguets. D'après le programme, elle serait la dernière à concourir.

— Tu sais, commença Amos, la dernière course d'Emmy à Meadowlark remonte à avant son départ à la fac. Je l'ai vue participer à des courses des centaines de fois depuis lors, mais il y a quelque chose de spécial à la voir concourir dans sa ville natale.

Amos avait... la gorge serrée ? Cet homme n'était certes pas du genre à avoir peur d'afficher ses émotions. Il disait à ses garçons qu'il les aimait, il étreignait tout le monde et laissait Riley lui peindre les ongles, mais il me semblait ne jamais l'avoir vu ému aux larmes.

La première et la deuxième concurrente se succédèrent sur la piste, réalisant un temps avoisinant les seize secondes. Le meilleur temps réalisé par Emmy pour effectuer le parcours à Rebel Blue ayant été de seize secondes cinq, les forces étaient assez équilibrées.

Deux des participantes avaient renversé un tonneau, écopant donc d'une pénalité de cinq secondes ajoutée à leur temps de course. Je savais qu'Emmy était capable de les battre.

Dans le *barrel racing*, les choses avançaient rapidement, et il ne fallut pas longtemps pour qu'arrive le tour d'Emmy. La concurrente qui la précédait s'approcha de la ligne de départ. Quand le signal retentit, elle partit vers la droite. Elle était rapide. Son cheval soulevait la poussière et filait comme l'éclair, mais elle paraissait mal assurée – elle percuta même un tonneau. Elle obtint malgré tout le meilleur temps avec quinze secondes sept. Le tonneau qu'elle avait cogné ne s'étant pas renversé, aucune pénalité ne vint s'ajouter à son temps.

— Et maintenant, la dernière et certainement pas la moindre de nos participantes..., commença l'animateur.

J'aperçus la chemise rouge d'Emmy dans l'arène.

Maple et elle s'avançaient vers la ligne de départ. Ma jambe se mit à tressauter nerveusement.

— Voici une quadruple championne et une concurrente détentrice de plusieurs records, en compétition dans sa ville natale pour la première fois en neuf ans : Clementine Ryderrr !

Le présentateur fit rouler longuement le dernier « r » de Ryder, et tous ceux qui étaient là pour Emmy se levèrent et se déchaînèrent. La plupart des spectateurs présents dans les tribunes se mirent debout, eux aussi.

Les habitants de Meadowlark avaient rappliqué en masse pour la petite chérie de la ville.

Emmy se tenait sur la ligne de départ et elle était sacrément belle avec son chapeau de cow-boy marron, sa chemise rouge et son jean. Elle caressait l'encolure de Maple. Toutes deux paraissaient calmes.

Bien.

Quelques secondes plus tard, la détonation du pistolet retentit et Emmy s'élança.

Pour partir vers la gauche.

Bordel, pourquoi était-elle partie vers la gauche ? Nous avions tous dû penser la même chose, car j'entendis Gus formuler ma question à voix haute.

Dans le *barrel racing*, la façon la plus efficace d'effectuer le motif en trèfle exigé consistait à viser d'abord le tonneau de droite, puis celui de gauche et enfin celui du centre. Mais Emmy était partie vers la gauche et elle avait contourné le premier tonneau en le serrant de plus près que je ne l'avais jamais vue faire. La poussière qui couvrait le sol de l'arène volait en tous sens, mais Emmy maîtrisait parfaitement la situation.

Même depuis l'endroit où je me tenais, je pouvais voir qu'elle était concentrée.

Elle fila vers le tonneau de droite, conservant sa vitesse mais le contournant à un peu plus de distance qu'elle ne l'avait fait avec le premier. À ce stade de la course, elle était quasiment à égalité avec la cavalière qui l'avait précédée.

Bravo !

Il ne restait plus qu'un tonneau et Emmy se dirigeait droit vers lui. Ellc nc ralcntit pas et n'élargit pas sa trajectoire.

Nom d'un chien. Sa maîtrise était irréelle. Elle contourna le tonneau et, dès qu'elle le put, poussa Maple à plus grande vitesse dans la ligne droite.

Nous étions tous en train de hurler quelque chose qui ressemblait à « Vas-y, vas-y, vas-y ! » et Emmy y allait *vraiment*.

Je retins mon souffle au moment où elle franchit la ligne d'arrivée, et ce n'est qu'après ce moment-là qu'elle fit ralentir son cheval.

Quatorze secondes huit. Mon cœur se figea dans ma poitrine et la foule hurla son enthousiasme quand le chronomètre eut livré son verdict. Les acclamations étaient toutes destinées à Emmy.

— Les amis ! Clementine Ryder reste une force sur laquelle compter ! Elle se glisse aisément à la première place et bat son propre record, établi à quatorze secondes neuf. Quelle course ! s'émerveilla la voix de l'animateur dans le haut-parleur.

Nous applaudîmes en criant de joie. Amos nous étreignit tous ; Gus m'envoya une tape dans le dos, et même Teddy eut droit à une claque de sa paume dans la sienne.

Emmy et Maple firent leur retour dans l'arène de rodéo pour effectuer leur tour d'honneur. Emmy était resplendissante. Son sourire était aussi lumineux que des flammes ardentes et je pouvais sentir sa chaleur depuis l'endroit où je me tenais. Elle nous repéra tous dans la foule et inclina légèrement son chapeau pour nous saluer.

Amos, Gus, Wes, Teddy et moi commençâmes à quitter nos places, sans nous soucier de rester pour assister aux autres événements prévus. Camille, son fiancé et Riley demeurèrent avec Hank. Teddy fit rapidement le point avec eux, s'assurant qu'ils étaient d'accord pour aider son père à descendre les marches du stade et leur indiquant où se trouvait son fauteuil roulant.

Nous étions tous là pour une seule et unique raison : Emmy. Nous allâmes donc la retrouver.

Je laissai Teddy mener le groupe, préférant éviter d'être sur le devant de la scène au moment de lui adresser mes félicitations, même si j'en mourais d'envie.

Bon sang, j'étais si fier d'elle.

Quand nous fûmes descendus vers la zone d'entrée, j'aperçus Emmy avec sa chemise rouge. Mes yeux l'avaient repérée avant même que mon cerveau assimile ce qu'il voyait.

— Emmy ! appela Teddy.

Elle leva la tête et se mit à courir vers nous.

Enfin, non.

Pas vers nous.

Vers *moi*.

Emmy

J'avais réussi. J'avais réussi, *bon sang*.

Après l'accident, les attaques de panique, les angoisses et la spirale qui m'avaient amenée à revenir dans ma famille, j'avais réussi. J'avais pris part à ma toute dernière course, et j'avais fini en beauté. Je pouvais être fière.

J'accompagnai Maple jusqu'à une stalle d'accueil et la couvris de câlins et de baisers avant de me diriger vers la zone d'entrée, espérant que ma famille et Luke m'y attendraient.

Je jetai des regards alentour mais ne les vis pas.

— Emmy !

J'entendis la voix de Teddy.

Ils étaient là. Ma famille, ma meilleure amie et l'homme dont je pouvais enfin admettre être totalement et follement amoureuse.

Avant que je sache ce que faisaient mes pieds, ces derniers couraient déjà vers lui.

Je me jetai dans ses bras et nos deux chapeaux tombèrent sur le sol.

Luke laissa échapper un petit rire au moment où mon corps percuta le sien, mais il m'attrapa malgré tout. Il me fit tourner dans les airs avant de nous arrêter net.

— Tu as été prodigieuse sur la piste.

La façon dont il me regardait fit s'emballer mon cœur. Pour toute réponse, j'écrasai mes lèvres sur les siennes sans faire preuve de la moindre retenue.

Alors que mes pieds ne touchaient toujours pas le sol, il continua de me tenir serrée d'un seul bras et glissa son autre main dans mes cheveux. Peu m'importait que ma famille et presque toute la population de Meadowlark assistent à la scène. Luke n'était pas mon secret.

Il était à moi.

Nous nous embrassâmes, entièrement absorbés dans ce moment, avant que je m'écarte de lui. Je lui souris. Ses grands yeux bruns scrutaient mon visage. Il semblait abasourdi, comme s'il n'arrivait pas à croire ce qui venait de se passer. J'avais du mal à le croire, moi aussi – qu'il s'agisse de la course ou du baiser.

— Emmy, je...

Luke n'eut pas l'occasion de terminer sa phrase parce qu'à cet instant précis Gus rugit :

— C'est quoi, ce bordel ?

Luke me reposa mais ne me libéra pas complètement. Il était tendu, comme prêt à bondir pour prendre une balle à ma place.

Je tournai mon regard vers l'endroit où tout le monde se tenait. Teddy souriait. Mon père affichait un étrange rictus et le pauvre Wes avait l'air complètement déconcerté.

Gus, quant à lui, donnait l'impression d'avoir envie de transformer Luke en torche humaine.

— C'est quoi, ce bordel ? répéta-t-il.

— Écoute, mec, je peux t'expliquer…, commença Luke.

— Gus…, tentai-je.

— La ferme, Emmy.

Je me recroquevillai sur moi-même et sentis Luke me serrer un peu plus fort avant de me libérer et de s'interposer entre mon frère et moi.

— Je sais que tu es furieux, mais tu n'as pas le droit de lui parler de cette façon, asséna Luke avec fermeté. Si tu veux être furieux contre quelqu'un, sois furieux contre moi.

— Oh, je le suis. Tu te fous de moi, putain, Brooks ? Ma *sœur ?* C'est la personne que tu choisis pour jouer au con ?

— August, du calme, intervint notre père d'une voix rauque et sévère.

Il n'employait pas souvent ce ton mais, lorsqu'il le faisait, cela nous remettait tous sur le droit chemin.

Pas cette fois, cependant.

Gus s'avança d'un pas décidé vers Luke et moi. Wes tenta de l'arrêter, mais il l'écarta d'un mouvement d'épaule. Luke réagit promptement, me poussant derrière lui, mais pas suffisamment vite pour esquiver la droite que Gus lui destinait.

Le poing de Gus s'écrasa sur le visage de Luke dans un craquement sec, et la tête de Luke fut projetée violemment vers l'arrière. Il ne tomba pas par terre, mais il vacilla, tout en faisant attention à ne pas me faire chuter.

Cet homme prenait encore soin de moi, même après s'être fait frapper par mon frère.

— Mais qu'est-ce que tu fous, bon sang, Gus ! m'égosillai-je.

Gus secouait sa main comme si le coup de poing l'avait blessé.

Il voulut s'élancer de nouveau vers Luke, mais je m'avançai face à lui. Wes, qui nous avait rejoints, agrippa l'épaule de Gus, la serrant plus fort cette fois-ci.

— Je n'arrive pas à croire que tu aies fait un truc pareil. Je savais que tu étais un raté, mais j'ignorais que tu étais aussi un menteur, cracha Gus.

Ses mots semblèrent ébranler Luke plus que son coup de poing.

— Gus, du calme, intervint Wes. Allons faire un tour, d'accord ?

— Faire un tour ? Tu veux que j'aille faire un tour alors qu'on vient tous de voir cette espèce de salaud enfoncer sa langue dans la gorge de notre sœur ?

La voix de Gus était chargée de fiel. Luke me maintenait fermement derrière lui, me protégeant des paroles malfaisantes de mon frère. Un petit cercle s'était formé autour de nous, et je savais que ce moment nourrirait l'odieuse machine à ragots de Meadowlark pour les semaines à venir.

— Gus, ressaisis-toi.

C'était Teddy qui venait de parler. Elle s'avança entre Gus, Luke et moi, me protégeant du cataclysme, ainsi qu'elle me l'avait promis.

— Barre-toi avant que ta fille descende ici et te voie te comporter comme un fou furieux qui vient de frapper son oncle en plein visage.

Cette mention de Riley parut enfin infléchir l'attitude de Gus. Sa rage ne s'éteignit pas, mais il ne semblait plus à deux doigts d'envoyer un autre coup de poing. Il baissa les yeux vers Teddy et la considéra un instant avant de tourner son regard vers Luke et moi.

— Pars d'ici, fils, ajouta mon père.

— Je ne peux pas croire que vous soyez tous d'accord avec ça, lâcha Gus d'un ton amer, mais il tourna les talons pour s'éloigner, suivi de Wes, qui s'occuperait de lui.

Mon père s'approcha de Luke et moi, et posa sa main sur l'épaule de Luke.

— Tu vas bien, gamin ?

— Oui, ça va. Amos, je suis désolé…

Mon père leva la main pour lui faire signe de ne pas en dire davantage.

— Pas de ça, s'il te plaît.

Il se tourna vers moi.

— Clementine, pourquoi ne rentrerais-tu pas à la maison avec Teddy ? Il faudra peut-être accorder à Gus quelques jours pour qu'il retrouve son calme. Je vais m'occuper de Luke.

— Mais…, essayai-je d'argumenter, mais le regard que me décocha mon père m'informa que sa demande n'était pas négociable.

Teddy se dirigea vers moi et attrapa ma main, m'entraînant loin de Luke, ce qui était précisément ce que je n'avais pas envie de faire.

— Teddy, je ne peux pas le laisser…

— Si, tu le peux. Ce n'est que temporaire. La moitié de la ville attend que Gus réapparaisse et le frappe une nouvelle fois, et ton père va prendre soin de lui. Partons d'ici.

25

Luke

Je regardai mon reflet dans le miroir. Gus m'avait gratifié d'un sacré coquard, mais je ne pouvais pas lui en vouloir. Le pourtour commençait à jaunir, et il avait toujours l'air assez affreux.

Quelques jours s'étaient écoulés depuis le concours régional, et je n'avais toujours pas revu Emmy. Je voulais donner à Gus un peu plus de temps pour qu'il se calme, mais je n'avais nullement l'intention de renoncer à Emmy. Cela n'arriverait jamais.

Même si je ne l'avais pas revue, nous avions parlé chaque jour. Elle était mienne.

J'avais besoin que Gus en arrive au stade où je pourrais lui parler sans qu'il me colle son poing dans la figure. Toute cette situation ne plaisait pas à Emmy, mais j'avais le sentiment qu'il faudrait encore plus de temps pour que Gus renoue le dialogue avec moi s'il n'arrêtait pas de me voir en compagnie de sa petite sœur.

Teddy séjournait avec Emmy dans son chalet, ce qui me faisait me sentir un peu mieux. Quant à moi, j'étais banni de Rebel Blue pour le moment. Emmy était furieuse contre Gus et Gus était furieux contre moi.

Je me sentais affreusement mal.

Lorsque Emmy était partie avec Teddy après que tout se fut calmé, Amos avait gagné l'un des comptoirs proposant boissons et nourriture et avait récupéré une poche de glace pour mon œil. Il ne m'avait pas demandé quand les choses avaient commencé ou ce qui clochait chez moi, les questions auxquelles je m'attendais. Au lieu de quoi il avait marché avec moi jusqu'à mon pick-up et avait dit :

— Il s'en remettra.

— Je ne sais pas, avais-je répondu.

— Moi, oui. Emmy est rentrée brisée à la maison, et il n'est pas nécessaire d'être un génie pour comprendre qui l'a aidée à se remettre sur pied. Merci d'avoir pris soin de ma petite puce.

— Elle est capable de se prendre en charge elle-même.

— Je le sais bien, mais tu as veillé à ce qu'elle n'ait pas à le faire seule.

Je ne m'attendais pas vraiment à recueillir un soutien retentissant de la part des Ryder mais, contre toute attente, Amos semblait heureux pour Emmy et moi. C'était suffisant pour m'aider à traverser quelques journées sans elle, même si elle me manquait follement.

Et dire que nous nous côtoyions depuis presque toujours, elle et moi. Seulement ; nous avions vécu en parallèle jusque-là. Désormais, je ne pouvais imaginer ma vie sans elle. J'étais si épris.

Je l'aimais. Profondément.

Et je n'avais même pas eu l'occasion de le lui dire.

La sonnerie de mon téléphone, posé près du lavabo, retentit. C'était Emmy. Elle m'avait envoyé une photo de l'écran de son téléphone. Elle était en train d'écouter Brooks & Dunn.

Emmy : Bonjour.

Emmy : Tu me manques.

Luke : Au moins, tu as un autre Brooks pour te tenir compagnie.

Luke : Tu me manques aussi, chérie.

On sonna alors à ma porte, ce qui était curieux – personne ne se déplaçait jamais jusque chez moi. La plupart des gens ne savaient même pas que ma maison se trouvait là. Si quelqu'un avait besoin de moi, il me cherchait d'abord au Devil's Boot ou à Rebel Blue. Je sortis de ma salle de bains, vérifiant de nouveau l'ampleur des dégâts avant de gagner la porte d'entrée et de l'ouvrir.

C'était Gus. Il avait l'air négligé, comme s'il avait passé toute la nuit debout. Sa barbe, qui était en temps normal courte et soigneusement taillée, était plus longue que je ne l'avais jamais vue.

— Je peux entrer ? demanda-t-il.

Je m'appuyai contre l'encadrement de la porte et croisai les bras sur ma poitrine.

— Je ne sais pas. Tu es venu pour me coller un coquard à l'autre œil ?

Gus regarda ses pieds.

— Non. Je suis là pour parler d'Emmy.

Ce n'était pas ce à quoi je m'attendais. Je m'écartai du seuil, l'invitant à entrer. Je détestais cet étrange malaise entre nous.

— Une tasse de café ? proposai-je.

Il était tôt, 7 heures environ, sinon je lui aurais proposé une bière. Il m'en faudrait peut-être une, du reste, pour survivre à cette conversation.

— Ouais, ce serait super.

Je rejoignis la cuisine. Le café, dont j'avais lancé la préparation en me levant, avait fini de couler. Je nous servis une tasse à chacun et nous prîmes place autour de la table de la cuisine.

C'était si étrange. En plus de deux décennies d'amitié, il n'y avait jamais eu de moment de malaise entre Gus et moi. Il n'y avait même pas eu une seule dispute qui ait duré plus de quelques heures. Nous restâmes assis dans un parfait silence pendant quelques instants. Gus fut le premier à prendre la parole.

— Désolé de t'avoir frappé, dit-il.

Des excuses de la part de Gus Ryder étaient une denrée rare.

— Mais tu sais que c'est mon premier réflexe quand je vois quelqu'un embrasser ma sœur.

— Je regrette que tu aies eu à le découvrir de cette façon.

En revanche, je ne m'excuserais pas d'avoir embrassé sa sœur. Rien n'y changerait, Emmy était mienne.

Nous retombâmes de nouveau dans le silence.

— Je suis désolé, reprit-il après un instant. Pour ce que je t'ai dit au concours régional. Je ne le pensais pas.

Je ne savais pas quoi répondre.

Les paroles de Gus m'avaient blessé, même si j'avais essayé de les laisser glisser sur moi. Il baissa les yeux vers sa tasse de café avant de dire :

— Tu es l'une des meilleures personnes que je connaisse.

— Tu sais frapper là où ça fait mal, en tout cas.

— Je suis sincèrement désolé.

— Moi aussi.

Je lâchai un soupir. Toute cette situation merdique me minait, et je savais que j'en étais responsable parce que j'étais tombé amoureux d'Emmy, mais jamais je ne pourrais le regretter. Pas plus que je ne regretterais d'être allé plus loin avec elle. Nous avions franchi cette limite ensemble, et c'était la meilleure chose qui me soit jamais arrivée.

— Ça dure depuis combien de temps ? demanda Gus.

— Ça a commencé quelques semaines après le retour d'Emmy, répondis-je sans détour.

Gus pinça les lèvres. Je pouvais voir que l'envie de s'emporter le taraudait, mais qu'il se faisait violence.

Dieu merci. Je n'avais pas envie d'essuyer un autre coup de poing ou une nouvelle agression verbale.

— Et tu n'as jamais pensé que peut-être tu aurais dû me dire que ma petite sœur te plaisait ?

— Bien sûr que si, et je comptais le faire dès qu'Emmy serait prête, mais honnêtement, peux-tu affirmer que tu aurais réagi différemment ?

Gus cligna lentement des paupières.

— Attends un peu.

Il secoua la tête d'un air incrédule.

— Tu viens de dire que tu allais me l'apprendre dès qu'Emmy serait prête ?

J'acquiesçai.

— Donc ce n'était pas toi qui voulais que ça reste secret ?

— Non, Emmy voulait attendre avant de l'annoncer.

— Ce n'était pas toi qui voulais le cacher ?

— Non. Dès que j'ai compris ce qui se passait entre nous, j'ai eu envie de te le dire.

Je n'avais pas su comment m'y prendre.

— Et du coup, que se passe-t-il exactement entre vous ?

Je pris une profonde inspiration, espérant que mes prochaines paroles ne me vaudraient pas un autre coup de poing, mais il fallait que Gus entende la vérité.

— Je suis amoureux d'elle. Du genre, éperdument amoureux d'elle.

Gus écarquilla les yeux. Il était mon meilleur ami. Tous les deux, nous parlions. Il savait que je n'avais jamais aimé personne comme on est censé aimer, que je ne savais même pas si j'en étais capable, mais ça, c'était avant Emmy.

Elle était tout pour moi.

— Et elle t'aime aussi ? fit-il après un instant.

— Je ne sais pas. Je ne le lui ai pas encore dit, reconnus-je.

— Tu ne le lui as pas dit ?

— Eh bien, j'allais le faire, mais à ce moment-là un abruti m'a balancé son poing dans la figure. Ça a un peu gâché le moment, tu vois ?

Gus m'adressa un sourire penaud et se frotta la nuque.

— Écoute, c'est carrément bizarre que tu sois avec ma sœur, mais elle fait la gueule comme pas possible depuis le concours régional. Elle refuse de me parler et elle se coltine tout son travail sur le ranch toute seule. Je déteste quand elle s'isole comme ça.

C'était ce que faisait Emmy quand elle était bouleversée.

— Et je suis furieux que tu m'aies menti, en particulier à propos de la seule personne de la planète qui aurait dû t'être interdite, mais je ne pensais pas devoir te préciser ce dernier point. Je ne vais pas te mentir et te dire que ça me convient, parce que ce n'est pas le cas.

Aïe.

— Mais je crois que...

Il lâcha un soupir.

— ... que ça pourrait arriver. Un jour.

Je le regardai, attendant qu'il poursuive.

— Emmy surveille les génisses dans la partie sud du ranch ce matin.

Je devais avoir affiché un air perplexe car il ajouta :

— Je te le dis pour que tu puisses la trouver au cas où tu en aurais envie, pour lui dire que tu l'aimes ou je ne sais quoi encore.

Voulait-il plaisanter ?

Je n'allais pas bouder son geste de pardon. Il n'avait pas à me le dire deux fois. Je quittai la cuisine et attrapai mes clés pendues au crochet près de la porte d'entrée. Je revins et tendis la main à Gus en espérant qu'il l'accepterait.

Il le fit et me la serra.

Tandis que je sortais de chez moi en courant, il lança derrière moi :

— Pour ta gouverne, si jamais tu brises le cœur de ma sœur, risquer un œil au beurre noir sera vraiment le cadet de tes soucis !

26

Emmy

Je balayai du regard l'étendue de Rebel Blue et distinguai des touches de jaune et de rouge venues ponctuer le feuillage vert des arbres. L'automne arrivait. J'étais dans la partie sud du ranch ce matin pour veiller à ce qu'aucune génisse ne franchisse la clôture. Elles l'avaient fait plus que d'habitude au cours de cette année et nous n'avions pas encore été en mesure de réparer tous les trous de l'enclos.

Je me trouvais donc là.

Seule.

Maple et moi longions la clôture. Dans le parfait silence de cette matinée, il était facile de se perdre dans ses pensées. Elles se bousculaient de nouveau dans mon esprit, exactement comme à mon retour à Meadowlark. Il était tôt mais, comme je n'avais pas bien dormi, quitter mon lit n'avait pas été une épreuve, ce qui en disait long.

Je dormais bien mieux quand j'étais enveloppée des bras de mon cow-boy, qui m'emprisonnait à la manière d'un boa constrictor.

J'étais encore en rogne contre Gus. Il avait essayé de me parler au cours des derniers jours, mais mon cerbère, Teddy, avait refusé de le laisser entrer dans mon chalet. Je savais que si je lui parlais, je prononcerais des paroles que je regretterais.

Teddy était restée avec moi quelque temps, me permettant ainsi de me morfondre mais m'offrant aussi l'occasion de discuter de tout ce qui se passait – ma victoire au concours régional, ce que j'allais faire ensuite et, évidemment, Luke.

— Je n'en reviens toujours pas que Luke ait pris une droite pour toi. En temps normal, c'est lui qui balance les coups de poing, avait-elle dit alors que nous étions étendues dans mon lit, le lendemain de la course. Il est carrément sous ton charme, Emmy. Tu aurais dû le voir dans les tribunes. Il était incapable de détacher ses yeux de toi. Ça me dépasse que personne n'ait compris que cet homme craquait totalement pour toi avant l'incident autour de ce baiser. Je suis désolée que ton grand moment ait été terni par le comportement de tête de nœud de Gus.

— Il a vraiment été affreux. Je n'arrive pas à croire les choses qu'il a dites à Luke, avais-je répondu.

Luke avait été plus ébranlé par les paroles de Gus que par son coup de poing. Il était capable d'encaisser une droite, mais il ne pouvait pas supporter que son meilleur ami le déteste.

— Il a été odieux, avait abondé Teddy. Mais je sais qu'ils trouveront un moyen d'arranger les choses. Ils se manqueraient trop, sinon.

— J'espère que tu as raison. Merci d'être intervenue quand tout ça est arrivé. C'est toi qui as réussi à le calmer. Ou au moins à le faire partir.

Teddy avait su exactement quels mots adresser à Gus ce jour-là.

— Je t'avais dit que je m'occuperais de lui, avait-elle repris. As-tu parlé à Wes ? Toute cette situation n'avait pas trop l'air de le perturber.

— Oui, c'est vrai. Il est protecteur, mais pas de la même façon que Gus. Wes peut sentir quand les gens sont malheureux et je l'étais quand je suis rentrée. Je pense qu'il est seulement soulagé de voir que je vais bien. Et puis, il a su qu'il y avait anguille sous roche quand j'ai ouvert la porte vêtue d'un tee-shirt d'homme qui lui disait quelque chose, le matin suivant notre dîner de famille, et quand il a vu que Brooks ne se trouvait pas dans les écuries alors même que son pick-up était garé au ranch.

Teddy avait ri aux éclats à ces mots.

— Mon Dieu, vous n'êtes vraiment pas doués pour garder un secret !

— Je sais. Je crois que mon père était au courant, lui aussi. C'est comme si tout le monde attendait simplement que nous laissions échapper la vérité par mégarde pour que nous puissions tous reprendre une vie normale.

Mon père était venu au chalet après l'incident du coup de poing pour m'annoncer que Luke allait bien. Avant de repartir, il m'avait gratifiée d'un câlin à la Amos Ryder et avait dit : « Ça me plaît bien. Luke et toi. »

— Franchement, une fois que j'ai digéré le choc initial, je me suis dit que c'était tout à fait sensé, Luke et toi, avait reconnu Teddy. Et quand je l'ai regardé t'apaiser avant la course, avait-elle ajouté en faisant mine de s'éventer, je me suis dit, bon sang, ces deux-là sont chauds comme la braise.

— Ferme-la, avais-je répondu en riant.

— Je te jure. Je ne t'ai jamais vue te laisser aller à la tendresse de cette façon. Et je n'avais jamais lu autre chose que de la désinvolture sur les traits de Brooks jusque-là. Je crois que vous faites chacun ressortir la douceur chez l'autre.

— Qu'est-ce que tu me racontes, à la fin ?

— Certaines histoires d'amour sont comme un brasier flambant à toute allure, mais vous deux, vous êtes plus un feu bas et brûlant lentement. C'est un genre d'amour stable et puissant.

Elle avait raison. Plus que toute autre chose, Luke me faisait me sentir en sécurité.

— Gus va se calmer, avait conclu Teddy.

Je l'espérais sincèrement.

J'avais vu Gus le matin même à la Grande Maison et lui avais fait la tête, ce qui n'avait probablement réussi qu'à le rendre encore plus furieux. Cela m'était parfaitement égal. J'aimais mon frère – suffisamment pour avoir consenti à ne pas voir Luke durant quelques jours parce que je voulais accorder un peu de temps à Gus pour accepter le fait que son meilleur ami et sa petite sœur étaient ensemble.

Dans le grand ordre des choses, quelques jours sans Luke n'étaient rien en comparaison de la vie entière que je prévoyais de passer avec lui, mais je détestais malgré tout que nous soyons séparés.

Je savais que Luke voulait parler à Gus, histoire de mettre les choses au clair, mais à ce stade j'en avais ma claque de ne pas pouvoir le voir.

Je l'aimais.

Et je n'avais même pas eu la possibilité de le lui dire.

Luke avait chamboulé ma vie quand je m'y attendais le moins. J'avais passé mon existence à barrer des lignes sur une liste de choses à faire. Nulle part n'y était inscrit « Tomber amoureuse de Luke Brooks », mais je l'avais fait malgré tout.

Ma liste ne mentionnait pas non plus « Revenir à Meadowlark », mais je l'avais fait aussi. Dans un premier temps, je n'étais pas revenue à Meadowlark, pour tout dire – je n'avais fait que fuir Denver.

À présent, je prévoyais de rester.

Et je prévoyais de rester avec Luke.

Dès que Gus arrêterait de se comporter comme un vrai gamin à ce sujet.

Je laissai errer mon regard sur les terres de Rebel Blue, Luke à l'esprit. Il me manquait tellement que je pouvais presque l'entendre m'appeler.

Je poussai un soupir.

Mais alors mon prénom résonna une nouvelle fois à mes oreilles. Celles de Maple remuèrent, signe qu'elle avait donc dû entendre quelque chose, elle aussi. Ce qui voulait dire que tout cela n'était pas que dans ma tête.

Je tirai sur ses rênes pour pouvoir faire effectuer un cercle à mon cheval afin de découvrir d'où provenait la voix. Au nord, je vis un cavalier et sa monture se diriger au galop vers Maple et moi.

J'aurais reconnu ce cavalier n'importe où.

Luke.

Il chevauchait à travers le ranch, poussant Friday à bride abattue dans le matin humide de rosée. Alors qu'il approchait, je quittai rapidement ma selle et nouai les rênes de Maple autour du piquet de clôture près duquel nous nous trouvions.

Luke bondit du dos de Friday alors qu'ils se trouvaient à environ cinq mètres de nous. Il réussit tant bien que mal à atterrir sur ses pieds. Friday s'arrêta près de Maple. Je remarquai qu'il n'était même pas sellé. Luke avait chevauché à cru sur les sentiers les plus accidentés du ranch.

Tout cela pour venir me rejoindre.

Il était essoufflé et ses yeux brillaient. Il ne portait pas de chapeau et il était tout échevelé par sa course. Il avait l'air d'un possédé.

Mais dans le bon sens du terme. Le meilleur sens qui soit.

Seuls quelques jours s'étaient écoulés, mais j'avais l'impression de ne pas l'avoir vu depuis des mois. J'étais incapable de passer une seconde de plus sans le toucher.

Nous nous mîmes à courir en même temps l'un vers l'autre, jusqu'à ce que nos corps se percutent.

Il me serra fort – comme s'il craignait que je ne disparaisse.

— Salut, chérie, murmura-t-il à mon oreille.

— Salut, répondis-je, le souffle court. Que fais-tu là ?

— J'ai une chose à te dire.

J'avais une chose à lui dire, moi aussi, mais je le laisserais parler en premier. Il s'écarta et prit mon visage entre ses deux mains puissantes. Je m'agrippai à ses poignets. Ses grands yeux bruns scrutaient mon visage. Il avait l'air nerveux.

— Je t'aime, Clementine Ryder, déclara-t-il avec ferveur.

Mon souffle se bloqua dans ma gorge.

— Je suis si amoureux de toi.

Des larmes commencèrent à emplir mes yeux à mesure qu'il parlait.

— Toi et la satanée jupe que tu portais quand tu es entrée dans mon bar il y a quelques mois, vous avez mis ma vie complètement sens dessus dessous, et je veux qu'elle reste exactement comme ça pour toujours.

Une larme se faufila au coin de mon œil.

Luke l'essuya aussitôt.

Il se montrait attentionné, tout comme il l'avait été un nombre incalculable de fois pour moi au cours des derniers mois.

— Ne pleure pas, chérie. Tu sais que je déteste quand tu pleures.

— Ce sont des larmes de joie, précisai-je.

Il m'embrassa alors avec douceur et lenteur. Jamais je ne me lasserais de la sensation de ses lèvres sur les miennes. C'était simplement si naturel, si évident. À quoi mes lèvres servaient-elles donc si ce n'était à embrasser fougueusement cet homme ? Nos bouches ne faisaient plus qu'une, et nous étions entièrement absorbés l'un par l'autre. La façon dont ses mains enserraient ma taille m'embrasait tout entière.

— Tu es celle qu'il me faut, Emmy, dit-il contre ma bouche.

À présent, je n'étais pas seulement enivrée par son baiser, mais aussi par ses mots.

Les lèvres de Luke embrouillaient mes pensées. Mais dans le bon sens.

— J'ai quelque chose à te dire, fis-je entre deux baisers.

— Plus tard, grogna-t-il avant de continuer à m'embrasser, glissant une main plus bas dans mon dos.

Je posai mes mains sur son torse et m'écartai. Il me regarda avec avidité, comme si quelques jours passés sans moi l'avaient rendu fou.

Il n'était pas le seul dans ce cas.

Mais il fallait que je me confie, moi aussi.

— Je t'aime aussi, Luke Brooks. Tu es celui qu'il me faut.

Luke m'adressa l'un de mes sourires préférés, celui qui faisait naître les petits plis autour de ses yeux, et je retombai dans ses bras.

Home sweet home.

Épilogue

Luke

Je jetai un coup d'œil en direction d'Emmy, qui était encore profondément endormie près de moi. Jamais je n'avais rencontré quelqu'un au sommeil si *lourd*. Il me semblait qu'une bombe ne réussirait pas à la réveiller. Ses jambes étaient entrelacées aux miennes, sa bouche grande ouverte et ses cheveux totalement en bataille. Elle ronflait un peu. Elle était sacrément belle dans l'un de mes vieux tee-shirts.

Cette femme était l'amour de ma vie.

Je déplaçai une mèche de cheveux qui couvrait une partie de son visage et elle blottit sa joue contre ma main. Je déposai un doux baiser sur sa tempe et elle continua à remuer et à m'emprisonner entre ses bras.

Et elle disait que c'était moi, le boa constrictor.

— Bonjour, dit-elle en bâillant.

— Bonjour, chérie. Tu as bien dormi ?

— Mmmh. Quelle heure est-il ?

— 6 heures légèrement passées.

Emmy répondit par un grognement. Elle n'était pas du matin.

— Tu dois aller au ranch, chérie.

C'étaient les premiers jours des leçons d'équitation en intérieur à Rebel Blue. Emmy avait pris en charge tous les cours. Je lui avais volontiers cédé les miens. Gus me demandait toujours d'aider aux écuries durant la semaine, mais être libéré des leçons me dégageait beaucoup de temps. Ce qui signifiait que je pouvais me concentrer sur le bar.

La situation entre Gus et moi n'était pas parfaite, mais elle s'améliorait. Il avait visiblement cessé de sursauter chaque fois que je touchais Emmy en sa présence, ce que je considérais comme une victoire.

— Y a-t-il du café ? marmonna Emmy, le visage enfoui contre mon torse.

— Évidemment, fis-je en déposant un autre baiser dans ses cheveux.

J'adorais m'éveiller à ses côtés. Elle passait au moins quelques nuits par semaine chez moi, et ces nuits-là étaient mes préférées.

Emmy commença à tracer un chemin de baisers depuis ma poitrine jusqu'à mon cou et ma queue se tendit aussitôt.

Décidément, cette femme...

— Emmy.

Il y avait une note d'avertissement dans ma voix. Emmy se contenta de glousser et je sentis son souffle contre ma peau.

Quand il était question de ma copine, je ne pouvais m'en empêcher. Je glissai mes mains sous son tee-shirt et commençai à faire courir mes mains sur son corps tandis que sa bouche se posait sur la mienne.

Je nous fis rouler de sorte à venir couvrir son corps du mien.

— Tu ne peux pas être en retard pour ton premier jour, dis-je contre ses lèvres.

Même alors que je prononçais ces mots, mes doigts écartaient déjà sa culotte car, à vrai dire, il m'était totalement égal qu'elle n'arrive pas à l'heure.

— Tu ferais mieux de ne pas traîner, dans ce cas.

Sa voix était haletante.

Je m'écartai et lui adressai un regard éloquent.

— C'est un défi que tu me lances ? demandai-je tout en glissant deux de mes doigts en elle.

Elle arqua le dos et me gratifia d'un petit gémissement.

— Réponds-moi, chérie. Me mets-tu au défi de te faire jouir ?

— Oui, lâcha-t-elle dans un souffle. S'il te plaît.

Je fis aller et venir mes doigts en elle tout en me servant de mon pouce pour décrire des cercles sur son clitoris et presser dessus. Quand je portai ma bouche sur la pointe de son sein et la mordis doucement, elle étouffa une petite exclamation.

— Tu es déjà mouillée. Je parie que tu étais en train de faire des rêves cochons à mon sujet, plaisantai-je avant de faire courir ma langue le long de son cou.

Emmy commença à se frotter contre ma main sans retenue.

Cela voulait dire qu'elle était proche de l'extase. Je connaissais son corps à la perfection. Je continuai à taquiner son clitoris et à y appliquer une certaine pression tandis qu'elle ne cessait de remuer. Je savais qu'elle en avait besoin, en plus de la friction.

Son corps commença à se tendre et je sus qu'elle était sur le point de basculer. Je me redressai sur un coude pour pouvoir l'admirer. Le spectacle de sa jouissance était plus beau qu'un coucher de soleil du Wyoming. Sa bouche était ouverte et ses yeux révulsés.

En temps normal, je lui aurais demandé de me regarder.

Mais pas aujourd'hui.

Aujourd'hui, j'avais simplement envie de la contempler tandis qu'elle se désintégrait sous l'effet du plaisir.

Ce qu'elle fit.

Je la caressai durant tout son orgasme, ma queue douloureusement tendue par mon désir pour elle. Tandis qu'elle reprenait ses esprits, je baissai en hâte son sous-vêtement le long de ses jambes et le jetai à travers la pièce. Je me positionnai à son entrée avant de m'introduire en elle d'une franche poussée. Cela nous arracha des gémissements à tous deux et je m'abaissai en prenant appui sur mes avant-bras pour pouvoir l'embrasser de nouveau et nous faire rouler afin qu'elle se retrouve au-dessus de moi.

Sa tête se renversa en arrière et je pus sentir ses longs cheveux frôler mes cuisses tandis qu'elle ondulait sur moi.

Quelle vue sublime, putain.

— Chevauche-moi, chérie.

Je préparai rapidement un petit déjeuner – œufs et toasts – pendant qu'Emmy était sous la douche. J'étais plutôt blé complet, mais Emmy préférait les toasts au levain. Pendant que je cuisinais, mon téléphone vibra. Ma mère venait de m'envoyer un texto.

John était rentré chez eux quelques jours après que nous lui avions rendu visite.

Apparemment, il s'était planté de route et n'avait pas pu trouver d'endroit pour faire demi-tour en toute sécurité. La balise de son camion s'était rallumée sur une avenue bordée de casinos à Reno, ce qui, bien sûr, était sans rapport avec sa disparition des radars durant quelques jours.

Ma mère et moi ne partagions toujours pas de véritable relation, mais maintenant qu'elle connaissait mon numéro de téléphone, nous parlions un peu plus. Je ne savais pas trop quoi en penser, mais je ne pouvais nier qu'il était agréable d'avoir le sentiment qu'elle en avait quelque chose à faire de moi.

Lorsque Emmy entra dans la cuisine après sa douche, mon rythme cardiaque s'accéléra.

Elle était si belle, bon sang, avec son jean moulant et son tee-shirt blanc à manches longues. J'adorais ses cheveux en bataille, mais j'aimais aussi quand elle les tirait en arrière pour dégager son visage, comme elle l'avait fait en ce jour.

— Ça sent super bon ici, commenta-t-elle tout en attrapant sur le plan de travail le pilulier que je lui avais acheté.

Elle voulait réussir à prendre son traitement pour son TDAH de manière régulière et je m'étais dit qu'elle ne l'oublierait pas si elle n'avait pas à se soucier d'emporter ses cachets avec elle chaque fois qu'elle passait la nuit ici.

Elle s'approcha d'un placard, y prit deux mugs – un pour chacun de nous – et les remplit. Je me tenais près du réfrigérateur. J'en sortis la crème et poussai la bouteille vers elle sur le comptoir. Je n'aimais pas en prendre dans mon café, mais j'avais commencé à en acheter pour Emmy.

Elle déposa les mugs fumants sur la table et je la suivis avec notre petit déjeuner. Nous prîmes place l'un en face de l'autre. Lorsque Emmy commença à manger, je fouillai ma poche jusqu'à trouver la petite pièce métallique que je cherchais.

Je la posai sur la table et la fis glisser vers elle.

Elle s'arrêta de mâcher et je sentis mon cœur cogner à coups sourds dans ma poitrine. Venais-je de commettre une erreur ?

— C'est bien ce que je crois ? demanda-t-elle en reposant sa fourchette.

Incapable de prononcer le moindre mot, je me contentai de hocher la tête.

Son regard resta rivé sur la clé pendant un moment. *Merde*. J'avais vraiment tout foutu en l'air, non ? Bien sûr qu'elle ne voulait pas une clé de ma maison. C'était une idée complètement dingue.

Mes pensées continuèrent à s'emballer jusqu'à ce qu'Emmy repose ses yeux sur moi. Elle m'adressa alors un sourire qui stoppa net les battements de mon cœur.

Elle prit la clé, se leva, fit le tour de la table et vint s'installer sur mes genoux.

— Nous pouvons y aller doucement, m'empressai-je d'ajouter.

Pour un homme qui ne pouvait pas parler moins d'une minute plus tôt, je me mis à vomir les mots :

— Pas... pas de pression ou quoi que ce soit, bien sûr. Comme je l'ai dit, nous pouvons y aller tranquillement. J'ai vidé un tiroir pour toi dans notre chambre et dans la salle de...

Emmy me fit taire d'un baiser.

— La ferme, Luke, m'ordonna-t-elle après avoir détaché ses lèvres des miennes.

Nos fronts étaient pressés l'un contre l'autre.

— C'est... c'est un oui ?

Ma voix n'était qu'un faible murmure. Je craignais de l'effrayer, mais Emmy hocha la tête. Je portai sa main à mes lèvres pour y déposer un baiser.

— Je t'aime, dit-elle.

Peu importait combien de fois elle me les répétait, ces mots réchauffaient mon corps tout entier comme la première fois.

Le retour d'Emmy à Meadowlark était la meilleure chose qui me soit jamais arrivée. Quand elle était revenue, jamais je ne me serais attendu à devenir son ami, et encore moins à tomber amoureux d'elle. Nous avions vécu la plus grande partie de notre existence à la périphérie de celle de l'autre, mais désormais elle était au tout premier plan de la mienne.

Je repensai à la première soirée où je l'avais vue au Devil's Boot. Je l'ignorais à ce moment-là, mais ma belle traversait alors une épreuve difficile. Elle n'était que l'ombre de la femme que j'aimais à présent plus que tout. Tout ce dont elle avait besoin, c'était une petite étincelle.

— Je t'aime aussi, Clementine Ryder.

Scène bonus

Emmy

Mon pick-up s'arrêta devant la petite maison blanche de Luke. J'avais toujours su que cette habitation de plain-pied se trouvait dans cette vallée, mais je la croyais abandonnée. En y arrivant pour la première fois plus tôt dans la semaine, j'avais été stupéfaite de voir combien elle avait changé depuis la dernière fois que je l'avais vue – à l'époque du lycée –, à l'occasion d'une session nocturne du jeu du drapeau, l'un des passe-temps favoris de la jeunesse de Meadowlark.

À cette époque, la maison était dans un état lamentable. Elle était plus marron que blanche parce que la peinture était écaillée et délavée. La gouttière était détachée du toit à plus d'un endroit, le jardin était envahi par la végétation et l'une des fenêtres de la façade était brisée. Elle ne semblait pas à sa place dans cet endroit. Le cadre environnant était serein et accueillant, alors qu'il émanait tout l'inverse de la bâtisse.

Luke avait repeint l'extérieur en blanc et ajouté une porte bleue – son « clin d'œil à Rebel Blue », disait-il. Il n'y avait plus désormais ni gouttières pendantes ni fenêtre brisée. Il avait même planté quelques parterres de fleurs et un petit jardin de plantes aromatiques – et le tout était florissant. Non seulement il était capable de garder les enfants en vie quand il leur enseignait l'équitation, mais il réussissait également à garder les plantes en pleine forme. Ce qui n'était pas un mince exploit.

Il avait ajouté une véranda qui venait entourer la façade de la maison. Cela faisait comme un ruban noué autour d'un cadeau – la touche finale parfaite.

Quand je regardais la maison, c'était comme si une main enroulée autour de mon cœur l'étreignait fermement. Il me fallut quelques visites pour déterminer la nature de ce sentiment. De la fierté.

J'étais fière de lui.

En toute franchise, je ne savais pas si je me remettrais un jour de m'être autant trompée au sujet de Luke. Être avec lui, c'était comme enfiler une paire de lunettes pour la première fois et être capable de distinguer les feuilles sur un arbre plutôt qu'une forme verte toute floue.

Luke Brooks m'apparaissait avec une clarté totale.

Et tout comme le jour où il m'avait aidée à remonter en selle pour la première fois, j'aimais ce que je voyais.

J'ouvris la portière de mon pick-up et me dirigeai vers la maison. J'étais fourbue.

La journée avait été longue. Cela faisait longtemps que je n'avais pas effectué tant de journées complètes de travail d'affilée sur le ranch et je le ressentais.

Le *barrel racing* et les travaux du ranch étaient deux choses très différentes.

J'avais l'impression que la tension de mes épaules remontait jusqu'à mes oreilles et que les muscles de mon dos pouvaient claquer à tout moment.

Sur le seuil, je pouvais déjà sentir la chaleur émanant de la maison et entendre la musique filtrant à travers les murs. J'entrai sans réfléchir ni frapper – il me semblait tout naturel de le faire – et je fus accueillie par la vue du large dos de Luke tourné vers moi tandis qu'il s'affairait sur la cuisinière.

Sur le plan de travail près de lui se trouvait un ensemble de bols ayant l'air de contenir des ingrédients déjà pesés – comme s'il était dans une émission de concours culinaire. Je m'avançai derrière lui, glissai mes bras autour de sa taille et déposai ma tête entre ses omoplates.

Il ne sursauta même pas.

Quand il se retourna, m'enveloppa de ses bras et dit « Salut, chérie », je laissai échapper un soupir de contentement, la tête blottie contre sa poitrine. Les battements de son cœur m'apaisaient.

— Salut, répondis-je. Comment s'est passée ta journée ?

Il posa une main sur ma nuque et commença à la masser. J'essayai de ne pas gémir – en raison du contact de ses doigts, mais aussi du fait qu'il semblait savoir de quoi j'avais besoin en cet instant.

— Elle a été longue, fit-il tout contre mes cheveux. Et la tienne ?

— Pareil.

Puis il glissa l'une de ses mains sous mon menton pour orienter mon visage vers le sien. Il déposa un petit baiser sur mes lèvres, et j'y perçus quelque chose d'important : il avait paru le faire naturellement, sans y penser, comme si nous allions avoir un million de ces baisers au cours de nos vies.

— Qu'est-ce que je te sers à boire ?

— Pitié, dis-moi que tu as du Coca Light, l'implorai-je.

Luke rit de moi – je savais qu'il trouvait que le Coca Light avait un « goût dégueu ».

— J'en ai. Même si ça a un goût dégueu.

Et voilà.

Il déposa un autre baiser, sur ma tempe cette fois, avant de se dégager de mon étreinte et de se tourner pour ouvrir le réfrigérateur.

— Je peux l'attraper..., commençai-je, mais il leva une main pour m'interrompre.

— Pose tes jolies petites fesses, veux-tu ? m'ordonna-t-il de sa voix sévère que j'adorais. Je m'occupe de toi.

Je n'allais pas m'opposer à lui sur ce point, mais je réprimai un sourire. Je m'assis à la table de la cuisine et gardai mes yeux fixés sur l'homme qui remplissait un verre de glaçons avant d'y verser le Coca Light parce que, curieusement, il savait que je n'appréciais pas la sensation du métal contre mes lèvres.

Il me donnait l'impression d'être la seule personne au monde.

— Qu'y a-t-il pour le dîner ? demandai-je.

— Saumon. Asperges. Purée de pommes de terre.

— Waouh. Des protéines, des légumes et des glucides. Amos Ryder serait fier de toi.

Mon père était un grand adepte de la structure traditionnelle des repas. Luke sourit à ces mots tout en me tendant ma boisson. Quand je bus ma première gorgée et sentis le liquide gazéifié imprimer sa brûlure tout au long de ma gorge, je me sentis plus détendue que je ne l'avais été de toute la journée.

La brûlure fit remonter à ma mémoire le souvenir du bourbon de Luke coulant dans ma gorge le soir de l'anniversaire de Teddy. Mes joues s'enflammèrent à cette pensée et un frisson courut le long de mon dos.

C'était… quelque chose.

Quelque chose de très bon.

Dix minutes plus tard, Luke et moi nous retrouvâmes attablés devant des assiettes bien remplies. Nous échangeâmes sur nos journées et je compris pourquoi la sienne avait été difficile. La machine à glaçons du bar faisait des siennes. Joe et lui avaient mis au point une réparation provisoire impliquant du ruban adhésif et beaucoup de bonne volonté, mais ils auraient bientôt besoin d'investir dans un nouvel appareil.

Remplacer la machine à glaçons ne dérangeait pas Luke, mais ce qui le contrariait vraiment c'était de devoir amputer le budget qu'il destinait à l'achat d'un taureau de rodéo mécanique.

— Pourquoi cette obsession à propos d'un taureau mécanique ? questionnai-je.

— Tout bon bar de l'Ouest a un taureau mécanique, m'informa-t-il d'un ton neutre. Je veux un taureau mécanique.

— Et où le mettras-tu ?

On était déjà à l'étroit à l'intérieur du Devil's Boot.

— Ça reste à voir, dit-il en plantant sa fourchette dans un morceau d'asperge.

— Tu devrais probablement le déterminer avant de l'acheter, commentai-je entre deux bouchées de purée – qui était sacrément bonne. Cet homme faisait des miracles avec des pommes de terre.

— Et toi, où le mettrais-tu ? demanda-t-il.

Je me mis à mâcher plus lentement.

J'appréciais qu'il me pose la question – qu'il veuille savoir ce que je pensais et qu'il m'implique dans une décision à propos de quelque chose d'aussi important à ses yeux que le bar.

J'y réfléchis un instant.

— Et si tu commençais à utiliser l'étage comme espace de rangement ? Et que tu ouvrais ensuite la salle de stockage actuelle sur le reste du bar ?

Je ne m'étais jamais rendue à l'étage du Devil's Boot – il était fermé, et je ne savais pas ce qui s'y trouvait, mais cela représentait un espace supplémentaire, ce dont Luke avait besoin s'il voulait que son rêve de taureau mécanique devienne réalité.

Luke me sourit – ce fameux sourire produisant les petits plissements autour de ses yeux – et dit :

— Pas bête, Ryder. Pas bête du tout.

Après le dîner, j'aidai Luke à nettoyer la cuisine. Il m'assura qu'il pouvait s'en charger et que je pouvais aller me détendre sur le canapé, mais j'aimais ces moments avec lui. Quand nous pouvions simplement profiter de l'instant.

Là, je n'avais pas à me soucier de la réaction qu'aurait Gus quand nous lui annoncerions la nouvelle, de ce que je ferais quand le concours régional aurait lieu à Meadowlark ou des autres sujets d'inquiétude qui tourbillonnaient en permanence dans mon cerveau.

Et quand je n'avais pas à penser à ces choses, les sentiments que j'avais pour Luke avaient la place pour gagner la surface de ma conscience et se manifester, et j'adorais ce que je ressentais alors.

Même si cela me faisait un peu peur.

Alors que je lui tendais la dernière assiette, la musique passa d'un morceau entraînant d'Alabama à un classique tout en lenteur de la country : « Forever, and Ever, Amen » de Randy Travis.

Luke me regarda, et c'était là l'un de ces regards chargés d'une dimension supplémentaire – c'était cette façon qu'il avait de poser les yeux sur moi qui me donnait l'impression d'être la seule personne au monde, ce qui paraissait vrai en cet instant car j'avais la sensation que mon univers entier était contenu dans cette petite cuisine.

Une fois la dernière assiette rangée, Luke jeta le torchon qu'il avait utilisé pour essuyer la vaisselle par-dessus son épaule et tendit la main vers moi.

Bien sûr, je la pris.

Une fois qu'il m'eut attirée à lui, il plaça une main sur ma taille et se mit à se balancer lentement au rythme de la chanson. Il fredonnait l'air doucement et je sentais la vibration de sa voix dans mon oreille.

Je reposai ma tête sur sa poitrine, mourant d'envie de sentir les battements apaisants de son cœur. Je remarquai alors que mon esprit était serein – à tel point que c'en était effrayant. Je n'y étais pas habituée, mais je me délectais de cette sensation – je me délectais de lui.

Nous dansâmes ensemble dans l'atmosphère chaleureuse de la cuisine, et quand je sentais sa main dans la mienne, son souffle contre ma peau et son bras sur ma taille, la seule pensée qui occupait mon esprit était ce que disait la chanson : *Forever, and ever, amen*. Pour toujours et à jamais, ainsi soit-il.

Remerciements

À mes parents, qui ont toujours soutenu la moindre de mes décisions, même celles qui étaient stupides, je vous aime. Vous êtes la raison pour laquelle j'adore les histoires d'amour, la raison pour laquelle je suis capable d'en écrire et la raison pour laquelle je crois aux fins heureuses. Cela étant dit, je vous en prie, ne lisez jamais ce livre. Je vous fournirai un résumé.

À Stella, ma si loyale amie : tu as été ma compagne d'écriture, qu'il s'agisse de travaux pour la fac, de poèmes amateur pleins de tristesse, d'un mémoire de troisième cycle universitaire, de tous ces romans inachevés qui se cachent dans les profondeurs de mon Google Drive, et maintenant de *Done and Dusted*. Je t'aime toujours, même quand tu fais tomber mon ordinateur portable du canapé.

À ma pote Lexie : ce roman n'existerait pas sans toi. Merci d'avoir écouté toutes les idées que j'ai pu te présenter et pour avoir soutenu chacune d'elles. Ta foi en moi pourrait déplacer des montagnes, et pour moi, elle l'a fait. Meadowlark a été créé pour toi et Mav.

À Sydney : tu m'aides à garder le cap pour toute chose, et ce livre ne fait pas exception à la règle. Merci d'être là à chaque étape. Tu domptes le gobelin du chaos qui vit en moi comme seul peut le faire un ami.

À mes frères : Maman m'en voudrait si vous ne figuriez pas dans ces lignes alors peut-être puis-je, j'imagine, vous remercier de ne pas avoir d'amis sexy dont je pourrais tomber amoureuse. Mais malgré tout, je trouve que vous êtes plutôt pas mal, les gars.

À mon professeur d'anglais de cinquième et au club d'écriture du collège Sunset Junior High : merci d'avoir été les premières personnes à lire mes histoires. Il n'y a pas de dragons dans celle-ci, mais elle n'existerait pas sans les récits dans lesquels ils figuraient.

À mes *beta readers*, Amanda et Candace : vous avez découvert ce livre sous sa forme la plus brute et ne vous êtes pas enfuies en hurlant. Merci de m'avoir aidée à modeler et façonner *Done and Dusted* en quelque chose qui mérite d'être lu. Je ne dirai jamais assez combien vous êtes précieuses à mes yeux. Je vous suis incroyablement reconnaissante. Merci !

Emma et Kayla : grâce à vous deux, je ne me sens jamais seule. Merci.

Angie : merci pour le soutien inconditionnel que tu as accordé à mon rêve.

À mon éditeur, Tayler : tu es une véritable star. Tu as été mon équipier au sens propre du terme durant l'écriture de ce livre. Travailler avec toi est un plaisir et un honneur. Merci pour tout.

À l'illustrateur incroyablement talentueux qui a réalisé la couverture, Austin : tu as créé la couverture de mes rêves. Je n'aurais jamais imaginé que l'inspiration que j'ai tirée des posters de rodéo vintage dans ma ville natale donnerait naissance à la plus parfaite des couvertures. J'ai hâte de voir ce que tu réaliseras pour le reste de cette série.

À mes premiers lecteurs : merci d'avoir accordé sa chance à mon premier roman et d'avoir été assez excités par ce livre pour le lire avant sa publication. Votre énergie m'a aidée à tenir le coup durant les dernières semaines précédant la sortie. Vous êtes franchement les meilleurs !

À toute personne ayant apporté son soutien à *Done and Dusted* avant sa publication : merci. J'aimerais pouvoir serrer chacun de vous dans mes bras. Votre soutien et vos mots gentils ont une valeur inestimable à mes yeux. Ce livre m'a permis de rencontrer tant de personnes bienveillantes, et j'en suis extrêmement reconnaissante.

À la personne qui lit ces lignes en cet instant : merci d'avoir pris un exemplaire de *Done and Dusted.* J'espère que l'histoire d'Emmy et Luke vous a procuré de la joie, vous a fait sourire, et peut-être même rire. Merci de faire partie de mon rêve.

Et, enfin, merci à moi. Tu as réussi. J'espère que tu ne t'arrêteras jamais de raconter des histoires. Je suis si fière de toi.

Composition
NORD COMPO

Achevé d'imprimer en Italie
par GRAFICA VENETA
le 5 février 2025

Dépôt légal : mars 2025
EAN 9782290416303
L21EDDN001341-646894

ÉDITIONS J'AI LU
82, rue Saint-Lazare, 75009 Paris

Diffusion France et étranger : Flammarion